보컬그룹

시인 李箱과
5명의 아해들

보컬그룹

시인 李箱과
5명의 아해들

VOCAL GROUP POET Mr. LEE & 5KIDS
조영남의 시인 이상李箱 띄우기 본격 프로젝트

책을 펴내며

2016년 나는 소위 '미술품 대작代作 사건'에 휘말려 무려 5년여 간 무참하게 죽었다 살아났다. 역사적인 용어로 이른바 '유배' 생활을 하게 됐다. 가수 생활, 방송 생활을 금지당한 채 오로지 재판만 치러야 했다. 재판을 치르면서 나는 판사, 검사, 변호사 할 것 없이 다들 현대미술을 너무나 이해하지 못한다는 것을 알게 되었다. 나의 혐의 없음에 대해 조목조목 설명을 펼쳐나갔지만 돌아오는 반응은 냉담하기 그지없었다.

나는 '이게 다 내 잘못이다, 내가 미술 책을 너무 어렵게 쓴 탓이구나' 하고 반성했다. 이게 무슨 말이냐면 나는 지금으로부터 약 10년도 훨씬 더 지난, 2007년 현대미술에 관한 책 『현대인도 못 알아먹는 현대미술』을 펴낸 바 있다. 그 이전에 나온 현대미술에 관한 모든 책이 너무 알아먹기 힘들다는 점에 화풀이하듯 써낸 책이었다. 현대미술에 관해 누구나 쉽게 알아먹을 수 있는 책을 쓰겠다고 작정하고 쓴 책이었다. 하지만 책을 썼으면 뭐하나, 세상 사람들은 나 조영남을 미술 사기꾼으로 생각하고 있는데. 그래서 혼자 결심했다. '그래, 이번에는 더 알아먹기 쉬운 미술책을 써보자.' 역사적으로 훌륭한 수많은 선배들은 유배지에서 공부도 더 많이 하고 책도 많이 써냈다. 그걸 겸사겸사 흉내내보기로 했다. 그래서 쓴 것이 대법원 무죄 판결 직

4

후 펴낸 책『이 망할 놈의 현대미술』이다.

아! 그런데 이를 어쩌나. 책 한 권 분량의 원고를 다 썼는데 또 시간이 남아돌았다. 그래서 또 생각했다. '놀면 뭐하나. 쓰는 김에 한 권 더 써보자.' 그렇게 시작해서 쓴 게 바로 이 책『보컬그룹 시인 李箱과 5명의 아해들』이다. 그러니까 5년여 걸친 유배 기간 동안 쓴 책이 두 권인 셈이다.

지금으로부터 꼭 10년 전인 2010년 이미 나는 시인 李箱에 관한 책을 한 권 쓴 바 있다. 그의 시詩 해설집『李箱은 異常 以上이었다』가 그 책이다. 李箱 탄생 100주년이 되는 해였다. 그런데 2020년에 다시 李箱 탄생 110주년을 맞아 특별히 날짜에 맞춰 펴내게 되었다.

이 책은 내가 시인 李箱이 세계 최고의 대가들 가령 미술계의 파블로 피카소, 음악계의 구스타프 말러, 철학계의 프리드리히 니체, 물리학계의 알버트 아인슈타인 같은 인물과 동격이 될 만큼 우수한 사람이라고 세상에 대고 우겨대보는 것이다. '획선'이 아니고, 픽하고 지나가는 '픽션' 계통의 책이다. 나는 평생 픽션을 멀리 해왔는데 쓰고 보니까 내가 글쎄 픽션 한 편을 써놓게 됐다. '이를 어쩌지?' 싶지만 '뭘 어째? 이제 다시는 책도 못 쓸 텐데.' 그런 맘으로 이 책을 세상에 내놓는다.

나는 실제로 컴퓨터를 쓸 줄 모르기 때문에 글을 쓸 일이 있으면 한 글자 한 글자 내 빨간색 잉크가 나오는 펜으로 꼬박 써내려간다. 『이 망할 놈의 현대미술』이나 지금 '책을 펴내며'를 쓰고 있는 『보컬그룹 시인 李箱과 5명의 아해들』은 조수를 시켜서 쓴 대작代作이 아니다. 몇 페이지만 읽어보면 알게 될 것이다.

2020년 가을
조영남

p.s. 이 책은 딸과 아빠의 대화체를 빌린 것인데 나는 내 딸과 시인 李箱에 관한 토론을 단 한 번 시도해본 적이 없다. 딸의 등장부터가 순 '구라'다. 많이 읽혔으면 좋겠다.

차례

1   2   5   3   4

1. 피카소 Picasso, Pablo, 1881~1973

화가. 스페인 태생으로 주로 프랑스에서 활동했다. 입체주의 창시자로 알려졌으나 그를 설명하기에는 부족하다. 현대미술의 거의 모든 영역과 양식을 개척한 그를 빼고 세계 현대미술을 논할 수 없는 입지전적인 존재다. 〈게르니카〉, 〈아비뇽의 처녀들〉을 비롯한 이루 헤아릴 수 없는 명작을 미술사에 남겼다.

2. 니체 Nietzsche, Friedrich Wilhelm, 1844~1900

철학자. 독일 태생. 실존 철학의 선구자로, 이미 19세기 이후 위대한 철학자 중 하나로 평가 받았으며, 오늘날까지 철학, 문학, 신학, 예술, 사회과학 등의 분야에 그의 영향을 받지 않은 곳이 없다고 할 만큼 위대한 철학자의 대명사로 군림한다. '신은 죽었다'는 선언, 초인超人의 설파 등으로 일반에게는 알려져 있다. 『비극의 탄생』, 『차라투스트라는 이렇게 말했다』 등의 저서로 유명하다.

3. 아인슈타인 Einstein, Albert, 1879~1955

물리학자. 독일 태생의 유대인. '특수 상대성 원리', '일반 상대성 원리', '광양자 가설', '통일장 이론' 등을 발표함으로써 현대 물리학의 토대를 새롭게 놓은 인물로 꼽힌다. 1921년 노벨물리학상을 받았다. 물리학을 전혀 모르는 사람도 이 사람의 이름은 안다. 천재의 대명사로 불리기도 한다.

4. 말러 Mahler, Gustav, 1860~1911

작곡가이자 지휘자. 보헤미아에서 태어나 오스트리아에서 활동했다. 낭만주의 음악가로 손꼽히는 그는 바그너의 영향을 받은 것으로 알려졌으며, 그의 음악 세계는 이후 쇼스타코비치, 베르크, 쇤베르크 등 수많은 음악가들에게 지대한 영향을 주었다. 방대한 악기 편성 등이 돋보이는 10곡의 교향곡은 물론 수많은 가곡을 남겼다.

5. 이상 李箱, 1910~1937

시인이자 소설가. 서울 출생. 본명은 김해경金海卿. 어린 시절 통인동에서 살았으며, 1929년 경성고등공업학교 건축과를 졸업한 뒤에는 조선총독부 내무국 건축과 건축과 기수技手로 근무했다. 이 무렵 조선건축회지『조선과 건축』의 표지도안 현상 모집에 당선되기도 하였고, 조선미술전람회에 양화洋畫〈자화상〉을 출품하여 입선하기도 했다. 1932년 역시 『조선과 건축』에 시詩「건축무한육면각체建築無限六面角體」를 발표하면서 처음으로 이상李箱이라는 필명을 사용했다. 1933년 각혈로 직장을 그만둔 그는 그뒤 요양차 머문 황해도 배천에서 기생 금홍을 만나 서울로 함께 돌아왔고, 종로에 다방 '제비'를 차렸다. 그후로 카페 '쓰루鶴', 다방 '무기麥' 등을 차리기도 했으나 신통치 않았다. 이후 친구의 이모였던 변동림과 결혼했으나 가난과 질병으로 비참한 삶을 이어나갔다. 이후 일본 도쿄로 건너갔으나 역시 가난과 병마에 시달리며 방황하다 사상불온 혐의로 구속, 도쿄대학 부속병원에서 사망했다.

초현실주의적이고 실험적인 시와 심리주의적 경향이 짙은 독백체의 소설을 쓴 그는 1930년대 우리나라 자의식 문학의 선구자이자 초현실주의적 시인으로 일컬어진다.

작품에 시「이상한 가역반응可逆反應」,「오감도」,「건축무한육면각체」, 소설「날개」,「종생기終生記」,「지주회시」,「동해童骸」, 수필「권태」 등이 있다. 이 가운데 특히 그의 대표작으로 알려진「오감도」는 15편의 연작시로서, 연재 당시 도저히 알 수 없는 난해함으로 독자들은 물론 문학계에 큰 충격을 주었고, 독자들의 강력한 항의로 연재를 중단하기도 했다.

일러두기

1. 이 책은 가수이자 화가이며 이 책의 저자인 조영남이 2016년 '미술품 대작 사건' 이후 칩거하는 동안 써내려간 두 권의 책 중 한 권이다.
2. 이 책은 저자인 조영남(=아빠)과 그의 딸 조은지(=딸)와의 대화 형식이긴 하나 이는 조영남이 채택한 서술의 방식일 뿐 실제 대화에 기반한 것은 아니다.
3. 소설·시·기사명·자료명 등은 홑낫표(「 」)로, 책·신문·잡지 등은 겹낫표(『 』)로, 노래 및 그림 또는 영화 제목 등은 홑꺾쇠표(〈 〉)로, 단체 및 그룹이나 프로그램명 또는 강조하고 싶은 것 등은 작은 따옴표(' ')로 표시하였다.
4. 시인 이상李箱, 시詩, 신神 등은 한글 한자 병기 대신 대부분 한자로만 표시하였다.
5. 본문에 수록한 이미지는 소장처 및 관계 기관의 허가를 받았으며, 저작권자를 찾지 못한 일부 도판에 관하여는 확인이 되는 대로 추후 적법한 절차를 밟겠다.

1.
시인 李箱 초상과
5명의 멤버

초상화 한 점에 관한 딸과 아빠의 대화

딸　이 그림 뭐야?

아빠　누군지 모르겠어?

딸　초상화 같은데 누구지?

아빠　아빠가 제일 좋아하는 사람, 지상 최대의 글쟁이 李箱 초상화.

딸　아, 소설「날개」를 쓴 작가? 어머 잘생겼네?

아빠　잘생기다니, 그럼 못생긴 줄 알았어?

딸　괜히 이상하게 생겼을 줄 알았지.

아빠　왜 이상하게 생겨?

딸　이상한 글만 썼잖아.

아빠　너「날개」읽어봤어?

딸　학교 다닐 때 읽어본 거 같은데 국어 공부는 잘 못했지만 그거 읽은 건 기억나.

아빠　그런데 李箱의 소설「날개」가 이상했어?

딸　이상했지. 함께 사는 여자가 몸 팔아 벌어온 돈 쭈그리고 앉아 세고 있는 찌질한 남자 얘기잖아. 아빠는 안 이상했어?

아빠　처음엔 나도 이상했지.

딸　거봐. 내 친구들도 다 이상하다고 했던 거 같은데?

아빠　그럼 李箱이 쓴 詩「오감도」는 어땠어?

딸　그건 더 이상했어.

아빠　얼마나 이상했는데?

딸　너무 이상해서 신경도 안 썼던 거 같아. 첨부터 하나도 못 알아먹었으니까.

조영남, 〈이箱과 친구들〉, 2018
이 책 구상 초기 작품으로, '시인 李箱과 5명의 아해들'을 주제로 한 다양한 그림의 출발점이기도함. 실제 그림으로 보면 한쪽 눈이 패여 있음.

아빠   그게 정답일 거야. 아빠도 李箱을 처음 읽을 땐 그랬어. 뭐 이런 게 다 있나, 이런 게 어떻게 詩인가, 한구석도 알아먹을 수가 없었어. 이름이 李箱이라서 일부러 詩를 이상하게 썼나 할 정도였어.

딸   그런데 아빠는 왜 시인 李箱을 그렇게 오래오래 좋아했어?

아빠   그냥 폼이었지 뭐. '봐라! 이래 보여도 나는 아무도 못 알아먹는 李箱의 詩를 읽는다' 그러면서 폼 잡는 거. 아는 체 으시대는 거. 그런 거였지 뭐.

딸   아이! 시시해. 그런 거 말곤 없었나?

아빠   지금 생각해보니까 李箱의 글이 너무도 이상한 게 이상해서 바로 그 이상한 것이 나의 호기심을 이상하게 땡겼던 것 같아.

딸   아빠가 李箱을 좋아했다는 건 내가 오래전부터 알고 있었어. 내가 중고등학교 다닐 때부터 만날 李箱에 대한 그림 그리고 李箱에 관한 책 수집하고 끝내는 李箱에 대한 이상한 책도 쓰고.

아빠   너 그걸 눈치챘었어?

딸   그럼. 눈치챘지. 아빤 날 바보로 아나봐?

아빠   아냐. 아빠는 네가 초등학교 때나 중학교 때도 무슨 얘기를 길게 늘어뜨려 할 줄 아는 탁월한 기술을 가졌다는 건 알고 있었어. 그래서 나는 네가 국문학을 전공했으면 싶었는데 느닷없이 연극과를 간다고 해서 그런가보다 했어.

딸   아빠. 그런데 왜 갑자기 李箱 얼굴 초상화를 또 그린 거야?

아빠   이건 그린 게 아니고 만든 거야.

딸   그린 게 아니고 만들었다는 건 또 무슨 소리야?

아빠   李箱의 얼굴 사진 중에 아빠가 제일 좋아하는 걸 크게 확대해서 스티로폼 재질의 캔버스에 붙이고 색을 덧칠하고 입체적으로 파내기도 하고 마대

천을 덧붙여 올리기도 했으니까 초상화를 그렸다기보다 만들었다는 게 더 정확한 표현이지.

딸　이런 걸 어떤 계열의 그림이라고 하지?

아빠　팝아트 계열 아니면 일종의 개념미술에 속하지.

딸　팝아트는 그런대로 알 거 같은데 개념미술은 또 뭐야?

아빠　보통 미술은 그냥 아트라 부르고 현대미술은 모던아트, 또는 팝아트 Pop art라고 하잖아? 파퓰러 아트 즉, 대중적인 미술. 알아먹기 쉬운 아트니까 현대미술은 일종의 대중미술인 셈이지. 사람들이 아빠를 팝싱어라고 부르는 것도 똑같이 쉬운 대중가수라는 뜻이고. 개념미술은 그런 팝아트와 비슷하게 가면서 약간만 다르다고 보면 될 거야.

딸　어떻게 다른데?

아빠　가령 여기 초상화 밑에 무슨 이름들이 너절하게 붙어 있잖아. 그건 작가가 무슨 생각이나 의미 같은 걸 전달하겠다는 뜻 아니겠어?

딸　물론 그렇겠지. 무슨 의미 같은 게 있겠지, 작가로서.

아빠　바로 그거야. 그런 생각이나 의미가 곧 개념이라는 뜻이야. 모종의 궁리이고 뭘 표현해야겠다는 생각, 그런 걸 멋진 어휘 '개념'을 끌어들여 개념미술이라고 부르는 거야. 하긴 세상에 개념미술이 아닌 그림은 없지만 말야. 만약 어떤 작가가 아무 생각없이 무슨 그림을 그렸다 해도 바로 그 생각 없었다는 그 의미는 남아 있지 않겠어? 그러니까 백지에 아무것도 안 그리고 〈이건 백지다〉라는 제목만 붙이면 아무것도 안 그린 백지가 아무것도 안 그렸다는 개념만으로 충분히 개념미술의 작품이 되는 거야.

딸　　그런데 아빠는 왜 갑자기 李箱의 얼굴 초상을 이렇게 크게 만들어놨어?

아빠　　아빠가 생각 없이, 개념 없이 그렸을 거 같아? 콘셉트도 없이?

딸　　아빠가 개념 없는 사람으로는 안 보이니까 무슨 뜻이 있지 않았을까?

아빠　　물론 뜻이 있었어. 아주 많이.

딸　　무슨 뜻!

아빠　　말하기가 좀 창피한데.

딸　　내가 딸인데 그런 게 어딨어. 뭐가 창피해?

아빠　　내가 李箱의 얼굴 초상을 자꾸 내세우는 건 조그마한 꿈, 어쩌면 불가능할지도 모르는 꿈이 있어서야. 아빠가 좋아하는 뮤지컬 〈맨 오브 라 만차〉Man of La Mancha에 나오는 주제가 〈이룰 수 없는 꿈〉 있지? 영어로 The Impossible dream 같은 거야.

딸　　그 꿈이 뭔데?

아빠　　비록 이룰 수 없는 꿈이라도 나는 내 꿈을 향해 달려간다, 그런 거.

딸　　글쎄, 그 꿈이 뭔데?

아빠　　내가 말했지? 아빠는 일찍부터 李箱을 좋아했어. 널 좋아하는 만큼이나 李箱을 좋아했어. 그건 너도 알지?

딸　　아빤 쭉 그랬어. 내가 잘 알아.

아빠　　그런데 아빠 혼자만 좋아하는 게 너무 아까워. 안타까워. 그래서 우리 모두가 李箱을 좋아했으면 하는 게 내 꿈이었어.

딸　　우리 모두라면 누굴 말하는 거야?

아빠　누구긴 누구야. 우리 대한민국, 아니 전세계에 퍼져 사는 모든 인류지.

딸　그래서 아빠가 미친듯이 李箱한테 매달렸구나. 그런데 아빠! 아빠도 처음엔 李箱을 그저 이상하게만 생각했다면서? 그런데 그러다가 어떤 순서를 거쳐 매달리게 된 거야?

아빠　야! 우리 지금 국문학 강의실처럼 되어 간다, 그치? 李箱을 공부하다 보면 자동적으로 李箱 비슷한 시인들을 공부해야만 하더라고. 가령 정지용, 김기림 같은 시인은 필수고 외국 시인도 들여다보게 되더라고.

딸　외국 시인 누구?

아빠　나는 문학을 전문으로 공부한 사람이 아니라 이런 대목에서 살짝 창피해지곤 하는데.

딸　왜 또 뭐가 창피해?

아빠　내가 하는 말이 진짠지 아닌지 정확히 모르기 때문에 살짝 켕기는 느낌 같은 거지.

딸　그게 뭔데?

아빠　응. 아빠는 지금 李箱을 공부하려면 반드시 외국 시인 보들레르나 랭보쯤은 알아야 한다고 얘길하고 싶은 거야. 뭐가 똥이고 뭐가 된장인지 그런 걸 비교하기 위해서.

딸　그게 왜 창피하다고 그래? 맞는 말 아냐?

아빠　겨우 보들레르나 랭보 정도 알면서 서양 쪽 詩를 몽땅 아는 척 허풍 떠는 것처럼 보일까봐 나로선 창피한 거지.

딸　딸한테 창피할 게 뭐 있어. 아빠는 그런 식으로 매달리다가 어느새 전문가처럼 된다는 거 아냐.

아빠　큰일날 소리 한다. 난 그 얘기가 아니고, 왜 李箱의 초상화를 그렇게 크게 만들었느냐는 질문에 대한 답을 꺼내려던 참이었어.

딸　그러니까, 이제 말해봐. 왜 李箱의 초상화를 그렇게 크게 그렸냐고.

아빠　대답할게. 나는 프랑스 시인 보들레르가 일찍부터 무척 부러웠어.

딸　李箱과 비교해서 어떤 점이 부러웠는데?

아빠　내 맘대로 대답할게. 그러니까 믿어도 되고 안 믿어도 돼!

딸　글쎄 어떤 점이 그렇게 부러웠는데. 그것부터 말해줘.

아빠　詩 쓰는 실력은 당근 우리 李箱이 보들레르나 랭보보다 훨씬 윗길이야. 딸, 너 그렇게 똥 씹은 표정 짓지 마. 그래서 내가 창피하다고 미리 말했잖아.

딸　나 이상한 표정 지은 게 아냐. 얘기 계속해.

아빠　그런데 한 가지, 李箱이 詩를 쓰는 본래의 실력을 떠나 뚜렷하게 국내외 전체 시인을 통틀어 그중에 딱 한 사람한테 꿀리는 게 있어.

딸　꿀려? 그게 누군데. 뭐가 그렇게 꿀리는데?

아빠　아! 이것도 창피한 얘긴데. 李箱을 꿀리게 하는 딱 한 사람은 다름 아닌 보들레르야.

딸　실력만은 李箱이 훨씬 윗길이라며?

아빠　그건 내 주장이 그렇다는 것이고 딱 한 가지 꿀리는 게 분명 있어. 꿀려도 보통 꿀리는 게 아냐.

딸　그게 뭐야? 실력 말고 뭐가 꿀려?

아빠　그건 바로 얼굴 사진이야.

딸　얼굴 사진이 꿀리다니 그건 또 무슨 소리야?

아빠　딱 잘라 말하자면 보들레르의 경우 우리한테 남겨진 그의 얼굴 사진이 너무 멋져. 기똥차. 예수의 얼굴도 누가 그렸는지 모르지만 멋있잖아. 잘 봐봐. 좀 과장해서 말하자면 얼굴로는 예수 그림 다음으로 보들레르의 얼굴

18

사진이 멋져. 우리는 '그대가 날 속일지라도' 어쩌고 하는 푸시킨의 詩를 무지 좋아하는데 정작 우리는 푸시킨이 어떻게 생겼는지는 잘 몰라. 딸, 너 알아?

딸　전혀 몰라. 관심도 없었어.

아빠　거봐. 너도 푸시킨의 얼굴 사진 본 적 없지?

딸　나야 없지. 나는 푸시킨이 어떻게 생겼는지 정말 몰라. 신경도 안 썼어.

아빠　이것도 내 생각인데 그건 푸시킨

사진가 에티엔 카르자가 촬영한 시인 보들레르 사진.

의 변변한 얼굴 사진이 남아 있질 않기 때문이야. 우리는 우리나라에서 제일 유명한 詩 '나 보기가 역겨워'로 나가는 「진달래꽃」의 시인 김소월의 얼굴도 잘 모르잖아. 우리나라 대표 시인 정지용, 김기림 얼굴도 잘 모르고. 아, 윤동주 시인의 얼굴은 영화 때문에 많이 알려졌지만 척 보고 보들레르처럼 아! 저건 누구의 얼굴! 이런 게 아직 없어. 그런 사진이 없단 말야.

딸　그래서 李箱 초상을 크게 만든 거야?

아빠　맞아. 그래서 나는 무모할 정도로 李箱의 얼굴 모습을 자꾸 만들어내서 내 책을 읽는 독자님들한테라도 익숙한 얼굴이 되라고, 다시 말해 보들레르처럼 멋진 얼굴로 기억되라고 여기저기 얼굴 모습을 실어놓는 거야. 그 역할은 이미 李箱의 절친 화가 구본웅이 착실히 잘해냈어. 나는 후발주자일 뿐이야. 구본웅은 절친 李箱의 초상화를 최초로 그려놨어. 사진처럼 그린 게 아니고 인상파와 야수파 식으로 아주 멋지게 기념비적으로 그려놨어.

딸　아하, 이제야 왜 아빠가 李箱의 얼굴 모습에 그토록 신경을 쓰는지

구본웅, 〈친구의 초상〉, 1935, 국립현대미술관 소장. 화가 구본웅이 친구 李箱의 얼굴을 그린 것.

2010년 시인 李箱 탄생 100주년에 출간한 조영 남의 책『李箱은 異常 以上이었다』표지.

제대로 알게 됐네.

아빠 딸, 너는 아빠가 아주 오래전부터 李箱에 집착했다는 거 잘 알고 있었지?

딸 잘 알고 있었다니까. 그래서 아빠가『李箱은 異常 以上이었다』라는 李箱 해설서를 쓰기도 했잖아. 그때 원고 쓰다가 아빠가 미세한 뇌경색 증세로 병원에 입원하기도 하고.

아빠 맞아. 그밖에 회화로도 여러 번 구본웅이 그린 李箱 얼굴을 카피했었어. 그러다가 이번에 본격적으로 李箱 초상을 만든 거야. 다행스럽게도 나한텐 약간의 그림 그리는 재능이 있는 게 고마울 뿐이고.

딸　아빠! 그런데 본격적으로 李箱 초상화를 다시 또 그리게 된 동기가 있었을 거 아냐?

아빠　물론 그럴 만한 이유가 있지. 그 동기가 웃겨. 다시 그리게 된 사연 말야. 아빠 얘기가 따분하게 들릴지 모르겠지만 털어놓을게.

딸　좋아, 털어놔봐.

아빠　아빠는 몇 년 전 여름 어느 날부터 李箱의 수필 「권태」의 해설서를 써내려가기 시작했어.

딸　느닷없이 그건 왜?

아빠　책으로 만들겠다는 생각 같은 건 없었어. '미술품 대작 사건'으로 기소되어 몇 년 동안 방송 출연도 못하게 됐잖아. 그러던 어느날 마침 심심하던 차에 「권태」를 한 번 읽었는데 너무 좋더라고.

딸　심심하던 차에 「권태」를 읽었다는 게 재밌네. 그러니까 나른한 여름날, 진짜 권태로움을 느낄 때 李箱 아저씨의 「권태」를 읽었다는 거네. 그래서?

아빠　그런데 너무 아깝더라고.

딸　뭐가 아까워. 수필 한 편 읽으면서.

아빠　아! 李箱의 「권태」가 단지 그저 그런 수필로만 알려져 있는 게 아까웠다는 거지.

딸　그것이 아까웠다면 아깝지 않게 뭔가 도와줄 방법이 있다는 뜻인가?

아빠　나는 「권태」가 비록 수필 쪼가리로 알려졌지만, 이 작품이 詩도 되고 소설도 된다는 걸 증명해내고 싶었던 거지.

딸　재밌네. 그래서 그 문제가 해결됐나?

아빠　아니야. 난 놀면 뭐하나 싶어 놀이 삼아 소위 「권태」 해설글을 써내려

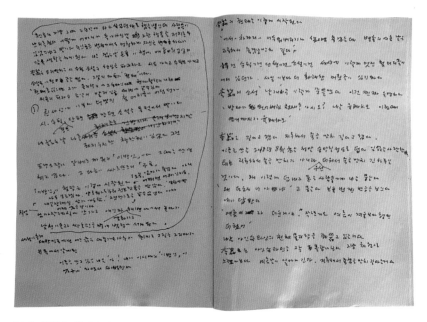

「권태」 해설글을 써놓은 노트.
말러의 교향곡을 듣지 않았다면 지금 이 책이 아니라 「권태」 해설집이 나왔을지도 모름.

가기 시작했어. 그런데 그 와중에 이상한 일이 생겨 흐지부지하게 되고 이런 황당한 짓거리를 벌이게 된 거야.

딸　　「권태」 해설글 쓰는 일이 흐지부지되고 무슨 딴짓거리가 생겼다고?

아빠　　어, 그렇게 됐어. 권태스러움과 정반대되는 소름 끼치는, 섬뜩한 일이 생긴 거야. 듣기에 따분해도 한번 들어봐줄래?

딸　　얘기해봐. 또 들어줄게.

아빠　　2018년 유난히 무더운 초여름. 그 여름은 정말 원없이 뜨거웠어.

딸　　그래서?

아빠　　얘기가 살짝 빗나가지만 아빠는 아침에 눈을 뜨면 화장실 갔다 오고

22

찬물 한 컵 마시고 TV를 켜는 버릇이 있잖아. 어느 주말 아침 TV를 틀었는데 클래식 채널에서 구스타프 말러의 교향곡 제3번이 나오는 거야. 아빠는 그 당시 클래식 음악채널에 맞춰놓고 잠 드는 버릇이 있었거든. 재미없는 클래식 채널을 켜놓고 있으면 잠이 잘 오니까. 그런데 눈 뜬 바로 그날 아침 TV에서 말러의 교향곡이 흘러나왔던 거야. 지휘는 머리숱 거의 없는 젊은 지휘자 파보 에르비Paavo Jarvi인가 그랬어. 그런데 이상했어.

딸　　뭐가 이상해?

아빠　　아빠가 명색이 음대 출신이잖아.

딸　　그렇지. 서울음대 중퇴에 명예졸업생이지.

아빠　　아빠는 이따금씩 교향곡을 듣긴 했지. 그런데 평소 베토벤, 모차르트, 브람스, 브루크너 같은 고전 음악가는 엇비슷하려니 하면서 들었는데, 그날 아침 말러는 전혀 다른 거야, 영판 달랐어.

딸　　뭐가 그렇게 달랐는데?

아빠　　오잉! 하면서 이런 교향곡도 있었나 싶더라고. 머리털이 쭈뼛 곤두서면서 음악에 확 빠져들었어. 충격적으로 말야. 그런데 그 충격이 계속 이어지는 거야. 가슴이 저려오고 소름 끼치는 느낌 같은 거 있지. 그런데 점점 더 쭈뼛해지면서 피날레 부분은 내 넋을 송두리째 뺏는 거야. 나는 베토벤, 슈트라우스, 모차르트, 브루크너한테서도 그런 충격적인 느낌은 한 번도 겪은 적이 없어. 그런데 말러의 음악은 정말 다른 거야. 생판 다르게 들리는 거야. 긴 교향곡 막판에 하늘이 무너져 내리는 듯한 팀파니의 탕탕탕 내려치는 소리와 함께 모든 악기가 포르티시모로 끝나는데 그날 나는 완전히 죽었어. 죽었다는 표현밖엔 달리 표현해낼 방법이 없어.

딸　　그래서 진짜 죽었네?

아빠 정신을 차리고 나니까 이게 뭔가 싶더라고.

딸 그게 무슨 뜻이야?

아빠 그야말로 시인 李箱의 이상한 가역반응도 아니고 어쨌건 이상현상은 확실한 이상현상이었어. 믿기지 않겠지만 아빠가 그런 이상현상, 가역반응 현상 같은 초긴장 상태로 말러의 교향곡 제3번을 듣게 된 이유가 따로 있어.

딸 그 이유는 또 뭐야?

아빠 웃기는 얘기로 들리겠지만 그날 아침 나는 주말 골프 약속이 잡혀 있었어. 나중에 알게 된 건데 말러의 교향곡 제3번은 엄청 길어. 90분 가까이 되는 곡이야. 그래서 듣는 내내 아빠는 속으로 골프 멤버 혜수야, 정웅아, 제발 좀 늦게 와라 애원을 하면서 듣게 된 거야. 너도 잘 알지만 아빠가 운전에 많이 서툴잖아. 골프 갈 때는 반드시 누가 날 태우고 가야 하거든.

딸 그래서 어찌 됐어?

아빠 초긴장 상태에서 천만다행히 끝까지 무사히 다 듣게 되었지. 교향곡 이 끝남과 동시에 우리집 경비실 전화가 따르릉 울리고 나는 허겁지겁 아랫 층으로 내려가게 됐지. 별 준비도 없이 허겁지겁 넋 빠진 채 그냥 내려갔으니 까 그날 골프는 가관이었어. 혜수 언니한테 물어보면 자세히 얘기해줄 거야. 그날 아침의 내 꼬락서니를. 이틀 후 정웅이 아저씨로부터 말러 교향곡 전곡 CD가 우편으로 배달되고. 그런데 거기서 스토리가 끝나질 않아.

딸 끝나지 않으면 뭐가 또?

아빠 이상현상, 가역현상 같은 게 계속 이어지는 거야.

딸 그런 이상가역현상은 또 뭔데?

아빠 그냥 웃겼어. 말러의 교향곡을 몽땅 들었을 무렵 아주 자연스럽게, 느닷없이 李箱이 떠오르는 거야. 시인 李箱이 말러와 똑같은 크기로 떠올랐어.

후배 윤정웅이 조영남에게 보내준 말러 교향곡 전곡 CD. 말러의 교향곡 제3번을 우연히 듣게 된 그날 이후 수없이 듣고 또 들었음.

이보다 더한 이상현상이 또 어디 있겠어? 딸! 아빠 얘기가 황당하게 들리지?

딸 아직 잘 모르겠는데? 말러에 빠졌는데 왜 갑자기 시인 李箱이 떠올랐는지.

아빠 내 딸 은지야. 넌 李箱이 아빠 삶의 기둥이었던 건 알고 있지?

딸 잘 알고 있어. 아빠가 李箱 詩 해설서를 쓸 때 벌써 짐작했어.

아빠 내 삶의 기둥은 李箱 단 한 사람이었어. 그렇지? 그날 구스타프 말러를 만나기 전까지 말야. 그랬는데 뒤늦게 말러가 나타나 내가 섬겨야 하는 또 다른 李箱, 제2의 새로운 李箱이 창조된 거야. 그게 바로 말러야. 아빠에겐 졸지에 두 개의 李箱이 생겨난 셈이지.

딸 말러 음악이 도대체 어땠길래 그렇게 된 거야?

아빠 한마디로 날 죽여줬다고 그랬잖아. 난 기절초풍한 거야. 그렇지만 나를 죽이는 형태에 있어 李箱과는 좀 달랐어.

딸　어떻게 달랐는데?

아빠　李箱은 나를 비교적 서서히 꾸준히 죽여주는 편이었지만 말러는 단칼에 날 죽인 거야. 나는 곧장 말러의 교향곡 열 곡 중에 다섯 곡의 악보를 구입해 말러를 날치기 공부하기 시작했어.

딸　그런데 교향곡 열 곡이 다 마음에 들었어?

아빠　꼭 그렇진 않았어. 李箱 책 읽을 때의 감동과 똑같은 수준의 감동이었어. 어떤 건 흥미 있고, 어떤 건 지루하게 느껴지고. 하여간 나한텐 결국 두 개의 A와 B가 생긴 거야. A 李箱, B 말러. 하하! 그게 나의 숙명이었어.

딸　아빠! 미안해. 난 지금 정신이 하나도 없어. 아빠가 접신을 해서 무당이 되는 건지 도무지 모르겠어. 왜 말러가 아빠의 李箱 자리에 들어설 만큼 숙명적이었는지 나는 아직 잘 납득이 덜 가는데. 그것도 어느날 듣게 된 말러의 교향곡 제3번 때문에 우상 한 명이 더 생겼다는 건 정말 이해가 잘 안 돼. 좀 우습기도 하고.

아빠　글쎄, 그게 웃기긴 해. 그런데 나도 사실 말러가 왜 그렇게 순식간에 나에게 크게 어필했는지 그 이유를 통 모르겠어.

딸　최소한 납득을 할 수 있게 설명을 좀 더 해줘야 할 거 같은데?

아빠　내 생각에는 두 가지의 큰 뜻이 있었다고 봐.

딸　그게 뭐야?

아빠　첫째는 음악적인 이유. 너는 아빠가 두 군데 음악대학교를 다닌 걸 알고 있지?

딸　알고 있지. 한양음대와 서울음대 다닌 거.

아빠　그러면 아빠는 한양음대와 서울음대 중퇴 출신으로 최소한 클래식 음악을 들으면서 살아왔을 거 아냐. 이런 클래식, 저런 클래식.

조영남, 〈비와 우산 아래 서울대 교복을 입고 서 있는 젊은이〉, 2016

딸　클래식이라는 건 아빠가 지금하는 팝 음악, 대중음악보다 더 정통 보수적 음악을 말하는 거지?

아빠　맞아. 그런데 나는 음대 다니는 성악도에서 팝송가수로 바뀌면서부터 클래식 음악은 설렁설렁 듣고 지냈어. 그러면서 대충 베토벤의 완성미, 모차르트의 명랑 경쾌, 슈베르트의 유려한 선율, 브람스의 웅장우아함, 라흐마니노프의 장엄한 대륙성, 브루크너의 장쾌한 화음, 뭐 그런 식으로 대충 생각하고, 들을 때마다 설렁설렁 넘어가곤 했어.

딸　그러다가?

아빠　그러다가 말러를 새삼스럽게 듣게 됐는데, 나한테 말러는 이들 모두를 합친 것보다 훨씬 더 뭐랄까 완벽한 클래식 음악으로 들렸던 거야. 말러를 만나기 전엔 어쩌다 클래식 음악 작곡가들의 기존 음악을 듣게 될 때면 아! 이 사람은 이런 음악, 저 작곡가는 저런 음악 해가면서 데면데면 지나치곤 했는데 말러는 달랐다는 얘기야. 말러는 듣는 순간부터 아빠 조영남의 넋을 쏙 빼놨던 거야. 말러는 내가 아는 베토벤, 모차르트, 슈베르트 일당들을 다 합친 것보다 더 강도가 센, 전혀 새로운 형태의 음악으로 들렸던 거야. 믿어져?

딸　예전에도 아빠는 말러 음악을 들었을 거 아냐?

아빠　물론 들었지.

딸　그때는 어땠는데?

아빠　다 엇비슷한 음악, 그저그런 클래식 교향곡 심지어 말러는 다른 음악과 비교해 이해가 잘 안 되는 고리타분한 음악으로 치부했어.

딸　그럼, 최근에 갑자기 매혹당한 또 다른 이유는 뭘까. 무슨 그럴듯한 진짜 이유가 있지 않을까?

아빠　글쎄. 아무리 생각해봐도 그건 아빠의 따분한 신세와 타이밍적으로 딱 맞아떨어졌기 때문인 거 같아.

딸　그건 무슨 말이야?

아빠　아빠가 지난 몇 년 동안 '미술품 대작 사건'으로 졸지에 문화 치한으로 몰려 쫄딱 망한 채 여론으로부터 버림받고 백수건달로 변모, 어쩔 수 없는 귀양살이의 한가운데 있을 때 말러를 듣게 된 거니까 타이밍적으로 말러가 찐하게 들려왔던 게 아닌가 싶어. 그러니까 말러는 지리멸렬 내 생애 최악의 시기에 오아시스가 되었던 것이고 정신적으로 가스펠로 다가왔던 거 같아. 복음의 소리, 구원의 소리였던 거야. 뭐, 그런 거 아닐까?

딸　됐어. 대충 알아들었어.

아빠　아냐. 그런 이유로는 아직 부족해. 할말이 또 있어. 내 삶에 李箱과 말러가 들어와준 것, 그건 마치 첫사랑을 만난 사건과도 비슷할 거야. 웃기지? 평생 간직할 첫사랑. 그러니까 억지스럽지만 아빠한텐 李箱이 첫사랑, 두 번째 사랑이 말러가 된 거야.

딸　정말 웃기는데?

아빠　뭐가?

딸　모든 정황이 웃겨. 우선 아빠 전공은 클래식 음악이잖아.

아빠　맞아. 음대 출신이니까 전공은 음악이라고 봐야지.

딸　그래서 웃기지 않아? 음악 전공 출신의 가수가 처음부터 자연스럽게 음악의 대가 말러를 제1로 치는 게 아니라 엉뚱하게 문학 쪽의 괴상한 글쟁이 작가를 제1로 치다가 추가로 클래식 음악가를 숭배하게 됐다는 그 순서가 크게 웃긴단 말야.

아빠　듣고 보니까 그러네. 진짜 웃기네. 하하하.

딸　또 웃겨.

아빠　말해봐!

딸　아빠는 음악 전공자이면서도 쭉 미술 전문가처럼 행세해왔잖아.

아빠　내가 그랬나?

딸　그렇게 보였어. 그런데 이상해. 미술에도 오래전부터 관여했으니까 상식적으로 아빠 영혼을 최초로 사로잡은 게 음악의 베토벤이나 미술의 피카소거나 뭐 그래야 하는데 뜻밖에 최초, 최고의 관심은 문학 쪽의 李箱이 자리를 잡았다는 게 이상하고, 그후에 뒤늦게 미술이 아닌 느닷없이 음악 쪽의 말러한테 영혼을 빼앗겼다는 게 많이 이상하고 계속 웃겨.

아빠　글쎄 말야. 나도 내 자신이 웃기는 것 같아. 좌충우돌로 진짜 웃겨. 나 자신도 이게 뭔가 싶고 어이가 없어. 나도 헷갈려. 어리둥절해.

딸　기억나?

아빠　뭐가.

딸　아빠가 한길사에서 미술 해설서『현대인도 못 알아먹는 현대미술』을 펴낼 때도 이상했고, 이어서 낸 詩 해설서『李箱은 異常 以上이었다』를 쓸 때도 진짜 이상했어.

아빠　뭐가 이상했어?

딸　아니, 누가 봐도 음악을 전공하고, 대중가수로 활동하는 사람이 음악은 어디다 두고 느닷없이 미술책을 펴내는 것도 이상했고 거기다 난해하기로 이름난 시인 李箱에 대한 전문적인 책을 펴내는 것도 이상했어. 얼핏 보기에도 아빠가 거의 종교처럼 숭배 추종하는 게 문학의 李箱인 것도 수상쩍었고.

근데, 아빠. 거기까지는 이해가 가. 그러면 李箱 다음에는 당연히 현대미술의 피카소나 아빠가 진짜로 좋아하는 화가 마네쯤이 되어야 맞는 건데 느닷없이 또 다른 추종자가 뜻밖에도 음악의 말러라고 하니까 많이 웃기는 거야. 그게 또 끝이 아냐. 李箱에 이어 말러에 반했고, 그 기분을 미술로 표현해야겠다면서 말러가 아닌 李箱의 단독 초상화를 그린 것도 이상하고 괴상해.

2007년 현대미술에 관해 알아먹기 쉬운 책을 한 번 써보자고 작정해 펴낸 조영남의 책 『현대인도 못 알아먹는 현대미술』표지.

아빠　　그게 왜 그렇게 이상해?

딸　　사정이 그러했다면 李箱의 초상과 말러의 초상 두 얼굴을 따로따로 그리거나 두 사람을 같은 그림에 그려 넣었어야 상식적인 일 아닌가? 계속 이상해. 여기 이 제목은 또 뭐야? 〈이箱과 친구들〉인데 그림에 여러 명의 이름이 적혀 있고, 말러의 이름은 겨우 네 번째에 적혀 있어. 이건 또 무슨 의미야?

아빠　　딸! 아빠를 너무 조급하게 몰아치지 마. 첨엔 아빠도 제목을 〈말러의 친구 李箱〉으로 할까 하다가 너무 어색한 거야. 억지스러운 거야. 그래서 이게 무슨 시추에이션인가 멍하고 있는데 퍼뜩 순간적으로 균형, 황금비율 뭐 그런 게 떠올랐어. 가역반응적 균형 같은 거.

딸　　계속해봐!

아빠　　李箱과 말러, 여기서 왠지 첨부터 李箱과 말러 두 명은 정상적인 균형이 아닌 것 같았어. 그건 마치 '트윈폴리오' 흉내를 낸다고 송창식과 윤형주가 아니라 송창식과 손흥민을 묶은 느낌이었어. 가수와 농부는 잘 어울리는 것 같은데 가수와 축구선수는 영 아닌 거야. 참 오묘하지?

딸　　그래서 어떻게 했어?

균형 찾아 삼만리

아빠　　그래서 낑낑대며 균형을 위해 겨우 끌어들인 게 피카소야. 퍼뜩 떠오른 게 느닷없는 피카소였어. 그런데 결과가 좋은 거야. 자, 봐! 피라미드처럼 삼각형으로 완벽하잖아.

딸　　왜 하필 미술의 피카소야?

아빠　　생각해봐. 문학에 李箱, 음악에 말러, 미술에 피카소. 자! 꼭대기에 문학, 양 옆으로 음악과 미술, 그러면 완벽한 황금의 트리오 아냐! 촬영할 땐 李箱을 가운데 놓고 양 옆으로 말러와 피카소가 자리잡는 거지. 좌말 우피. 왼쪽에 말러, 오른쪽에 피카소. 멋지잖아. 가만가만 근데 이것도 아냐. 너무 균형이 딱 들어맞아. 재미없어.

딸　　균형이 잘 맞는 게 재미없다니 왜 그런 거야?

아빠　　균형이 너무 딱 맞으니까 너무 평범해서 특색이 없는 거야. 어딘가 모르게 섭섭한 거야. 지나치게 완벽해 보여서 오히려 가역반응적으로 허술해 보이는 거야. 허전해 보이고 미학적으로 느껴지질 않는 거야. 아! 어쩌지, 이 균형을. 이렇게 궁리궁리를 하다가 이 없으면 잇몸으로 산다, 뭐 그런 결론에 이르렀지.

딸　　무슨 결론?

아빠　　에라이 쌍! 한판 크게 벌이자. 넓혀보자, 찢어보자, 그렇게 된 거야.

딸 갑자기 웬 판소리 같은 소리?

아빠 국악 판소리가 아니고 한번 일을 크게 벌이자, 이렇게 된 거야.

딸 그 판이 어디까지인데?

아빠 자! 잘 들어봐! 문학에 李箱, 미술에 피카소, 음악에 말러까지 뽑아놨지? 일단 삼각 형태가 완료됐어. 트리오가 된 거야. 하! 그런데 뭔가 허전해. 문학, 미술, 음악은 내가 비교적 가까이 접해본 분야인데 그밖에 어디엔가 뭔가가 더 있을 거 같아. 그걸 찾아보자. 갈 데까지 가보자. 더 넓혀서 선발해보자, 이렇게 된 거야. 이번에는 어디에서 새 멤버를 찾아볼까. 철학, 과학, 정치, 경제, 전자공학, 사회, 의학, 환경, 생리학, 미세먼지 분야에서 찾을까?

딸 그래서 찾았어?

아빠 어! 찾아냈어.

딸 어디서 찾아냈어?

아빠 두 곳에서 찾아냈어.

딸 왜 꼭 두 곳이야?

아빠 문학, 미술, 음악 세 가지는 먼저 골라놨잖아.

두 가지를 더 찾은 건 총 다섯을 묶는다는 생각에서 그런 거야.

딸 왜 꼭 다섯이야?

아빠 '트윈폴리오' 두 명, '비틀스' 네 명, 이번에 아빠가 만드는 새 그룹 다섯 명, 이렇게 된 거야. 별거 아냐. 가운데 주인공 한 명 놓고 양쪽에 두 명씩 배치한다 뭐 그런 거.

딸 좋아. 문학, 미술, 음악 외에 더 늘어난 두 곳이 어딘데?

조영남, 〈시인 李箱과 5명의 아해들〉, 2018
『보컬그룹 시인 李箱과 5명의 아해들』 표지 그림. 다섯 명의 인물을 모아놓은 작품은 여러 점 있지만 최종적으로 이 작품을 표지로 선정함.

아빠　철학과 과학.

딸　왜 꼭 두 군데로만 축소시킨 거야?

아빠　두 군데만 더 늘리면 문학, 음악, 미술, 철학, 과학 다섯 가지가 딱 떨어지게 되고 이 다섯 가지면 우주를 커버할 것 같았어. 그게 철학에 니체, 과학에 아인슈타인이야. 어때? 기발나지?

딸　웬 니체고 웬 아인슈타인이야?

아빠　그러게 말이야. 아마도 '세시봉' 멤버가 내 머릿속에 너무 깊숙이 박혀 있었나봐. '세시봉' 멤버가 이장희, 송창식, 윤형주, 김세환, 조영남 다섯 명이잖아. 그래서 부드럽게 李箱, 말러, 피카소 이 세 명의 트리오에 니체와 아인슈타인을 밀어넣어 기어코 다섯을 채운 거 같아. 그러니까 문학에 李箱, 음악의 말러는 내가 메인으로 뽑은 것이고, 미술의 피카소, 철학의 니체, 과학의 아인슈타인, 이 세 명은 결국 깍두기로 끼워넣은 셈이야. 그 세 명은 잔챙이로 끼어넣은 거지. 핫핫핫!

딸　아빠! 잔챙이라는 건 좀 지나친 디스 아냐?

아빠　아니야. 李箱의 세계에선 가능해. 그리고 그 사람들은 그런 농담쯤 넉넉히 받아넘길 수 있어. 농담이 넓게 쓰이는 곳이 소위 상류사회이고 선진사회야.

딸　왜 니체와 아인슈타인을 합세시켰는지 최소한의 명분이 있을 거야.

아빠 성격에 명분이나 의미 없이 그런 걸 결정할 리는 없을 거야. 그걸 말해
봐.

아빠   좋아. 그럼 우선 니체부터 가보자. 아빠는 철학에는 큰 흥미없이 살
아왔어. 문학, 음악, 미술에는 늘 흥미가 있었고. 왜냐. 소크라테스, 발쿠락테
스 전부 무슨 소린지 모르겠는 거야. 그래도 최소한 알아야 하는 게 있잖니?

딸   그게 뭔데.

아빠   어디 가서 철학 얘기 나오면 알아듣거나 한마디쯤 거들어야 되는 거
있잖아. 그래서 겨우 관심 있게 들여다본 결과 내 속에 남아 있는 인물이 대
충 볼테르, 철학자 이름으로는 볼테르가 단연 멋져. 볼테르, 칸트, 쇼펜하우
어, 키르케고르, 러셀, 그리고 사르트르, 니체야. 그중에서 아빠가 한 명 골라
잡은 게 니체야. 단연 니체였어.

딸   왜 하필 니체였어?

아빠   그들 대여섯 명이 몽땅 저항하는 철학자들이었고 내가 좋아하는 실
용적 마인드를 가진 철학자들인데 그중에선 단연 니체가 최고인 거야.

딸   그럼 아인슈타인은?

아빠   니체도 그랬지만 아인슈타인은 참, 나의 오지랖 정신의 결과물이었
던 거 같아.

딸   그게 무슨 소리야?

아빠   글쎄. 형이상학적 예술가는 반드시 과학을 이해해야 한다는 그런 생
각이 어디서 나왔는지 몰라. 아마 다른 것들은 내가 파고들면 알게 될 것 같
았고 과학은 파고들어봤자 결국 모를 거라는 내 스스로의 선입견 때문에 그
런 터무니없는 오기가 생긴 거지.

딸   무슨 오기?

아빠   진짜 예술가가 되려면 반드시 과학을 이해할 수 있어야 한다는 뜬구름 같은 주장. 그래서 자연스럽게 아인슈타인을 골랐던 거야.

딸   왜 하고많은 과학자 중에 하필 아인슈타인?

아빠   너 지금 퍼뜩 떠오르는 과학자가 몇 명이나 돼?

딸   나도 딴 사람은 생각이 안 나는데?

아빠   거봐. 그게 맞는 소리야. 과학자는 보통 사람의 머리에 남아 있는 사람이 많질 않아. 나는 창피하지만 우리네 과학자 장영실이 쭉 여자인 줄 알았다니까.

딸   장영실이 그럼 남자였어?

아빠   최근에 나온 영화에서 봤는데, 남자야. 내 기억에 남는 건 미국에서 원자탄을 비밀리에 만들 때 대표 반장이었던 오펜하이머, 그리고 그 밑에서 과학 얘기를 웃기는 농담의 소재로 써먹은 파인만이 있고 근래엔 스마트폰을 발명한 스티브 잡스도 후보로서는 손색이 없어. 그러나 뭐니뭐니해도 과학자 중에 압권은 갈릴레오도 올릴레오도 아닌 역시 아인슈타인이잖아.

딸   글쎄, 그 다섯 명을 놓고 보니까 와! 지구의 역사와 문화를 압축해 놓은 거 같아. 李箱만 빼고 다른 사람들은 단연 이 세상 최고의 셀럽에 최고의 명예 챔피언들 아니냐고.

아빠   뽑아놓고 보니까 그런 거 같네.

딸   그럼 이젠 어디로 갈 거야?

아빠   가다보면 또 길이 나오겠지, 뭐.

2.
현상수배범

요절하는 영남

아빠 　딸! 아빠가 옛날 미국에서 태어났더라면 아마도 열여덟 살 때쯤 죽었을 거야. 총에 맞아서.

딸 　아빠, 갑자기 그게 무슨 소리야?

아빠 　아빠는 참 오래 살았거든. 70년을 넘게 살았으니 말이야. 나는 지금 죽어도 호상好喪이야. 은지 너, 호상이 무슨 말인지 아니?

딸 　들어본 것도 같은데. 정확한 뜻은 잘 몰라.

아빠 　죽은 사람 장례 치르는 걸 상喪이라고 하잖아. 호상은 좋은 상이라는 뜻이야.

딸 　그런데 아빠가 열여덟 살에 죽는다는 건 무슨 얘기야?

아빠 　자. 한 번 상상해봐. 내가 만일 옛날 미국 서부 활극 시절에 태어났으면 틀림없이 스무 살을 못 넘기고 죽었을 거야. 고등학교 막 졸업하고 죽었을 거란 얘기야.

딸 　언제가 서부 활극 시절인데?

아빠 　그건 미국 역사 얘기야. 그 옛날 콜럼버스가 찾아냈다는 미국 아메리카는 크게 두 부분으로 나뉘어. 그러니까 미국 지도는 세로로 딱 반을 접으면 오른쪽은 세계 최대 도시 뉴욕이 있는 동부 지역이 되고, 왼쪽 반은 L.A라는 신도시가 있는 서부 지역이 되는 거야. 그 옛날 개척 시절, 그러니까 19세기 후반 미국 서부는 금 캐는 일을 비롯해서 막 개발이 되고 있었어. 골드러시gold rush, 골드러시 하면서 사람들이 사방에서 몰리는 바람에 이곳에서는 온갖 스토리가 생겨나고 특히 그 땅에 원래부터 살던 인디언들과 새로 들어온 사람들 사이에 필연적으로 마찰이 많이 생겼어. 너 서부 영화라는 말 들어봤지? 그때를 배경으로 만든 영화를 서부 활극, 혹은 서부 영화라고 불러.

딸 　아빠는 서부 영화를 많이 봤겠네?

아빠　　난 워낙 영화 광팬이잖냐. 고등학교 때부터 봤으니까 참 많이도 본 셈이야. 그땐 또 서부 영화가 많이도 상영됐어. 대한극장, 단성사, 우미관 같은 영화관에 서부 영화 광고판이 붙어 있으면 괜히 흥분되곤 했어. 와! 말 타고 카우보이 모자를 쓰고 황야를 달리는 모습, 흐느적대며 대사를 읊는 존 웨인, 큰 키에 이지적인 모습의 게리 쿠퍼가 나오는 수많은 영화 그리고 페이 더너웨이가 나오는 〈우리에게 내일은 없다〉Bonnie And Clyde 같은 영화에는 으레 현상금 걸린 광고용지 같은 게 등장하곤 했어.

'원티드'Wanted

범인을 잡는 사람한테는 얼마얼마를 보상금으로 준다는 달러 표시$도 있고. 그런 돈을 현상금이라고 해.

딸　　그런데 왜 아빠가 미국 서부 활극 시대에 태어났으면 열여덟 살 때쯤 죽는데?

아빠　　우리나라와는 달리 미국이라는 나라에서는 국가와 자신을 보호하기 위해서라면 18세 이상 국민 누구나 총기 보유가 법적으로 가능했어.

딸　　지금도 그렇지 않나?

아빠　　맞아. 논란은 많지만 지금도 그래. 자! 한 번 상상해봐. 내가 미국에서 태어나 총기 소유가 법적으로 허용된 열여덟 살 되던 해를 떠올려 보란 말야. 뻔해. 나는 18세 생일 며칠 전에 이미 각종 총을 구입해놓고 있다가 내 생일 4월 2일 아침이 되자마자부터 양 허리에 쌍권총 딱 차고 덩치 큰 말에 올라타 괜히 소리치며 와! 야호! 다 죽여 올킬! 고래고래 소리를 지르며 사방에 총을 빵빵 쏴대다가 어디선가 섯업! 하는 소리와 함께 날아온 총알 한 방 맞

WANT(ed)

Pablo
Piccaso FRederic ye A.
Nietzsche SAhng Ein
FAmeRObbe
$100000000000
CHOYOUNGNAM 조

조영남, 〈WANTED〉, 2018
다섯 명의 인물을 강도로 설정, 현상수배범으로 그려넣음.

고 그 자리에서 캑 쓰러지는 개죽음을 당했을 거란 얘기야. 재밌지?

딸　　재미없어. 그런데 왜 그런 재미없는 얘기를 신나게 하는 거야?

아빠　　음, 그건 〈원티드〉, 즉 현상범이라는 미술 작품을 구상하다보니 불쑥 그런 생각이 들었어.

5인을 현상범으로

딸　　그런데 이상해. 아빠는 왜 그렇게 좋아서 죽고 못 살던 사람들을 갑자기 현상범으로 몰아간 거야?

아빠　　그러니까 아빠가 좋다, 최고다 천재다 위대하다 진정 영웅이다 해가면서 떠들어대던 李箱을 포함, 다섯 명에 대한 애정이 왜 순식간에 돌변해서 그들을 말도 안 되는 현상범으로 몰아가느냐 그런 얘기지?

딸　　어. 왜 그런 거야, 갑자기? 李箱을 좋아한다면서. 좋아하는 마음을 책으로 만들어 법석 떤 것까진 그렇다 쳐. 그런데 이번엔 뜬금없이 음악가 말러를 들고 나와 李箱과 똑같은 맥락으로 좋아한다고 난리를 쳐대니 이런 걸 어떻게 소화해야 돼? 그리고 거기가 끝도 아니잖아. 연속해서 등장하는 미술의 피카소, 철학의 니체, 과학의 아인슈타인은 어떻게 된 거야? 어떻게 되는 건 둘째치고 느닷없이 그 유명한 다섯 명을 죄인 취급을 해서 현상범으로 몰아가는 이유는 또 뭐야? 아빠! 어디 아픈 거 아냐? 왜 그렇게 변덕을 부리는 거야? 빨리 대답해봐.

아빠　　음. 내가 영화를 너무 좋아해서…….

딸　　딴소리 하지 마! 영화 좋아하는 거하고 현상수배범으로 몰아가는 건 아무 상관도 없는 일이잖아.

42

아빠   야! 딸. 아빠가 이 세상 최고의 인물 다섯을 떡 주무르듯 하는 게 폼 나 보이지 않냐?

딸   재미없어. 딴소리하지 말고 대답해. 왜 갑자기 그들을 범죄인 취급했냐니까?

아빠   폼나 보이려고. 전유성 식으로! 그냥 한 번 해본 거야.

딸   아빠! 폼 하나도 안 나. 분명 무슨 이유가 따로 있을 거야. 그게 뭐냐고?

아빠   기다려봐. 내가 대답을 해줄게. 그 대신 조건이 하나 있어.

딸   조건이 뭔데?

아빠   너만 알고 있겠다는 것, 그걸 누구한테도 소문 안 낸다는 거. 그게 조건이야.

딸   알았어. 걱정마. 나만 알고 있을게. 털어놔봐.

아빠   아! 이건 너무 창피한데.

딸   딸한테 창피할게 뭐 있어. 빨리 말해봐.

아빠   음, 그건 나의 고질병 때문이야.

딸   웬 고질병?

아빠   심각해. 나의 원초적인 질투!

딸   헐! 질투할 게 따로 있지. 그런 질투는 우리 같은 애들이나 하는 거 아닌가?

아빠   아냐, 우리 같은 상늙은이한테도 평생 그런 게 있어.

딸   그런 질투 때문에 아무 죄도 없는 멀쩡한 사람들을 현상수배범으로 몰아 체포한다는 계획을 짠 거야? 원초적인 질투가 어떤 질투이길래 그런 치명적인 일을 한단 거야?

아빠　어떤 질투건 저떤 질투건 상관없어! 딸! 너 옛날부터 내려오는 그 말 몰라?

딸　무슨 말?

아빠　사촌이 땅을 사면 배 아프다는 그 말 말야.

딸　갑자기 땅 얘기는 뭐야?

아빠　부동산 얘기가 아니고, 이 자들의 횡포가 심해도 너무 심했어.

딸　무슨 횡포? 땅을 너무 많이 산 거?

아빠　많이 산 정도가 아냐. 있는 땅 없는 땅을 싹쓸이를 해갔단 말야.

딸　아빠가 그 땅을 먼저 사지 그랬어.

아빠　야! 지금 농담 따먹기 할 때가 아냐.

딸　좋아, 그럼 심각하게 말해봐. 아무 죄도 없는 저들을 왜 현상범으로 몰아갔어?

아빠　저들은 네가 몰라서 그렇지 아주 심각한 죄를 저질렀어. 죄질이 아주 나빠.

딸　글쎄 그 죄가 무슨 죄냐고. 구체적으로 말해보라니까.

아빠　말할게. 음! 나 같은 평범한 서민의 배를 불편하게 만든 죄.

딸　무슨 배를 불편하게 했는데?

아빠　타는 배 돛단배가 아니고 나의 이 불룩한 뱃속의 창자를 온통 뒤틀리게 만든 죄야. 그들이 쟁취한 명예가 나의 배를 몹시 아프게 만든 죄야. 치명적인 죄 말야.

딸 아빠. 지금 장난해? 세상에 그런 죄가 어딨어?

아빠 그런 죄가 왜 없어. 있어.

딸 그렇게 우격다짐으로 나갈 거야? 딸하고 대화
하고 싶지 않아, 아빠?

아빠 이건 아빠 입으로 얘기하고 싶지 않지만 딸! 문제는 네가 살리에리의
비애를 몰라서 그래.

딸 살리에리인지 죽을레리인지 그건 또 뭐야?

아빠 네가 모를 수도 있어. 너 모차르트 알지?

딸 베토벤 같은 유명한 음악 작곡가 아닌가?

아빠 맞아. 모차르트는 여섯 살 때부터 왕한테 불려가 피아노를 치는 능력
을 보여준 신동 출신의 천재 음악가야. 살리에리도 모차르트와 똑같은 시기
에 활약했던 똑같은 신동 출신의 음악가였어. 그러나 차이는 많았어. 처음부
터 모차르트는 흙수저 출신이고 살리에리는 금수저 출신이야. 모차르트는 여
섯 살 때 왕 앞에 불려가고 살리에리는 열여섯 살에 불려가게 돼. 그런 식의
큰 차이가 나는 거야. 차이는 또 있어. 살리에리는 나중에 궁정음악장이 되는
데 모차르트는 궁정은커녕 도박과 술과 여자에 빠져 촐싹대는 거 같은데도
음악 실력으로 인정을 받는 면에서 단연 살리에리를 앞서는 거야. 그뿐인가.
살리에리는 당대 최고의 실력자들인 베토벤, 슈베르트, 리스트 등이 선생님,
선생님 하고 따르는데 모차르트만은 줄곧 자기를 우습게 보는 거야.

딸 아빠, 그러면 살리에리의 비애라는 건 뭐야?

아빠 살리에리의 입장에서 보면 다른 음악가는 상관 없는데 딱 하나 모차
르트만 작곡을 해내는 재주와 능력이 자신보다 항상 월등하게 두드러져 보이
는 거야. 질투가 꿈틀대게 만드는 거지. 그보다 더 짜증나게 하는 건 모든 사

람이 하나같이 모차르트, 모차르트 하는 거야. 그렇게 평생을 질투와 부러움의 끝탕으로 살아야 했던 걸 후세 사람들은 살리에리의 비애라고 부르는 거야. 비애의 전설이 탄생한 거지.

딸   참 안타까운 얘기네. 그런데 아빠. 아빠한테는 가수하면서 그런 비애가 없었나?

아빠   왜 없었겠어?

딸   아빠한테도 그런 비애가 있었다고? 놀라운 일이네. 어떤 비애였어?

아빠   평생 패티김, 이미자 선배한테 눌려 지내야 했던 비애. 평생 조용필의 환호성 소리에 눌리는 듯한 비애 때문에 죽을 맛이었어.

딸   비애면 비애지. 눌리는 듯한 비애는 또 뭐야?

아빠   넌 그런 느낌 몰라. 살리에리와 똑같아. 분명 학벌, 실력 어느 모로 보나 내가 못할 것이 없어 보이는데 왠지 모르게 그네들이 받는 환호성 소리가 더 요란하지 않나, 하는 느낌. 그 더럽고 치사하고 비겁한 느낌, 그게 사람 미치고 '짬뿌'치게 하는 거야.

딸   아하, 그래서 홧김에 그네들을 현상범으로 체포해서 복수극을 벌이겠다는 거야?

아빠   그밖에 다른 방법이 있으면 말해봐. 당장 체포해서 수갑 채우고 몽땅 내가 왔다갔다 했던 대한민국 서초동 법원 청사로 끌고 가 포토라인에 세우고 1심 재판, 2심 고등재판, 3심 대법원 재판까지 끌고 가 유죄 판결을 받아내야만 해.

딸   그래서 기어코 감옥에 보내겠다는 거야?

아빠   감옥뿐이면 약과지. 재판 결과가 어떻게 나오느냐에 따라 달라지겠지만 최소한 가석방 없는 무기징역이나 종신형 같은 세상에 없는 극한 처벌

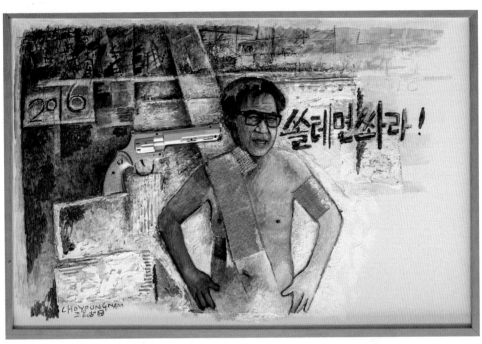

조영남, 〈쏠테면 쏴라〉, 2016
2016년 '미술품 대작 사건' 이후 그린 그림.

조영남, 〈유죄〉, 2017
2017년 '미술품 대작 사건' 관련 1심에서 유죄 선고를 받은 이후 그린 그림.

을 받게 될 거야.

딸 차라리 사형을 언도하지 그래?

아빠 아! 그건 안 돼!

딸 왜 안 돼?

아빠 내 평판 때문에.

딸 무슨 평판?

아빠 저들을 명예강탈을 이유로 극형에 처하면 그동안 쌓아온 내 평판에 금이 갈 수도 있을 것 같아서 그래.

딸 아빠, 조영남 씨! 정신 차려요! 아빠의 평판은 이미 바닥을 찍은 지 오래 됐고, 금이 갈 평판도 없다고요. 내가 말 안 할려고 했는데.

아빠 말해봐. 지금 막 나가는 부녀지간에 못할 소리가 어딨어.

딸 난 이상하게 아빠가 점점 째째하게 보여.

아빠 나? 맞아. 난 보기보다 째째한 남자야. 최근 몇 년 동안 급격하게 쫄아들었어.

째째한 남자

딸 째째한 것에 스토리가 있는 거네.

아빠 맞아. 아빠는 '미술품 대작 사건' 이후 급격히 쪼잔해졌어.

딸 그건 내가 잘 알아. 집만 남기고 남은 재산 다 날아가면서 아빠한테 는 짠냄새가 풍기기 시작했어.

아빠 네가 잘 봤어. 남들이 돈 아낀다고 포인트 적립하는 걸 보고 내가 궁 상 떤다고 그토록 타박했는데 어느새 내가 궁상을 떨고 있더라고. 요즘엔 영 화관에서 내가 생년월일이 명시된 주민등록증을 서슴없이 제시해. 반값 노인

우대를 받는 거야. 거기에다 팝콘 한 통까지 공짜로 받아먹는 내가 된 거야.

딸   공짜 팝콘은 또 뭐야?

아빠   서울 코엑스에 있는 메가박스 영화관에 가서 강남에 산다는 주민등록증만 제시하면 오리지널 팝콘 한 통을 공짜로 제공해줘. 이젠 이 째째함이 그렇게 달콤할 수가 없어. 그동안 내가 너무 시건방졌던 거야. 난 이제 위대한 찌질남으로 완성된 거야.

딸   그러니까 째째해진 김에 아빠보다 훨씬 위대한 사람들을 명예강탈범으로 처벌하겠다는 거네? 그런데 아빠! 명예강탈죄가 정작 시행이 된다면 오히려 아빠가 먼저 처벌을 받게 될 걸?

아빠   뭐라고? 내가 먼저 처벌을 받게 된다고? 흠. 듣고 보니까 기분 나쁘지는 않은데 딸! 넌 아빠를 과대평가하는 거야. 그러면 안 돼. 잘 봐! 지금 내가 움켜쥔 명예는 참 처량하기 그지 없어. 초라해. 그나마 쥐고 있던 명성은 최근 몇 년 간의 '미술품 대작 사건'으로 몽땅 털렸잖아. 이제 나한테 남아 있는 명예나 명성은 흑싸리 껍데기에 불과해.

딸   흑싸리 껍데기는 뭐야?

아빠   음! 그건 네가 화투놀이를 몰라서 그런데 화투는 총 48장으로 구성되어 있어. 그중 흑싸리 껍데기는 '끗발'이 가장 낮아.

딸   끗발은 또 뭔데?

아빠   아! 이걸 어떻게 설명해야 하나. 48장 화투의 계급장 같은 거야. 흑싸리 껍데기가 계급이 제일 낮고 지금 아빠의 끗발은 '개끗발'에 흑싸리 껍데기 수준이라는 거야.

딸   그럼 우리의 李箱, 피카소, 니체, 아인슈타인, 그리고 말러의 끗발은?

아빠   엄청나지. 명예강탈죄로 고발당한 다섯 명 무뢰한들의 끗발은 모두

조영남, 〈겸손은 힘들어〉, 2010
화투 48장 중 가장 '끗발'이 낮은 흑싸리로 '겸손'에 관해 표현한 그림. 이외에도 흑싸리로
'겸손은 힘들어'라는 같은 주제를 담은 그림이 여러 점 있음.

조영남, 〈항상 영광〉, 2004
화투 48장 중 솔광, 삼광, 팔광, 똥광, 비광 등 광 다섯 장을 모아 '영광'을 표현한 그림. 이외에도 같은 주제의 그림을
여러 점 그렸음.

가 최고의 끗발이야. 공교롭게도 다섯 장이네. 20끗짜리 광 나는 화투패 말야. 솔광, 삼광, 팔광, 똥광, 비광들이야. 삐까번쩍 대박이야.

딸　그럼 흑싸리 껍데기같이 찌질한 아빠가 20끗짜리 광나는 끗발들한테 항명 항거하는 셈이네.

아빠　그렇지. 혁명적인 풍경이야. 멋져! 두고봐! 더 드라마틱하게 펼쳐질 거야.

딸　어떤 장면이 나올지 자못 궁금해지네.

아빠　새로운 국면으로 접어드는 거야. 판검사 빌라도가 심문하고 피의자 예수 그리스도가 대답을 하는 국면. 『성경』에 등장하는 예수가 십자가 형틀로 처형되기

직전에 치른 약식 재판 같은 건데 그게 세계사적으로 엄청난 논쟁거리였던 거야.

딸　빌라도가 누군데?

아빠　약 2천 년 전 로마제국 치하의 점령국가 이스라엘에 주둔하던 총독 이름이야.

딸　빌라도가 예수한테 뭐를 심문했는데?

아빠　매우 심각한 문제를 심문했지. 이런 거야. '네가 진짜 이 세상의 왕이냐, 네가 세상을 구한다는 진짜 메시아냐' 그걸 캐물었어.

딸　예수는 그 질문에 어떻게 대답해?

아빠　대답이 너무 멋지고 단호해. '나는 오직 진리를 말했을 뿐이다.' 그러니까 빌라도가 되물어. '그럼 도대체 네가 말하는 진리는 뭐냐?' 이때 어떤

대답이 나왔을 거 같아?

딸　　내가 그걸 어떻게 알아? 뭐라고 대답했는데?

아빠　　정작 대답은 묵묵부답. 노 코멘트, 거부권 행사. 침묵으로 일관하는 거야.

딸　　거기까진가? 역사적 논쟁이?

아빠　　빌라도와 예수의 토론은 일단 거기서 끝나는 걸로 되어 있어.

딸　　대충 진리가 뭐냐고 묻고, 묵비권 행사하고. 그냥 맥없이 끝난 것처럼 보여. 그게 재판의 끝이야? 너무 심심하지 않아?

아빠　　맞아. 싱겁게 끝나.

딸　　아빠는 그럼 진리를 뭐라고 생각해?

아빠　　그건 공부를 좀 해보면 차차 알게 돼. 예수를 따르면 진리를 찾게 되고 그 진리가 너희를 자유케하리라, 뭐 그런 걸 미분적분해보면 진리는 결국 사랑이라는 걸 알게 돼.

딸　　그래도 예수는 죽잖아.

아빠　　죽지. 거부권 행사에 묵비권까지 부풀려져서 결국 왕 사칭죄를 덮어쓰고 장렬하게 처형을 받게 되지.

딸　　그 얘기는 왜 꺼낸 거야?

아빠　　우리도 그런 식으로 재판을 끌고 간다는 거야. 극비 작전 같은 거. 덮어씌우기 작전을 펼치는 거지.

딸　　아빠. 李箱을 비롯해 다른 사람들에게 그만한 죄가 있을까?

아빠　　덮어씌우는 데 무슨 죄질이 중요해. 재판에서는 판례가 매우 중요한데 그런 판례는 엄청 많아. 넘쳐나. 예수가 그랬고 소크라테스도 말도 안 되는 젊은이 선동죄가를 덮어쓰고 사약 사발을 받았잖아. 갈릴레오도 그런 식으로 곤욕을 치렀고 카뮈가 쓴 소설 「이방인」의 주인공 뫼르소도 애매한 죄를 뒤집어쓰고 감옥에 가게 돼.

딸　그렇다 치고 그럼 한 사람씩 죄명을 대봐. 자! 피카소부터.

아빠　피카소는 그중 수월해. 덮어씌울 게 넘쳐나. 우선 젊어서부터 죽을 때까지 공산주의에 깊숙이 개입했다는 것. 지금은 말도 안 되지만 예전에는 이 죄목만으로도 큰 벌을 받곤 했어. 또 있어. 공산주의 정신을 가지고 그림을 그렸는데 일찍부터 그림값을 고액으로 받아 챙겨 부르주아 자본주의의 왕처럼 산 죄. 죄질이 매우 안 좋아.

딸　그럼, 니체는?

아빠　니체는 아주 간단해. 한 가지로 충분해. 신의 명예를 대놓고 농락한 죄. 신을 허수아비로 비하한 죄. 사실 이건 옛날 같으면 불에 태워 제거하는 화형감이지.

딸　그럼, 아인슈타인은?

아빠　아인슈타인도 생각보다 쉬워. 원자핵폭탄의 원리가 될 수 있는 $E=mc^2$인가 뭔가를 개발한 후 노벨상까지 타먹은 죄, 그거 하나로 충분해. 핵폭탄 투하로 수억 인간이 죽게 됐잖아. 말러? 말러도 심플한 편이야. 명예 강탈 및 고전음악을 깡그리 흙탕칠한 죄. 아직 남았나?

딸　李箱만 남았네.

아빠　李箱은 제일 혹독하게 다뤄야 해.

딸　왜 그렇게 다뤄야 하는데?

아빠　다 계획이 있어. 어떻게든 명예탈취범의 주모자로 몰아가야 해. 더 쎄게 옴짝달싹도 못하게 엮어야 돼.

딸　李箱한테 그만한 죄가 있어?

아빠 없으면 만들기라도 해야지.

딸 무슨 수로 만들어낸다는 거야?

아빠 내가 생각해둔 게 하나 있어. 이거면 딱이야.

딸 그게 뭔데?

아빠 명예를 강탈할 목적으로 예고나 허락도 없이 일찍 죽은 죄. 요절한 죄. 어때?

딸 ……. 아이구, 맙소사!

현상범들의 최후

아빠 왜 그래?

딸 할말이 없어서 그래. 그렇다치고 그럼 어떤 처벌을 받아낼 수가 있을까? 무기징역? 사형은 아빠 평판 땜에 안 된다고 했잖아.

아빠 이제 와서 평판 따위 필요없어. 그냥 끝까지 밀고 나가는 거야. 내가 평생 꿈꿔왔던 방식으로 몰아갈 거야.

딸 어떤 방식인데?

아빠 너 뮤지컬 〈지저스 크라이스트 슈퍼스타〉 기억나지?

딸 너무 유명하잖아. 대강은 알고 있지.

아빠 그 뮤지컬의 마지막 장면을 완벽하게 카피하는 거야. 멋지겠지?

딸 나는 무섭고 끔찍하게 여겨지는데 아빠는 어쩜 그리 천연덕스럽게 멋지지 않냐고 나한테 물을 수가 있어?

아빠 야! 나의 영웅들! 李箱을 십자가 처형대 맨 가운데에 세우고 왼쪽엔 피카소와 니체, 오른쪽엔 아인슈타인과 말러를 강도 자리에 배치시키고 거기에 뮤지컬 주제 음악까지 섞어 〈지저스 크라이스트 슈퍼스타〉에 가사만 슬쩍 바꿔서 李箱, 李箱 슈퍼스타, 파블로 피카소 슈퍼스타, 프리드리히 니체 슈퍼스타, 알버트 아인슈타인 슈퍼스타, 구스타프 말러 슈퍼스타, 슈퍼스타, 슈퍼스타, 슈퍼스타 슈퍼스타 이렇게 장엄하게 울려퍼지는데 안 멋있을 수가 있겠냐?

딸　당연히 멋있겠지. 아주 색다르게.

아빠　아! 그런데 망쳤어. 총체적으로 망쳤어.

딸　왜? 어떻게 됐는데?

아빠　재판에 들어갔는데 1심 재판에서부터 박살이 났어.

딸　1심 재판 결과가 어땠는데?

아빠　유죄였어.

딸　잘된 거 아냐?

아빠　당근 잘된 거지. 그런데 형량이 너무 낮아.

딸　어떤 형량인데?

아빠　징역 10개월에 집행유예 2년.

딸　명예강탈죄 형벌이 그것밖에 안 된대?

아빠　그렇대.

딸　그래서 어떻게 했어? 받아들였어 말았어?

아빠　당장 항소했지. 2심인 고등법원으로 올렸지.

딸　거기에선 어떤 결과가 나왔어?

아빠　2심에서부터 제대로 망하기 시작했어.

딸　왜?

아빠　2심 고등법원에선 글쎄 무죄래. 명예를 강탈당한 피해자들의 직접

증거가 불충분하기 때문에 무죄라는 거야.

딸   그래서?

아빠   나는 최선을 다했어. 이번엔 최종 3심인 대법원으로 항소했어.

딸   대법원 결과는 어땠어?

아빠   5년 만에 마무리가 되는 대법원 판결은 너무나 치밀하고 우아했어.

딸   얼마나 치밀했는데?

아빠   이번 문제는 세계적 법정의 판례로 남는 법정 다툼이기 때문에 대법원에선 공개 공청회까지 열었어. 보통은 2심 결과가 대법원에서도 자연스럽게 이어지는데 이번 판결은 전례가 없는 일이기 때문에 전국적으로 공개 공청회를 열어서 전 세계로 생방송을 한 거야. 거기에서 대법관 네 분을 모시고 검찰관 네 분, 국선변호사 두 분이 참석해서 시시비비를 가린 거야.

딸   그래서 결과는 어땠어?

아빠　　결과적으로 李箱 때문에 망쳤어.

딸　　　여기에서 李箱이 왜 나와?

아빠　　李箱이 피고인 대표로 나서서 최후진술을 했어. 천하의 李箱이 최후의 진술을 하다보니 얼마나 감동적이었겠니. 게다가 막판엔 울먹거리며 대법관님들에게 유무죄를 잘 가려달라고 읍소해. 분위기가 싹 명예강탈범 쪽으로 기울어진 거지.

딸　　　그래서 李箱 때문에 망쳤다는 얘기구나. 5년 만에 무죄 판결로 최종 정리가 되고. 아빠 그런데 차라리 잘된 거 아냐?

아빠　　뭐가 잘된 거야?

딸　　　대법원에서도 1심처럼 유죄로 판명됐으면 생각해봐, 아빠. 그분들이 만약 징역살이라도 했으면 얼마나 아빠에 대한 원성이 높았겠어. 애먼 5인의 세계적 인물을 죄인으로 몰아갔다고. 아이고! 그렇지 않아도 아빠의 안티가 넘쳐나는데 차라리 무죄로 풀려나길 천만다행이지.

아빠　　야! 넌 지금 누구 편이야?

딸　　　휴. 아빠. 이젠 철들 나이도 되지 않았어?

아빠　　철들면 노망으로 직결될걸?

딸　　　노망 들기 전에 다음 일이나 생각해봐.

아빠　　악덕 딸 같으니라고.

3.
李箱과 5명의
아해들

딸　아빠. 이 그림은 또 뭐야?

아빠　그림에 적혀 있는 그대로 〈시인 李箱과 5인의 아해들〉이야.

딸　아해들이라는 건 어른이 아닌 어린아이들이라는 뜻의 옛말이지?

아빠　맞아, 그냥 '서태지와 아이들' 할 때 그 아이들이야. 李箱의 「오감도-詩 제1호」에 나오는 '13인의 아해가 도로를 질주하오'에서 '아해'만 빼서 패러디한 거야.

딸　알았어. 그런데 이상해.

아빠　뭐가 이상해?

딸　아빠가 이들 다섯 명을 싹 재판에 넘기지 않았나? 명예탈취 혐의를 뒤집어씌워서 말야.

아빠　그렇게 넘겼지. 그러나 무죄 방면됐잖아. 5년 재판 끝에.

딸　그럼 살리에리의 비애는 어떻게 됐어. 아빠가 품었던 뭐였더라. 응, 그거. 원초적 질투는 싹 없어졌어? 그래서 지금은 시원해졌어?

아빠　음, 그게…….

딸　왜 대답을 못해?

아빠　창피해서 말 못하겠어.

딸　뭐가 창피해?

아빠　사실 후회만 잔뜩 밀려들었어.

딸　웬 후회?

아빠　그들을 재판에 넘겨 싹 제거해버리면 시원하고 후련할 줄 알았는데 그게 아니더라고.

딸　뭐가 그게 아녔어?

조영남, 〈시인 李箱과 5인의 아해들〉, 2018
다섯 명의 인물을 한 화면에 담은 최초의 그림. 하지만 표지는 다른 그림으로 선정함.

아빠 그들을 체포해서 재판에 올린 순간부터 그네들의 명예가 왕창 더 뻥 튀기로 치솟는 거야. 더 커지는 거야. 엄청난 가역반응이었어. 흠흠! 혼자 나만 머쓱해졌지, 뭐.

딸 그토록 큰소리치면서 뮤지컬 〈지저스 크라이스트 슈퍼스타〉 투, 어쩌고 저쩌구 하더니.

아빠 난 그일로 크게 배운 게 있어.

딸 뭘 배웠어?

아빠 질투는 소멸되는 것이 아니라 우리 주위에 늘 도사리고 있는 필수품이라는 사실. 나는 계속 질투하면서 살아야 해. 그게 정상이야. 요즘 '미스트롯'의 송가인도 그렇고 '미스터트롯'에 나오는 청년 임영웅, 이찬원한테도 나의 질투가 끊이질 않아. 이찬원이 대구의 조영남으로 알려졌다는데 특히 그의 젊음이 나의 질투심을 끓게 만드는 거야. 빌어먹을 질투!

딸 아빠! 그네들 다섯 명이 무죄 방면됐잖아. 그런데 어떻게 다시 접선하게 된 거야?

아빠 말도 마! 그네들이 어느날 청담동 우리집을 찾아왔어.

딸 뭐라고? 우리 아파트로 찾아와?

아빠 찾아왔어. 그래서 만났는데 주모자 李箱이 나한테 아무렇지도 않게 얘기해주더라고. 자기네들도 처형당하는 줄 알고 바짝 쫄았는데 5년 만에 무죄로 풀어주래. 그래서 장차 이 일을 어찌할까 회의를 했는데 조영남을 찾아가보자는 자체 결론이 나왔대. 그래서 모두들 대한민국 대법원청사에서 큰 길 쪽으로 내려와 길 가는 사람들한테 가수 조영남 집이 어딘지 아냐고 물어봤더니 전부 청담동 쪽 영동대교 근처에 가서 물어보면 찾을 수 있을 거다, 해서 별로 어렵지 않게 찾아왔다는 거야.

딸　난 왜 그걸 몰랐지?

아빠　그 전날 너는 인성이네 치킨집 알바 갔다 밤늦게 돌아와서 내가 일부러 안 깨우고 나 혼자 그네들을 만났어. 야! 딸! 내가 그네들 다섯 명을 만나 첫번에 한 말이 뭔 줄 아니?

딸　나야 모르지. 뭐라고 했는데?

아빠　첫마디를 영어로 했어.

딸　영어로? 뭐라고 했는데?

아빠　아이엠쏘리.

딸　그랬더니 뭐래?

아빠　그네들도 영어로 대답하더라고. '노추러블럼.' 참신했어.

딸　그런 말이 있나?

아빠　추러블과 프러블럼의 합성어인가봐.

딸　그래서 뭘 했어?

아빠　이런저런 얘기하다가 내가 나섰지. 우리가 이렇게 한자리에 모이는 건 결코 쉬운 일이 아니다. 우리 '세시봉' 멤버 다섯 명이 모이는 것도 몇 년에 한 번씩이 될까 말까인데 지금까지 오대양 육대주에 각기 떨어져 살던 우리가 이렇게 모였으니 이건 기회다, 이건 찬스다, 놀면 뭐하냐. 우리 계모임이라도 한판 꾸미자. 좋다 좋다 이렇게 나가다 모임 이름 얘기까지 나와. '신세계 평화사절단', '지구촌 문화개척단', 이렇게 거창하게 왈가왈부하다가 갑자기 떠오른 게 'BTS', '방탄소년단'이었어. 지금 세계를 떠들썩하게 만들고 있잖니. 그래서 내가 제의했어. 보컬그룹 한 번 만들어보는 게 어떠냐. 하니까 모두가 콜 하더라고. 그룹 이름도 막 등장했어. '방탄중년단'이 어떠냐, 李箱이 자기는 20대 청년이라서 '방탄청년단'은 어떠냐고 제안하더라고. 분위기가 한껏 들떴어. 이쯤부터 아빠의 야심찬 플랜이 빛을 보기 시작했어.

李箱 띄우기 작전

딸　　무슨 플랜인데?

아빠　　너만 알고 있어. 아빠가 우리의 영웅 李箱을 띄우는 플랜이야.

딸　　어떻게 띄우려고?

아빠　　내가 장황하게 역설했어. '비틀스'나 '퀸', '롤링스톤스' 같은 외국 그룹의 경우 대표 이름을 앞세우는 경우가 많지 않은데 우리는 다르다. 우리 대한민국에선 흐름이 다르다. '신중현과 엽전들'을 비롯 '조용필과 위대한 탄생', '서태지와 아이들'까지 왔다. 여기는 로마가 아니라 대한민국이다. 대한민국 방식으로 가야 한다. 따라서 우리가 결성하는 보컬그룹의 명칭은 '시인 李箱과 5명의 아해들'이다. 내가 못을 딱 박았지. 李箱을 은근슬쩍 앞쪽으로 끌어올린 거야. 그게 어떤 의미냐. 엄청난 거야. 한큐에 피카소, 니체, 아인슈타인, 말러를 졸지에 아이들로 내려앉힌 거지. 무자비하게 말야.

딸　　그랬더니 별일 없었어?

아빠　　별일은 무슨 별일. 모두가 엄청 좋아했어. 그 다섯 명 모두가 선량한 사람들 아니니. 자기네들이 섭섭하지 않게 李箱을 캡틴으로 모실 테니까 아무 염려 말라고 오히려 나한테 격려를 해주더라고.

딸　　흠! 무난하게 '시인 李箱과 5명의 아해들'이라는 이름의 보컬그룹이 출범하게 됐네!

아빠　　두고봐. 세계 최고의 보컬그룹이 될 거야.

딸　　아빠! 보컬그룹을 거창하게 결성해서 뭐할려고 그래? 목표가 뭐야?

아빠   공연을 해야지.

딸   무슨 공연?

아빠   창립공연 같은 거. 대차게 축하 공연을 벌일 거야.

딸   변덕이 죽 끓듯 하네.

아빠   왜 그런 생각을 해?

딸   언제는 죽여야 한다고 난리를 쳐대더니 이번엔 보컬그룹을 결성하고 공연까지 펼친다니 그게 변덕이 아니고 뭐야?

아빠   이 모든 게 다 李箱 때문이야.

딸   알아. 李箱 띄우기 위한 작전이라는 거지?

아빠   그런 셈이지.

딸   좋아. 그런데 이 그림은 또 뭐야?

아빠   어! 그거? 너 그거 보면 모르겠니?

딸   글쎄. 세계 최초 공연 '시인 李箱과 5명의 아해들' 하면서 무슨 공지사항 같은 걸 쭉 적어 놨네.

아빠   이건 포스터야. 길거리 전봇대에 붙일 선전 포스터. 보컬그룹 다섯 명 멤버의 얼굴들이 쭉 실려 있어. 이들이 장차 李箱 작시, 조영남 작곡의 〈이런 詩〉란 창작곡을 세계 최초로 대한민국 서울시 종로구 통인동에서 전격적으로 발표를 한다는 내용이야.

딸   그런데 창립 발표회를 예술의전당이나 세종문화회관에서 하질 않고 왜 하필이면 통인동이야?

아빠   뜻이 실감나게 있어. 종로구 통인동은 李箱이 어렸을 때 살았던 동네였으니까 더 뜻이 있어 보이지 않니?

딸   아빠! 그런데 한 가지.

조영남, 〈시인 李箱과 5인의 아해들 공연 포스터〉, 2019
다섯 명의 인물을 모아 보컬그룹을 만든 뒤 공연을 펼치게 하겠다는 구상 이후 공연을 알리는 포스터 형식으로 만든 그림.

아빠 뭐?

딸 사람들이 믿을까?

아빠 뭘?

딸 여기 포스터에 붙어 있는 다섯 사람 모두 벌써 죽은 지 오래됐다는 걸 다 알 텐데 그 죽은 사람들이 콘서트를 한다고 그걸 믿겠냐구. 요즘 사람들 다 나처럼 선수급들인데.

아빠 물론 모두 죽은 사람들이야. 하지만 그렇다고 해서 공연을 못한다는 법은 없어.

딸 죽은 사람들이 어떻게 '비틀스'처럼 보컬그룹을 한다는 거야?

아빠 왜 못해? 그건 그냥 개념의 문제일 뿐이야.

딸 개념? 무슨 개념이야, 그건?

아빠 죽은 사람은 죽어서 아무것도 못한다는 건 1차원적 개념.

개념을 살려라

딸 그럼 2차원적 개념이 따로 있어?

아빠 그럼, 있고 말고. 죽은 사람도 산 사람처럼 똑같은 보편적 능력을 가질 수 있다는 개념.

딸 에이, 그건 억지다.

아빠 아냐. 나는 죽은 사람과 실제로 함께 공동 전시를 벌인 적이 있는데?

딸 진짜? 언제 누구랑?

아빠 2009년 서울 강남 청담동 C.T. 갤러리에서 조인트 전시를 했지. 네가 고등학교 다닐 때쯤일 거야.

Joseph Beuys
&
Youngnam Voice

JUL. 22 ~ SEP. 12. 2009

SEOUL C·T GALLERY
Contemporary Tomorrow

光

2009년 개최한 '요셉 보이스와 영남 보이스' 전 팸플릿.

딸 난 또 뭐라고. 그거야 미술 전시회니까 죽은 사람의 작품과 아빠의 작품을 함께 전시하는 거였겠지.

아빠 아냐. 보통 전시회가 아녔어. 너 그때 아빠가 누구와 미술 전시를 했는지 모르지?

딸 난 기억 잘 안 나.

아빠 죽은 아티스트였는데 그 사람은 놀랍게도 세계 현대미술계를 이끌어온 요셉 보이스Joseph Beuys였어. 너 보이스가 누군 줄 알아?

딸 잘 모르는데?

아빠 몰라도 돼. 너 백남준은 알지?

딸 많이 들어봤어.

아빠 오케이. 요셉 보이스는 백남준을 얘기할 때 꼭 등장하는 세계 현대미술사에서 매우 중요한 인물이야. 요셉 보이스 때문에 단박에 백남준이 세계적인 아티스트로 올라섰거든.

딸 그게 무슨 말이야?

아빠 백남준은 한국 사람이잖아. 딸! 네 생각에 역사상 한국 사람 중 세계적으로 제일 유명한 사람이 누구일 거 같아? 세종대왕? 이순신? 노! 백남준이야. 아마도.

딸 그 정도야? 백남준이?

아빠 압도적으로 제일 유명하지. 그 백남준을 유명하게 만든 일등공신이 바로 요셉 보이스라는 순 독일사람이야. 그 사람은 백남준을 만나기 전부터 세계 미술계에 널리 알려진 인물이었어. 그런 그가 백남준을 끌어다가 함께 골 때리는 해괴망측한 행위미술을 벌이면서 백남준도 덩달아 세계적인 인물로 뜬 거야.

딸 골 때리는 공연?

이상한
공연

아빠 처음에는 주로 음악회 형식을 빌렸어. 내가 '시인 李箱과 5명의 아해들' 공연 포스터를 만들어 배포한 것처럼 일반 음악회를 한다고 선전을 해놓고 정작 공연 당일 관객들이 보는 앞에서 멀쩡한 바이올린이나 피아노 같은 악기를 도끼로 내리쳐 와장창 부서뜨리는 거야. 그게 공연 내용의 전부이고.

딸 관객들이 깜짝 놀랐겠네. 음악회인데 바이올린이나 피아노를 연주한 것이 아니라 그 귀한 악기들을 부서뜨렸다고?

아빠 세상에 없던 해괴망측한 음악회였지. 당연히 관객이 그게 무슨 음악이냐고 항의가 빗발쳤겠지?

딸 당연히 그랬겠지.

아빠 그런데 이때 보이스와 백남준의 대답이 절묘했어. 기상천외였어.

딸 어떤 대답이 나왔는데?

아빠 '세월은 변했다, 무릇 악사가 바이올린이나 피아노를 통상적으로 멋지게 연주하는 소리만 음악 소리가 아니다, 지금부턴 실제로 악기가 쾅, 퍽, 찌지직, 뿌지직 부서지는 소리도 그 자체로 음악이다!' 이렇게 답변한 거야.

딸 뭐라고? 멀쩡한 바이올린을 무대 바닥에 내리쳐 뿌직 소리 나는 것

1961년 도쿄에서 펼친 백남준과 요셉 보이스
의 2인 합동 행위미술 장면.

도 음악이고 피아노를 도끼로 내리쳤을 때 나는 꽈다당 하는 소리도 음악이라고? 그게 말이 되는 소리야?

아빠   바로 그거야. 요셉 보이스와 백남준은 사람들이 바이올린으로 예쁜 소리를 내고 피아노는 아름다운 선율을 팅겨낸다는 음악적 고정관념, 기존 개념을 시원하게 박살냈던 거야. 픽, 와장창, 쾅, 찌지직 소리나 소음조차도 똑같은 음악 소리로 존중받아야 한다 그렇게 역설한 거지. 그게 단박에 세계적 톱뉴스로 알려지면서 보이스와 백남준은 즉각적으로 세계적인 음악가, 아니 미술가가 된 거야.

딸   그 공연으로 음악가가 된 게 아니라 미술가가 됐다고?

아빠   악기 부서뜨리는 행위는 그 자체가 행위미술 퍼포먼스 아트잖아. 그래서 음악, 미술을 통합한 위대한 아티스트로 자리매김을 한 거지. 내가 그 요셉 보이스와 공동 전시회를 펼쳤다는 거 아니냐.

딸   죽은 사람과 조인트 전시를 했다는 건데, 어떻게 했는지 말해줘.

아빠   이야기가 좀 긴데, 들어주겠다면 말할게.

딸   아빠, 내가 들어줄게. 시작해봐.

아빠   일단 아빠가 죽는 거야. 가상으로.

딸　　죽어? 자살? 타살?

아빠　　또 1차원적 얘길하네. 한 차원만 넘어서봐. 살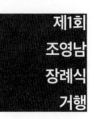
아 있는 사람도 얼마든지 죽을 수 있어. 나는 일단 죽었
다고 가정을 하고 내가 들어갈 관을 만들었어. 관을 짰
어. 전시 첫날 저녁 관람객이 꽉 들어찬 전시장에 들어
가기 전 전시장 밖에 놓아두었던 나무관에 내가 들어가 눕는 거야. 그리고
이어서 내가 살았을 때 친하게 지낸 친구 몇 명이 상여꾼으로 돌변해 내 관을
들고 관람객을 비집고 전시장 안으로 들어가. 그때 친히 관을 들고 간 상여꾼
대표가 누구였는지 아니? 바로 가수 이문세였어. 잘나가는 이문세가 졸지에
상여꾼 역할을 떠맡으면서 이문세는 위대한 이문세, 위대한 행위예술가로 즉
시 등극하게 된 거지.

딸　　행위예술가가 됐다고?

아빠　　물론이지. 사람이면 누구나 행위예술가가 될 수가 있어. 그날 이문세
는 관객을 뒤엎었어. 말 그대로 예술이었어. 이문세가 장엄하게 관을 들고 종
을 흔들며 전통적인 장송곡을 읊었지. '아이고! 아이고! 우리 영남이 형, 이
제 가면 언제 오나, 북망산천 저기인데 그 많은 여자친구 놔두고 어쩌자고 멀
리멀리 가셨나 아이고. 아이고' 곡소리를 내며 그렇게 조영남의 제1회 장례
식을 거행하게 돼.

딸　　그래서 그 다음엔?

아빠　　나는 죽은 상태에서 먼저 죽은 요셉 보이스를 만나 둘이 함께 미술
잔치를 벌이는 거야. 그때 사회를 맡은 게 『경향신문』 유인경 전 기자와 MBC
라디오 '지금은 라디오 시대'를 나랑 같이 진행한 최유라였어. 유언장 낭독
은 서울대 법학전문대학원 이철수 교수가 직접 낭독해줬고.

'요셉 보이스와 영남 보이스' 전 당시 개최한 조영남의 제1회 장례식.

딸   어떻게 진행이 된 건지 좀 자세히 말해봐, 아빠.

아빠   상여가 관객 앞에 멈추면 조명이 관을 비춰. 그담에 관속에 누워 있던 내가 관뚜껑을 제치고 일어나 그 앞에 설치되어 있는 사다리를 타고 하늘로 올라가는 거야.

딸   하늘로 올라가서 뭐하려고?

아빠   높은 벽 위쪽에 요셉 보이스의 얼굴 초상이 걸려 있으니까 그 위에서 처음으로 죽은 사람 둘이 상봉을 하고 죽어서도 잘 계셨냐, 나는 방금 한국에서 온 화수畵手 조영남이다, 인사를 나누고 평소 우리의 백남준을 돌봐줘서 늘 고마운 마음 가지고 살았다, 오늘 전시회를 함께 해서 영광이다 어쩌고 저쩌고 생쇼를 벌인 거지.

딸   그래도 궁금한 게 있어.

아빠   뭔데? 말해봐.

딸　　보통 보컬그룹 하면 '비틀스'처럼 학교 친구들이거나 마을 친구들이거나 '비지스'Bee Gees처럼 형제들이거나 무슨 공통분모가 있게 마련인데 '시인 李箱과 5명의 아해들'의 경우 번갯불에 콩 구워먹듯 후다닥 급조한 데다, 서로 아무런 관련도 없는 생판 딴 나라 딴 동네에서 살았고, 더구나 각각 딴 분야에서 딴 일을 하던 인물들인데 어떻게 함께 모여서 보컬그룹을 한다는 건지 그게 우선 궁금해.

아빠　　딸아. 그건 크게 염려할 거 없단다. 특히 우선 李箱만 빼고 나머지는 걱정을 안 해도 돼.

딸　　그게 무슨 말이야?

아빠　　글쎄 李箱만 빼고 나머지는 아무 걱정이 없다니까.

딸　　어떻게 걱정을 안 할 수가 있어?

아빠　　우선 피카소는 그림 소재로 기타를 수시로 그리고 만들었어. 내 눈에는 피카소의 하고많은 작품 중에 그가 입체적으로 만든 기타가 가장 근사하게 느껴진단 말야. 기타는 스페인 사람들이 가장 선호하는 악기야. 그 악기가 항상 피카소의 스튜디오 어딘가 비치되어 있었어. 그러니까 웬만큼은 기타를 튕길 줄 알 거라는 게 내 생각이야.

딸　　그럼 니체는?

아빠　　니체야말로 이번 공연에서 도무지 걱정할 게 없네요.

딸　　아빠! 철학자가 보컬그룹 멤버로 둔갑한다는 게 말이 돼?

아빠　　아하! 아빠가 니체는 실제로 일찍부터 음악에 해박한 지식을 가졌고, 어려서부터 피아노 연주에 능숙했다는 걸 말 안 했구나. 그 유명한 바그너 음악

피카소, 〈기타〉(I love Eva), 1912, 파리 피카소 박물관 소장.

의 소품을 연주할 정도로 짱짱한 실력을 갖추고 있었어.

딸　그렇다면 참 다행이네.

아빠　그 다음은 누구야?

딸　과학자 아인슈타인.

아빠　딸, 너 그거 몰랐지? 아인슈타인은 아주 이름난 바이올린 연주자였어.

딸　정말?

아빠　자선모금연주회를 종종 개최했을 정도야. 관객이 꽉 들어찬 무대에서 물리학 강의가 아닌 순수 바이올린 연주를 했던 거지. 상상만 해도 재밌잖냐. 아인슈타인의 바이올린 연주 말야. 아빠는 그 점에 대해 또 다른 생각을 가지고 있어.

딸　무슨 생각?

아빠　아인슈타인이 최고의 천체물리학자가 된 건 음악을 완전 이해했기 때문이었다. 뭐 이런 생각 말야.

딸　그게 무슨 말이야?

아빠　딸. 음악 소리에는 형체가 있어? 없어?

딸　물론 없지.

아빠　그럼 그가 직접 연주한 바이올린 연주 멜로디는 어디로 갔겠어? 음악 소리가 어디로 사라졌겠냐고.

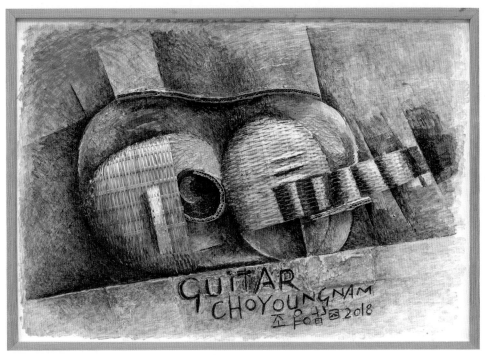

조영남, 〈기타〉, 2018
기타를 소재로 한 작품을 여러 점 남긴 피카소에 착안하여 조영남 역시 기타를 소재로 여러 점의 작품을 만들었음.

딸　물론 허공 쪽으로 날아갔겠지?

아빠　그렇지. 무한대의 허공, 우주 천체 공간 속으로 흩어졌겠지. 금방 조금 전까지 선율이 분명 눈앞에 존재한 것 같았는데 어느새 어느 공간으로 날아가 사라진 걸까, 아니면 소리는 어느 허공 속을 헤매고 있을까, 소리에는 속도가 있을까? 있다면 어떤 속도와 파장을 가졌을까, 그런 걸 공상하다가 천체 물리학 쪽으로 깊숙이 들어가게 됐고, 그러다가 결국 그 유명한 $E=mc^2$라는 어마어마한 공식까지 만들어냈다, 뭐 그런 게 내 생각이야. 믿거나 말거나. 자! 바이올리니스트 아인슈타인, 다음은 누구야?

딸 말러.

아빠 말러는 아빠가 특히 음악의 神으로 치부하는 인물이니까 음악에 대해 거론하는 건 입만 아프지. 편곡 지휘를 맡은 수석 음악 감독을 맡는 거야.

딸 아빠. 이젠 다 됐어. 이젠 그럼 李箱 한 사람만 남아. 사실상 주인공인데 어떻게 되는 거야?

아빠 뭐가 어떻게 되는데?

딸 李箱이 음악을 했다는 소리는 전혀 못 들어본 거 같은데. 그 일을 어쩌냐고.

아빠 아무 걱정 마. 주제곡 한 곡만 잘 부르면 돼.

딸 무슨 주제곡?

아빠 내가 작성한 그림 선전판에 나와 있잖아. 李箱이 작사하고 아빠가 작곡한 〈이런 詩〉라는 노래 말야.

딸 그 곡을 李箱이 직접 부른다고?

아빠 악보를 읽을 줄 아는 니체, 아인슈타인, 그리고 특히 말러가 李箱의 보컬 코치로 나서면 아무 문제 없을 거야.

딸 李箱이 갑자기 존 레논으로 바뀌는 거네.

아빠 그럼. 잘해낼 거야. 李箱은 평소 아는 친구들 모임에 나서서 적절히 리드해나가는 걸 좋아했고 금홍이를 만난 술집에서도 육자배기 정도는 불렀을 거 아냐. 그런 실력이면 충분해. 아빠의 작곡 실력도 뻔해. 〈화개장터〉처럼 여럿이 부를 수 있게 아주 쉬운 멜로디로 작곡을 했으니까. 李箱도 몇 번 내가 직접 가르쳐주면 금방 따라할 거야. 게다가 李箱 자신이 써놓은 詩에 곡을 붙였으니 얼마나 실감나게 잘 부르겠어.

딸 그런데 아빠. 명성 면에서 누가 봐도 다른 네 사람보다 우리의 李箱 아저씨가 확 처지는데 그분을 대표 보컬로 세우는 건 아무래도 무리가 아닐까?

아빠　알아. 내가 그 점을 잘 알아. 그건 마치 李箱이 '서태지와 아이들'의 서태지 역을 맡고 '조용필과 위대한 탄생'에서 조용필 역할을 맡는 거와 같은데, 그게 아무래도 부자연스럽게 보인다는 말이지?

딸　뭐 그런 거지.

아빠　명성 면에서 우리의 李箱이 형편없이 딸리는 건 사실이야. 내가 그걸 어떻게 모르겠어. 그래서 나는 일부터 시침 뚝 떼고 李箱한테 리더 역할, 반장 역할을 떠맡긴 거야.

딸　왜 꼭 그래야 하는데?

아빠　그래야 이 글을 읽는 독자들에게 李箱이 뛰어나 보일 테니까. 군계일학으로. 하하하.

딸　그 정도야? 李箱의 능력이?

아빠　李箱의 능력이 어떤 지는 이 책 끝날 때쯤 바보가 아니면 알게 될 거야. 물론 능력이야 대보면 알게 되는 거지. 기다려봐. 차차 알게 될 거야. 우리 속담에도 있잖아. 길고 짧은 건 대봐야 안다. 그게 비교해보면 알게 된다는 뜻이야.

딸　글쎄 대보는 건 대보는데 진짜 다른 네 명이 불만 없을까?

아빠　뭐에 대해서?

딸　나이 많은 자기네들을 놔두고 제일 어린, 음악에 별 관심없이 살아온 李箱이 리더가 된다는 것에 대해서.

아빠 말하자면 권력 다툼 같은 게 없겠냐는 거지? 그건 나도 걱정 많이 했어. 그러나 그런 생각은 애당초 부질없는 생각이라는 걸 금방 알게 됐어. 왜냐? 신기하게도 이들 중에 누구 하나 으스대는 사람이 없었다는 거야. 우쭐대는 사람이 아예 없어. 모두가 마치 우쭐대기에는 시간이 너무 모자란다는 투였어.

딸 그건 겸손했다는 거 아냐?

아빠 글쎄. 겸손이라는 어휘를 쓸 새가 없을 정도야. 그 사람들 때문에 내가 평생 겸손 문제를 가지고 왈가왈부한 게 참 어쭙잖았구나 하는 느낌을 가졌을 정도야.

딸 그게 무슨 말이야?

아빠 딸! 내 평생 최대의 문제는 사실상 겸손이었거든. 사실 나는 이 빌어먹을 겸손이 잘 안 되기 때문에 한사코 겸손의 문제에 매달렸어. 심지어는 〈겸손은 힘들어〉라는 노래를 만들어 불렀는가 하면 화투의 사흑싸리를 그려 놓고 〈겸손은 힘들어〉라는 제목을 붙였을 정도로 겸손 문제에 매달렸던 거야. 그런데 이 다섯 멤버들한테는 겸손의 냄새 같은 게 애당초 없었어. 그냥 무색 무특징의 사람들이었다고 해야 하나? 이 사람들에게는 애초에 불평불만, 투덜거림 자체가 없는 것 같았어. 그냥 진공 상태의 사람들 같았다고 하면 설명이 될까? 겸손이나 교만 같은 칙칙한 낱말은 갖다댈 수조차 없는 순박한 사람들이었단 얘기야. 한 단계만 초월하면 다른 세상에 이른다는 얘기야. 한마디로 서너 살 먹은 어린애 같았달까? 이쯤에서 나이와 숫자에 대한 매우 진지한 성찰을 담은 이야기를 해주고 싶은데 한 번 들어볼 생각이 있어?

딸 무슨 얘기인데?

아빠 네 살짜리 남자 아이와 세 살짜리 여자 아이가 서로 사랑했어. 한동

조영남, 〈겸손은 힘들어〉, 2014
화투 48장 중 흑싸리를 모아 〈겸손은 힘들어〉라는 작품을 만든 한편으로 조영남은 같은 제목의 노래까지 만들어
부르기도 함.

안 열렬히 사랑하다가 어느 날 네 살짜리 남자아이가 '우리가 지금 사랑하고 있을 때가 아니니까 헤어지자'고 했어. 그 말을 들은 세 살짜리 여자아이가 펑펑 울었어. 그러자 남자아이가 여자아이를 달래면서 뭐라고 했는지 알아? '괜찮아, 울지마. 우리가 한두 살 먹은 어린애가 아니잖니' 그랬대. 하하하.

딸   아재 개그 그만해. 이제 뭘하지?

**빡센
검증**

아빠   검증을 해야지.

딸   누굴?

아빠   누구긴 누구야. 다섯 명 모두지.

딸   아까 검증한 거 아니었어 아빠?

아빠   그게 무슨 검증이야. 그냥 소개 수준이었지. 이젠 진짜 검증을 해야 해.

딸   뭐를?

아빠   다들 진짜 실력이 있는지, 특히 다른 멤버들에 대해 우리 李箱과 보컬그룹 활동을 함께 할 수 있는지 강도 높게 검증해야지. 간단히 말해 오디션을 보는 거야. 딸! 이건 딴 얘기지만 아빠가 앞으로 TV 출연을 하게 되면.

딸   출연하게 되면 뭐?

아빠   아빠의 작은 희망이 있어.

딸   뭔데.

아빠   오디션 프로에 심사위원으로 나서는 것. 굉장히 멋질 거야. 이승철처럼 '누구누구는 합격입니다.' 멋지잖아.

딸   아빠는 멋지게 잘 해낼 거야. 그보다 검증 순서는 어떻게 되는 거야?

아빠   무대에 서는 순서부터 정하고.

| 미술
피카소 | 철학
니체 | 문학
李箱 | 과학
아인슈타인 | 음악
말러 |

딸 꼭 이런 순서로 가야 해?

아빠 무대에 서는 순서도 그렇고 검증의 순서도 이렇게 가야 해.

딸 이유가 따로 있나?

아빠 맞아. 이유가 다 있어. 이게 아직 특허는 안 냈지만 조영남 방식이야. 말하자면 무대 배치 방식인데, 나름 수학적이고 미학적이야. 이 배치는 비교하자면 오케스트라 배치와 흡사해. 오케스트라 배치를 생각해봐. 우선 지휘자가 가운데 서잖아. 지휘자를 중심으로 왼쪽에는 소리가 높고 부드러운 바이올린과 비올라를, 오른쪽에는 낮고 장중한 첼로와 베이스를 두지. 중간에 관악기, 뒤에는 타악기를 배치하고. 다들 무심코 지나치지만 배치는 매우 중요해. 공연의 실패와 성공을 가르는 결정적인 역할을 하거든. 상상해봐. 음량이 큰 타악기나 관악기를 앞에 두고 그뒤에 현악기를 배치한다면 그건 성공적인 배치일까? 망공적인 배치일까?

딸 망공이 뭐야?

아빠 망한 공연. 쫄망공도 있어. 쫄딱 망한 공연. 내가 음악 공연 무대 역사상 최고의 배치로 치는 게 있어.

딸 그게 뭔데?

아빠 몇 년 전까지 펼쳐졌던 세계 3대 테너의 무대 배치야. 가운데는 카레라스가 서고, 그 양쪽으로 도밍고와 파바로티가 서 있었거든. 대중적인 인기 순위나 개런티를 얼마 받느냐 하는 문제로 치면 파바로티가 단연 가운데 서야지. 하지만 무대에서는 그렇지 않았어. 가운데 부드러운 카레라스를 세우고 양옆으로 강력한 음성의 소유자 도밍고와 파바로티를 세운 그 배치는 절묘했어. 아주 탁월했어. 관객의 눈에는 그 세 사람이 펼치는 사상 최고의 공연만 보였겠지만, 그뒤에는 그렇게 배치하도록 연출한 사상 최고의 PD가 있었던 거야.

딸　아빠 말에 따르자면 다섯 명의 배치도 바로 그 균형을 고려한 결과인 셈이네? 문학의 李箱을 정중앙에 세우고 미술의 피카소와 음악의 말러를 양옆에 세운 거 말야. 그 사이사이에 니체와 아인슈타인을 끼어넣는 거지.

아빠　바로 그거야. 인기 순서로 치자면 아인슈타인을 왼쪽 니체 자리에 배치해야 하는데 그렇게 되면 너무 상식적이라 재미가 없어질 것을 고려한 거지.

딸　상식적인 건 재미가 없다고?

아빠　물론이지. 보통 얘기의 드라마보다 막장 드라마가 훨씬 재밌잖아. 세익스피어의 연극이 다들 재미있다고 그러잖아. 잘 봐. 「햄릿」서부터 내용이 몽땅 막장 드라마야.

딸　그럼 이 다섯 사람이 과연 '시인 李箱과 5명의 아해들' 멤버에 적합한지에 관한 검증 오디션도 비상식적으로 피카소부터 시작하면 되겠네. 아! 되도록이면 막장 재미를 위해서 몰상식적 검증으로 흘러야 할 텐데.

아빠　야, 딸! 우선 검증 순서대로 피카소, 니체, 李箱, 아인슈타인, 말러를 한 줄로 나란히 세우고 이렇게 외치는 거야. 차렷! 검증을 향해서 앞으로 갓! 그리고 다같이 참새, 짹짹, 병아리, 삐약삐약.

4.
피카소

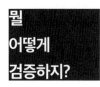

뭘 어떻게 검증하지?

딸 그럼 피카소부터 검증을 시작할까?

아빠 흠! 정작 검증을 시작하자니 막막해지는데.

딸 왜 갑자기 막막해져. 갑자기 자신 없어지는 거야?

아빠 그렇지 않아? 피카소한테 노래 한 곡 불러보라고 할 수도 없고 기타 연주를 한 번 해보라고 할 수도 없고 뭘 어떻게 검증을 하냔 말야. 보컬그룹 '시인 李箱과 5명의 아해들'을 위해 피카소부터 검증하자니 이건 뭐부터 해야 할지 막막해지네.

딸 그래도 뭔가 시작을 해봐야 하는 거 아닌가?

아빠 그러게 말야. 이럴 땐 아인슈타인 식으로 꼬장꼬장하게 검증을 해야 할지, 아니면 검증 자체를 포기해야 할지가 궁금해지네, 빌어먹을! 아인슈타인이 한 말이 있으니 더 그래.

딸 뭐라고 말했길래.

아빠 머리 똑똑한 아인슈타인이 이렇게 말한 적이 있어. '자연이나 우주의 형태는 모두 분석이 가능해도 예술은 분석이 불가능하다'고. 그렇게 말한 걸 내가 기억하고 있거든.

딸 멋진 말을 했네. 그런데 뭐가 빌어먹을이야?

아빠 예술은 분석이 불가능하다고 했잖아. 그 말을 아무리 들어봐도 깝깝해서 그래.

딸 아무리 그래도 검증은 해봐야지 않나, 자! 그럼 피카소를 어떻게 검증하지?

아빠　오케이. 우린 그냥 우리 방식으로 검증해보는 수밖에 없을 것 같아. 우리는 사실상 피카소의 업적을 검증한다기보다 우리의 李箱이 보컬그룹의 두목으로서 어울리는지, 李箱의 문학이 과연 미술 전반에 어떻게 무슨 방식으로 비교 연관되는지 그것만 검증하면 될 것 같아.

딸　역시 아빠야. 그렇게 가다보면 뭐 그런대로 재미는 있겠는데? 그럼 이제는 피카소의 미술 작품부터 먼저 알아봐야겠네?

아빠　맞아, 그거야. 자! 그럼 우선 피카소의 작품 중 넘버원부터 찾아보기로 해.

딸　피카소의 넘버원 작품을 찾아서 뭘하게?

아빠　뭘하긴. 자타가 공인하는 넘버원 작품을 찾아내서 李箱의 넘버원 작품과 어떻게 비교가 되는지 李箱의 넘버원이 피카소의 넘버원과 당당하게 겨룰 수 있는지부터 알아보는 거야. 딸, 말해봐. 피카소의 넘버원 작품이 뭔지를.

딸　아빠! 내가 미술을 잘 모르잖아. 그래서 지금 많이 창피해.

아빠　괜찮아, 딸! 잘 모르는 건 창피한 게 아니야. 내 생각인데 아마 〈게르니카〉라는 그림쯤 될 거야.

딸　〈게르니카〉라고? 많이 들어본 그림 제목인데.

아빠　이럴 땐 극히 개인적 취향이 개입되기 마련이야. 피카소의 수만 점 그림 중에 딱 하나를 고른다는 건 엄청 어려운 일이야. 그런 차원에서 자칭 미술 애호가 조영남 아빠의 입장에선 〈게르니카〉가 넘버원 아니냐는 거지.

딸　놀랍네 아빠! 어떻게 넘버원을 그렇게 빨리 골라낼 수 있어? 어떻게 알았지?

아빠　다년간 독학의 결과라고나 할까?

딸　그럼 왜 〈게르니카〉가 피카소의 넘버원 그림인지 설명해줘. 피카소

피카소, 〈게르니카〉, 1937, 마드리드 레이나 소피아 국립미술관 소장.

의 넘버원 그림이면 당연히 세계 최고의 넘버원 아닌가?

아빠 바로 그거야. 그런데 지금부터 말하는 건 아빠의 독단적인 의견이라는 걸 알아야 돼.

딸 왜 꼭 독단적이라는 걸 강조하는데?

아빠 아빠의 주장이 맞다는 보장이 없어서 그래. 〈아비뇽의 처녀들〉이 넘버원일 수도 있으니까 말야. 왜냐면 이 세상에 나와 있는 책 중에 피카소에 관한 책자가 정말 많아. 그래도 실상 작품의 우열이나 순위 따위를 매겨놓은 책은 없거든. 그러니까 이런 경우는 아빠가 독단적으로 골라낼 수밖에 없는 거야. 내 생각에 〈게르니카〉는 다른 어떤 현대 화가의 작품보다 작품의 미학적인 측면에서 단연 넘버원이야. 내 경험상 비슷한 동급 화가의 작품들과 유명 작품이 있지만 〈게르니카〉한테는 쩔이 안 돼. 빈약해. 고갱이나 세잔, 마티스한테는 대표작이라 할 만한 두드러지는 작품들이 뚜렷하게 없는 실정이고 그런 차원에서는 마네의 〈풀밭 위의 점심〉 정도가 〈게르니카〉와 정면 대결을 펼칠 수 있지만 그것도 현대미술의 기법상 비교 자체가 안 되는 거야. 마네의 〈풀밭 위의 점심〉은 그림의 여주인공이 벌건 대낮에 옷을 벗은 알몸이라는 개념만 두드러질 뿐 회화의 기술이나 현대미술이 요구하는 충격성에는 〈게르니카〉가 월등하게 앞서간다고 봐야 해. 그밖에도 뭉크의 〈절규〉나 클림트의 〈키스〉 정도가 〈게르니카〉와 맞설 수 있지만 아카데믹한 측면에서는 〈게르니카〉에 훨씬 못 미쳐.

딸 대충 알아듣겠어. 그런데 아빠! 〈게르니카〉가 뭐야?

아빠 아! 네가 그걸 모르겠구나. 게르니카Guernica는 스페인 북부 바스크Basque 지역의 작은 도시 이름이야. 아빠가 자란 충청도 예산 삽다리 같은 이름이지.

피카소, 〈아비뇽의 처녀들〉, 1907, 뉴욕 현대미술관 소장.

마네, 〈풀밭 위의 점심〉, 1863, 파리 오르세미술관 소장.

뭉크, 〈절규〉, 1893, 오슬로 국립미술관 소장.

클림트, 〈키스〉, 1907~1908, 빈 벨베데레 오스트리아 갤러리 소장.

딸 그림을 보면 내 눈엔 뭐가 뭔지 알아먹을 수 없게 혼란스러워 보이고 어찌 보면 무섭고 흉측하게 보이는데 아빠! 그럼 〈게르니카〉는 무슨 내용의 그림이야?

아빠 피카소가 그림 작업을 하던 시절 스페인은 우리의 한국전쟁 같은 내전에 휘말리는데 어느날 독일 공군이 작은 도시 게르니카를 무참하게 공격, 쑥대밭을 만들어버린 거야. 그 참혹한 피해 현장을 피카소가 때마침 프랑스 파리에서 열린 파리만국박람회 주최측으로부터 특별 청탁을 받고 두 달여 동안 그려서 스페인관에 전시한 아주 특별한 작품이야. 아빠는 운좋게 이 작품을 미국에서 직접 본 적이 있어. 내 딸 은지야, 아빠는 선각자란다. 하하하.

딸 아빠, 이젠 〈게르니카〉와 맞설 만한 李箱의 작품을 찾아내야 할 차례야.

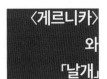

아빠 찾아내야지.

딸 있긴 있어? 그럴 만한 게?

아빠 없을 것 같지? 있어. 피카소처럼 5만 개 중 하나를 고르는 게 아니라 200개쯤에서 하나를 고르는 왜소함이 문제이긴 하지만. 걱정 마, 있어.

딸 그게 뭐야? 어떤 작품이야?

아빠 李箱의 소설 「날개」 알지? 그거 하나면 충분해. 너 「날개」 안다고 했지?

딸 학교 때 읽어본 것 같다고 했잖아. 아주 이상한 내용으로 기억하고 있다고 앞에서 말했는데?.

아빠 맞아, 그랬지.

딸 설마 「날개」가 〈게르니카〉와 맞설 만한 작품이라는 거야?

아빠　맞아. 어떤 띨띨한 남자가 한 여자와 함께 살면서 여자가 몸 팔고 벌어온 돈으로 찌질하게 살아가는 그 이야기가 바로 〈게르니카〉와 맞설 작품이야.

딸　어떻게 그럴 수가 있어?

아빠　아빠는 그렇게 생각해. 뭐, 문제가 있어?

딸　아냐. 그럼 비교해봐, 아빠.

아빠　고마워. 우리 李箱의 이 소설 「날개」는 피카소의 넘버원 그림 〈게르니카〉와 매우 흡사해.

딸　한국적 현대소설과 세계적 현대미술이 흡사하다고?

아빠　내 설명을 더 들어봐. 너, 그림 봤지? 피카소가 〈게르니카〉를 통해 전쟁의 참상을 미술로 표현했다면 李箱은 「날개」라는 소설을 통해 현대를 살아가는 인간 군상의 참혹한 현장을 글로 표현해낸 거니까 우선 같은 참상의 측면에서 흡사한 거야. 「날개」는 짧은 단편 소설이지만 피카소의 〈게르니카〉처럼 세계 현대문학사를 통틀어 이보다 더 멋진 소설은 전무후무할 거라는 게 또한 아빠 생각이야. 네가 다시 제대로 읽어보면 알겠지만 「날개」는 처음부터 끝까지 보통 글이 아니야.

딸　내 생각엔 아빠의 주장이 왠지 좀 옹색해 보이는데 좀 더 강력한 내용은 없을까?

아빠　없진 않아. 이 소설의 구조는 매우 특이해. 李箱의 「날개」를 잘 관찰해보면 이건 소설임과 동시에 詩 작품이야. 한 편의 긴 詩야.

딸　소설인데 詩 같다는 얘긴가?

아빠　직접 경험해보면 알아.

딸　무슨 경험. 읽는 경험?

아빠   자! 이 「날개」는 분명 소설이야. 「날개」의 시작
부분과 엔딩 부분을 한번 詩 낭송을 하듯이 따라 읽어
봐. 여기 아빠가 詩 형식처럼 잘게 나누어서 써놔볼게.
이렇게 쓴 걸 줄만 바꿔놓으면 詩가 되는 것이고 그냥
줄바꿈 없이 내리 읽으면 원래의 모습대로 소설이 되는
거야. 자! 읽어봐. 소설부터. 자! 이건 우선 소설처럼 써놓은 거야.

박제가 된 천재를 아시오. 나는 유쾌하오. 이런 때 연애까지가 유쾌하오.
육신이 흐느적흐느적하도록 피로했을 때만 정신이 은화처럼 맑소. 니코틴
이 횟배 앓는 뱃속으로 스미면 머릿속에 의례히 백지가 준비되는 법이오.
그 위에다 나는 위트와 패러독스를 바둑 포석처럼 늘어 놓소. 가공할 상식
의 비행이오. 나는 또 여인과 생활을 설계하오.

이번에는 詩적으로 적어놓은 「날개」야.

박제가 된 천재를 아시오
나는 유쾌하오
이런 때 연애까지가 유쾌하오
육신이 흐느적흐느적하도록 피로했을 때만
정신이 은화처럼 맑소
니코틴이 횟배 앓는 뱃속으로 스미면
머릿속에 의례히 백지가 준비되는 법이오.
그 위에다 나는 위트와 패러독스를 바둑 포석처럼 늘어 놓소

가공할 상식의 비행이오.

나는 또 여인과 생활을 설계하오.

어때? 멋진 詩처럼 읽히지? 이런 식으로 쭉 나가면 소설로도 읽히고 詩로도 읽히는 거야. 읽으면 읽을수록 어쩌면 이렇게 멋진 문장을 계속 써내려갈 수 있을까, 넋을 놓게 돼. 딸아. 아빠는 웬만큼 잘됐다는 소설을 대충대충 살펴본 적이 있단다. 카뮈의 「이방인」, 사르트르의 「구토」, 샐린저의 「호밀밭의 파수꾼」을 비롯해 일본 소설, 러시아 소설, 중국 소설 다 뒤져봐도 李箱의 「날개」를 뛰어넘는 현대소설은 찾아보기 힘들었어. 소설의 엔딩도 환상적이야. 이런 식이야.

어디 한 번 외쳐보고 싶었다.
날개야 다시 돋아라.
날자 날자 날자.
한 번만 더 날자꾸나.
한 번만 더 날자꾸나.

찬란하고 현란해. 글솜씨만으로는 셰익스피어 말고 李箱을 뛰어넘는 글솜씨는 없는 것처럼 보일 정도야. 자, 그럼 우리 좀 디테일하게 그림과 소설을 비교해보자고. 우선 〈게르니카〉에는 괴상망측하게 생긴 말과 황소가 등장해. 소설 「날개」에도 정체를 알 수 없는 이상망측한 두 남녀가 등장해. 어떻게 생겨먹었을까 궁금증을 유발하는 한 팀의 두 남녀, 그리고 〈게르니카〉에는 손을 뻗은 여자, 남자 분간이 잘 안 돼는 인물과 살려달라고 아우성치는 듯한 대여섯의 인간 군상이 서로 얽혀 돌아가고 있어. 마찬가지야. 「날개」에도 숫자를 알 수 없는 몇 명의 남자들이 주로 야밤에 주인공 여자의 집을 들락거려. 여기서 주인공 남자는 잠만 처자면서 여자가 벌어다주는 돈을 착실히 모으거나 그걸 들고 나가 맥없이 쓰고 돌아오기도 해. 때론 웃고 때론 섧게 울면서 말야. 남자 주인공이 자신의 비참무쌍한 삶에서 날개를 키워 어디론가 날아가고 싶어하는 스토리인데 인간의 참상에 관한 한 피카소의 〈게르니카〉에 버금가는 절묘한 소설이야. 그래서 모두가 콧방귀를 뀌겠지만 내가 만일 그때의 李箱이었다면.

딸　뭐라고, 아빠! 아빠가 李箱이었다면?

아빠　내가 「날개」를 쓴 작가였다면.

딸　작가였다면?

아빠　소설 제목을.

딸　소설 제목을?

아빠　〈게르니카의 날개〉로 정했을지도 몰라. 아빠는 李箱의 소설 「날개」를 피카소의 〈게르니카〉와 바꾸자고 해도 단연 거부할 거야. 「날개」만이 아니야. 李箱의 연작시 「오감도」나 수필 「권태」도 〈게르니카〉와 당당히 맞짱 뜰 수 있는 작품들이거든. 내 말 알겠니?

딸　아이고, 알았어. 아빠! 아빠 딸인데 그냥 믿어야지 어쩌겠어. 그러나저러나 아빠! 피카소는 그 유명한 입체주의 미술파를 창안했는데 李箱이 이쪽으로도 방어할 수 있을까?

아빠　맞아. 피카소의 입체파 그림은 그림의 일대 혁명 사건이야. 회화의 혁명.

딸　혁명? 그렇게 무시무시해?

아빠　그림의 형태를 싹 다 뒤엎었으니까 혁명이지.

딸　구체적으로 말해줘. 입체파 그림이 뭔지.

아빠　알았어. 말해볼게. 자! 여기 컵이 하나 있지? 이걸 눈에 보이는 대로 그리려면 위쪽의 동그란 원형에 컵 몸통을 아래로 그려내고 옆에 있는 손잡이를 그리면 다 끝나는 거야. 그런데 피카소는 전혀 다른 스타일로 그려냈어.

딸　어떻게 그렸는데?

아빠　이쪽 눈 위치에서는 보이지 않는 컵의 저쪽 뒷면까지 그려붙이고 심지어는 눈에 절대 보이지 않는 밑바닥까지 추가로 그려낸 거야. 피카소가 인물을 그릴 때 코가 이쪽저쪽 귀가 여기저기 눈이 위아래로 괴상한 자리에 붙어 있는 그림이 바로 입체파 그림의 시조가 되는 셈이야. 그건 현대미술의 혁명이었어. 토마스 에디슨의 전구 발명, 스티브 잡스의 스마트폰에 맞먹는 세상을 바꾸는 큰일이었단 말야.

딸　그런데 무슨 수로 아빠가 좋아하는 李箱의 문학 작품이 피카소의 혁명과도 같은 입체파 그림에 맞설 수 있다는 거야?

아빠　흠. 맞설 수 없을 거 같지? 있어. 만만치 않게 있어. 李箱이 쓴 연작詩 「오감도-詩 제4호」 하나면 충분해.

딸　아이구. 세상에 李箱의 詩 한 편이 피카소가 입체파 미술을 탄생시킨 것만큼 대단하다는 얘기야?

아빠　그럼, 대단하고 말고. 내 말을 잘 들어봐. 李箱의 詩 한 편이면 충분해. 「오감도」는 모두 15편으로 이어지는데 그 가운데 '제4호'가 바로 지금 말하는 詩야. 부제까지는 아니지만 '환자의 용태에 관한 문제'라고 첫머리에

써 있어. 피카소의 입체파 그림 형태가 현대미술의 형태를 혜까닥 뒤집어 엎었다면 이 詩는 세상의 모든 詩 형태를 완벽하게 파괴하고 새롭게 창안한, 말 그대로 입체詩, 미술詩, 낭송조차 불가능하게 만드는 그냥 멀끔하게 바라볼 수밖에 없는 순수詩, 자연수학미학詩를 만들어놓은 거야. 실로 파격의 결정판이야. 자! 이걸 봐봐. 바야흐로 1934년 7월 28일 『조선중앙일보』에 발표했던 詩야.

환자의용태에관한문제

```
•  1  2  3  4  5  6  7  8  9  0
0  •  1  2  3  4  5  6  7  8  9
9  0  •  1  2  3  4  5  6  7  8
8  9  0  •  1  2  3  4  5  6  7
7  8  9  0  •  1  2  3  4  5  6
6  7  8  9  0  •  1  2  3  4  5
5  6  7  8  9  0  •  1  2  3  4
4  5  6  7  8  9  0  •  1  2  3
3  4  5  6  7  8  9  0  •  1  2
2  3  4  5  6  7  8  9  0  •  1
1  2  3  4  5  6  7  8  9  0  •
```

진단 0:1
　　　6. 10. 1931.
　　　　　이상以上 책임의사 이상李箱

딸　　이게 詩야?

아빠　　하하. 은지야! 어리벙벙하게 만들지? 정신차려! 위쪽은 전혀 읽을 수조차 없지?

딸　　이걸 어떻게 읽어? 정말 못 읽어내려가겠는데? 거울로 비추어봐도 모를 거 같아. 얼핏 보면 병원에서 적어놓은 진단서 쪽지 같은데 그냥 괴상망측해.

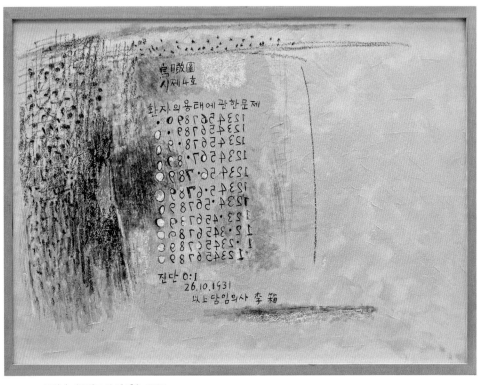

조영남, 〈오감도-詩 제4호〉, 2020.
조영남은 시인 李箱을 주제로 한 그림을 최근에도 다양하게 그리고 있음.

아빠　이게 아빠가 말하는 낭송 불가의 詩라는 거야. 웃기지? 詩의 묘미는 뭐야? 詩를 詩답게 읽는 것, 그중에서도 詩 낭송이 詩의 묘미잖아. 그런데 이 詩는 제목과 짧은 어휘 몇 줄기만 읽을 수 있고 정작 詩 본문은 세상 그 누구도 읽어낼 재간이 없어. 이건 李箱이 우리더러 읽으라고 써놓은 詩가 아냐.

피카소, 〈우는 여인〉, 1937, 런던 테이트갤러리 소장.
이 그림의 모델은 피카소의 여자친구 중 하나인 도라 마르로 알려져 있음.

딸　읽을 수 없는 이런 詩를 왜 써놓았지?

아빠　그건 피카소가 알아먹기 어려운 입체파식의 얼굴을 그린 것과 마찬가지 얘기야. 환자의 비정상 상태를 숫자판처럼 삐뚤삐뚤 알아먹기 어려운 괴상망측한 수학적 수의 나열표 같은 걸로 써놓고 詩로 둔갑시켰으니까 피카소의 입체파 그림 이상으로 파격적 혁명적 詩를 썼다고 주장할 수 있어.

딸　그렇다 해도 아빠! 피카소는 입체주의를 비롯 추상주의 표현주의 같은 현대미술의 흐름들을 도도히 타고 흘러왔지만 李箱한테는 무슨무슨 주의 주장 같은 것도 없잖아. 그냥 암울해 보이면서 난해하기만 한 詩를 잔뜩 써놓고 무슨 흐름은커녕 허벌나게 비난과 조롱만 받으면서 외롭고 쓸쓸하게 홀로 사라졌잖아. 그것도 젊은 나이에.

아빠　그점에선 엄청 대조적이지. 그런데 그럴 만한 이유가 있지 않았겠니?

딸　무슨 이유?

아빠　피카소는 아흔 살도 넘게 오래 살았고, 李箱은 서른도 못 넘겼잖니. 피카소처럼은 아니어도 조금만 더 오래 살았어도 독자적으로 큰 흐름이나 무슨무슨 주의 같은 걸 세웠을 텐데 그게 못내 아쉬워.

둘다 반반주의자

딸　우리가 지금 피카소를 검증하고 있는데 그밖에 또 검증할 것이 뭐 없을까?

아빠　있어. 또 있어. 이것도 신기해.

딸　뭔데?

아빠　李箱과 피카소는 둘 다 반반주의자라는 거.

딸　그건 또 무슨 스토리야?

아빠　미술하고는 전혀 관계 없는 그냥 피카소와 李箱의 공통점을 뜻하는 거야.

딸　공통점이라고?

아빠　피카소의 그림도 반반, 李箱의 글도 정확하게 반반.

딸　뭐가 반반이라는 거야? 좀더 자세히 설명해줘.

아빠　피카소의 그림도 알아먹을 수 있는 게 반, 못 알아먹는 게 반, 우리의 李箱의 글도 알아먹을 수 있게 쓴 거 반, 나머지는 전혀 알아먹을 수 없게 쓴 글 반. 그게 절묘한 공통점이야.

딸　무슨 소린지 금방 알아듣긴 좀 어려운데?

아빠　피카소의 초기 그림부터 중기까지의 그림은 알아먹기가 아주 쉬워. 처음에는 눈에 보이는 그대로 사실화처럼 그렸어. 알아먹기 쉬운 그림부터 그린 거야. 그러다 청색시대를 거치고 입체 형식의 그림을 그리면서 점점 알아먹기 어려운 그림을 그리는 거야. 알아먹을 수 있는 것도 같고, 없는 거도 같고. 그러니까 처음엔 비교적 알아먹기 쉬운 그림을 그렸고 나중에는 알아먹기 힘든 애매한 그림을 그려놓은 거지. 이런 거에 비해 李箱은 그 글의 형식이 피카소처럼 그토록 애매하진 않아. 시작 부분부터 짝 갈라져. 모세의 홍해가 갈라지듯이 뚜렷하게 갈려.

피카소, 〈거트루드 스타인의 초상〉, 1905~1906, 뉴욕 메트로폴리탄미술관 소장.
미국 여류작가 거트루드 스타인의 초상을 기점으로 피카소의 그림 스타일은 변화함. 정확한 데생을 중시하던 그의 작품은 이 작품 이후 알아먹기 힘든 스타일로 변화하고, 얼마 뒤 탄생한 작품이 〈아비뇽의 처녀들〉임.

딸　　그건 아빠도 똑같지 않아?

아빠　　내가 뭘?

딸　　아빠도 처음에는 알아먹기 쉬운 그림을 그리다가 나중에 알아먹기 힘든 쪽으로 흘러갔잖아.

아빠　　딸! 여기에서 아빠 이야기를 하는 건 좀 그렇지 않아?

딸　　왜 그래? 사실이면서. 그나저나 李箱 아저씨가 어떻게 갈라지는 건지 궁금하네?

아빠　　아주 쉬워. 간단해. 詩는 매우 어렵게 썼고, 그밖에 소설이나 수필, 서간문은 언제 그랬더냐는 듯이 알아먹기 쉽게 써놓은 거야. 그래서 피카소나 李箱은 반반으로 작품을 남겼다는 공통점이 성립되는 거야.

딸　　좋아. 이만하면 검증은 충분한 거 같은데.

아빠　　여기서 끝내면 안 돼. 또 있어. 공통점이 또 있단 말야.

딸　　또 뭐야. 뭐가 있어?

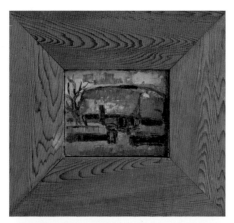

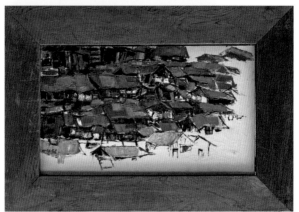

CHOYOUNGNAM 조영남圖 82

위의 두 작품은 조영남이 각각 1967년, 1973년에 그린 풍경
화이고, 아래 작품은 1982년에 그린 최초의 추상화임.

아빠　너는 피카소가 李箱만큼 본격적인 詩를 썼다
는 건 몰랐지?

딸　뭐라고? 아빠! 피카소가 詩를 썼다고? 진짜 썼
어?

아빠　詩를 쓴 정도가 아냐. 시집까지 펴낸 적이 있
어. 별로 알려지지 않은 이야긴데, 진짜 詩를 썼다니까. 장난 아냐. 심심풀이
땅콩으로 쓴 게 아니라고.

딸　어머나! 되게 흥미롭네.

아빠　믿어지지 않지?

딸　피카소가 詩를 쓰다니. 처음 듣는 얘기야.

아빠　하하하! 장난 아냐! 피카소는 1935년 나이 쉰세 살에서 쉰여섯까지
미친 듯이 詩를 썼어. 그때 한 3년 동안은 그림이고 조각이고 나발이고 다 옆
으로 밀어놓고 주로 詩만 썼을 정도였어. 평론도 아니고 소설, 수필도 아니고
순수하게 詩만 쓴 거야. 그리고 1959년경까지 20년 가까이 그림이 본업인지
문학이 본업인지 헷갈릴 정도로 쭉 詩를 써왔어. 그러니까 좀 억지스럽지만
너의 아빠가 화수畫手, 즉 그림 그리는 가수이고 피카소는 화시畫詩, 즉 그림 그
리는 시인이란 말야.

딸　피카소는 그때 단지 詩만 썼어?

아빠　아냐. 사실은 우리에게 잘 알려지지 않아서 그렇지 다방면의 글을 썼
어. 「빗나간 욕망」 같은 연극 대본 세 편도 쓰고, 믿거나 말거나 무려 350편의
잡다한 글을 남겨. 다른 화가한테서는 찾아볼 수 없는 기이한 현상이야. 하여
간 젊은 시절부터 쭉 시인들과 절친했잖아. 막스 자코브, 아폴리네르, 장 콕
토, 앙드레 브르통 같은 초특급 시인들과 말야. 아빠가 마종기, 강은교 시인

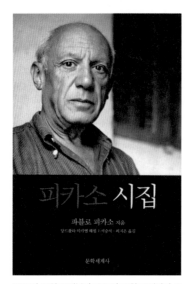

1935년 10월 28일부터 1954년 10월 18일까지 쓴 100여 편의 시가 실려 있는 피카소의 시집 표지.

과 친했던 것처럼 피카소의 시인들과의 교유 관계는 나름 돈독했어.

딸　여기에서 슬쩍 아빠 얘기를 넣는 건 좀 그렇지 않아?

아빠　알아. 아빠가 유치하게 자랑질한 걸 잘 알아. 쓸데없는 장난으로 한 말이 아니고 내가 알게 된 시인과의 관계를 쓰려면 한 권의 책이 될 거야. 차차 들려줄게.

딸　피카소는 詩 쓰는 사람들과 정말 친했나보네?

아빠　나의 경우는 시인들과 그냥 절친하게 지냈을 뿐인데 피카소는 아주 달라. 피카소는 유독 詩 쓰는 친구들을 화가와 똑같은 직업군으로 여겼나봐. 그래서 피카소는 노골적으로 투덜댔어. '빌어먹을! 나한테 화가라는 틀은 너무 작다.' 이게 무슨 뜻이냐. 자기를 단지 화가로만 알아주는 사람들에 대한 컴플레인이야. 자기를 대★시인으로 알아주길 바랐던 거야. 이런 측면에서 피카소는 李箱과 매우 비슷해. 李箱은 원래 건축가로 시작한 뒤에 글을 본격적으로 쓰기 시작했어. 그러면서 한편으로는 그림이나 삽화를 그리면서 화가로 불리길 원했지.

딸　신기해. 李箱이 시인이나 화가로 불리길 원했다는 건 별로 놀랍지 않은데 피카소가 시인으로 불리길 원했다는 건 정말 놀라운 일이네.

아빠　피카소는 아주 진지했어. 詩 쓰는 일에 피카소가 주로 쓴 언어는 스페인어와 프랑스어였는데 다른 나라 사람들이 호기심에 차 피카소가 쓴 詩를 자기네 나라 언어로 번역을 하겠다고 나섰을 때, 그때 피카소가 뭐라고 했는 줄 알아?

딸　나야 당연히 모르지.

아빠　번역이라는 것은 한 나라의 언어를 다른 나라 의 언어로 바꾸는 거잖아. 피카소는 자신의 작품을 다 른 언어로 번역하게 되면 글쓴이의 본심을 제대로 전달

하는 것이 거의 불가능하다고 본 거야. 가령 이런 詩가 있다고 해봐. 이건 피 카소가 본인의 詩가 다른 나라 언어로 바뀔 경우에 발생하는 현상을 묘사한 거야. '개가 숲속에서 산토끼를 쫓고 있다.' 이걸 만약 다른 언어로 번역하다 보면 이렇게 될 거라고 쓴 거야. '모래 속에 네 다리를 단단히 박은 흰 나무 테이블이 자신이 너무나도 어리석다는 사실을 알게 되자 두려움을 못 이겨 그만 빈사 상태에 빠진다' 개 얘기도 없고 산토끼 얘기도 없는 전혀 딴판의 얘 기가 된다는 거야. 정말 멋진 표현 아니냐? 죽이지? 이건 말 그대로 칸딘스키 를 능가하는 한 편의 추상화야. 나는 그런 다방면의 능력으로 봐서 피카소가 최상의 詩를 쓸 수 있는 기본 소양을 충분히 갖췄다고 판단했어.

딸　아빠! 피카소의 詩 내용은 실제로 어때?

아빠　李箱이 詩를 발표했을 때의 파장만큼 요란하진 않았지만 엄청났어. 李箱처럼 난해한 詩 일변도였으니까 물론 갑론을박이 팽팽했겠지. 진짜 시인 이다, 아니다, 초현실주의 詩를 흉내만 냈을 뿐이다 등등.

딸　아빠의 진짜 견해는 어때? 피카소의 詩 말야.

아빠　난 스페인어나 불어를 모르니까 정확하게 판단을 내릴 수는 없지만

긍정적으로 보자면 굉장해. 언어의 유희를 통해 100프로 추상詩를 썼다고 볼 수도 있지만 부정적인 쪽에서 보자면 말 그대로 괴상망측, 엉망진창. 단 한 편도 쉽게 도통 알아먹을 수 있는 구석이 없어. 그치만 완벽한 추상화의 멋을 풍기는 것만은 틀림없어. 李箱의 난해詩와 매우 흡사한 구석이 있어. 전부 추상회화詩야. 모조리 李箱 흉내를 낸 거야. 李箱 짝퉁詩야.

딸　아빠! 잠깐만, 피카소가 李箱보다 나이가 위 아냐?

아빠　나이는 피카소가 30살 형이니까 아하! 시차적으로 보자면 오히려 李箱이 피카소 흉내를 낸 셈이구나. 빌어먹을!

딸　그런데 좀전에 아빠는 피카소가 李箱의 짝퉁이라고 했잖아.

아빠　지금 내가 피카소를 李箱의 짝퉁이라고 큰소리친 것은 그럴 만한 이유가 있어.

딸　이유가 뭔데?

아빠　피카소의 詩는 李箱의 난해한 詩와 흡사하긴 하지만 종합적으로 볼 때 詩의 형태나 짜임새 어느 쪽으로 봐도 고유의 詩적인 감각 면에서 李箱의 詩에 비해 한참 떨어진다는 얘기야. 짬이 안 된다는 거지.

딸　어떤 이유로 피카소 詩가 격이 떨어진다는 거야?

아빠　백문이 불여일견. 피카소의 詩를 한 번 읽어가면서 이야기하자고. 그가 1936년 3월 26일에 쓴 〈주앙 레 펭에서〉라는 詩인데, '고통의 비밀스런 가격의 날씬한 체류는 양파가 주인공이었던 추억의 약한 불 위에 천천히 익는다 만일 손이 과거를 읽고 또 읽은 후에 그의 눈에 한껏 내려친 채찍질에 손금이 떨어져 나간다면' 이렇게 써놨어.

이어지는 그림은 이 詩를 피카소의 필치로 직접 써내려간 詩 반 그림 반의 작품이고. 자! 봤지? 꼬집어 말하기 애매모호한데 문학적 철학적 예술적인 측면에서 한참 뒤져.

딸　아빠가 무슨 근거로 그런 식으로 평가를 하는 거야? 아빠는 문학평론가가 아니잖아.

아빠　네 말이 맞아. 아빠는 그냥 한 번 잘난척 우겨보는 거야. 하여간 詩에 관한 나의 비평적 입장에서 본다면 피카소는 막연히 그냥 덮어놓고 마구잡이 퍼즐

피카소의 필체로 쓴 〈주 앙 레팽에서〉.

꿰맞추기 식으로 난해한 어휘와 낱말을 연결시키는 방식의 詩를 써놓은 것처럼 보인단 말야. 여기서 아빠가 심각한 질문 하나 할게.

딸　무슨 질문인데?

아빠　네 생각에는 아빠가 왜 피카소를 우리의 '시인 李箱과 5명의 아해들' 멤버로 뽑은 거 같아?

딸　글쎄. 세계에서 제일 유명한 화가라서? 음악에는 베토벤이 있다면, 미술에는 피카소가 있다, 뭐 그런 이유 때문에?

아빠　맞아. 그런데 피카소는 뭘로 유명해? 가령 음악의 베토벤은 교향곡 체계를 완성한 사람으로 유명하잖아. 그럼 피카소는 뭘 어떻게 했길래 그렇게 유명해진 거지?

딸　입체주의, 뭐 그런 거 아닌가?

아빠 좋아! 그런데 그것보다 훨씬 더 위대한 이유가 있어. 내가 알려줄게. 피카소가 왜 유명해졌는지 이유를 딱 하나만 대라고 하면 간단해. 다작多作이야. 피카소가 그렇게 유명한 이유는 바로 다작, 많이 그려냈기 때문이야. 피카소의 미술 작품은 그 어느 화가와도 비교할 수 없어. 셀 수가 없을 정도야. 정말 많은 그림을 그렸어. 그림을 빠른 속도로 그리는 것으로 유명한 반 고흐가 평생 고작 1,500여 점을 그려놓았다지만 피카소는 검색 결과마다, 책마다 다 달라. 내가 알기로 8천 점에서 5만 점 사이라는 설이 있어. 설만 무성해. 왜 설로 끝나냐고? 정확히 셀 수가 없어서야. 셀 수 있는 방법도 없고.

딸 작품 수를 셀 수가 없다니 그게 무슨 소리야?

아빠 그럴 수밖에 없는 노릇이 나 같은 얼치기 화가도 내가 그린 작품이 어림짐작으로 2천 점 가까이 되는 것 같긴 하지만 지금 그걸 숫자로 매기는 건 사실상 불가능해. 몇십 년 전부터 이래저래 팔려나간 그림이 몇 점인지를 전혀 알 수가 없고 유럽 몇 점, 미국 몇 점, 일본 몇 점 등 내가 개인적으로 판 그림도 있고 그냥 선물로 준 그림도 있을 테니까 도무지 몇 점을 그렸는지 알아낼 방법이 없는 거야. 그러니 피카소는 오죽했겠어?

딸 작품마다 일련번호 같은 건 안 매기는 모양이지?

아빠 화폐도 아니고 순수미술작품인데 누가 일련번호를 매기고 있겠어. 이날 이때까지 나도 그냥 연도와 서명만 적는 게 습관처럼 되어 있어.

딸 피카소의 그림은 너무 많아서 카운트가 불가능하고 그래서 그림을 그린 숫자부터 타의 추종을 불허하는 넘버원인 셈이네?

아빠 물론이야. 거기다가 피카소는 손을 안 댄 데가 없어. 회화, 입체, 조각, 설치, 무대장치, 그뿐인가. 인상주의, 사실주의, 입체주의, 현실주의, 초현실주의 등등 모든 주의에 손을 대며 작품을 남겼으니까. 이렇게 압도적인 작

품 숫자, 아무도 넘볼 수 없는 작
품 숫자로 피카소는 일찍부터 현
대미술 세계에서 가장 유명한 화
가가 된 거야. 거기다 피카소는
다른 누구도 흉내낼 수 없는 〈게
르니카〉나 〈아비뇽의 처녀들〉 같
은, 천하에 걸작품까지 남겼잖아.

딸   걸작품이다 아니다, 그런
결정은 어디서 누가 하는 거야?

아빠   그런 거 없어. 그냥 내 생
각이 그렇다는 거지. 각자의 생각
에 달린 거야. 피카소는 그림을
많이 그렸을 뿐 아니라 피카소가

피카소, 〈기타〉, 1914, 파리 피카소 박물관 소장.

오늘의 피카소가 된 이유는 너무 많아 흘러넘쳐.

딸   그만하면 됐어, 아빠! 아주 풍성해. 그런데 기왕에 아빠가 피카소를
보컬그룹 '시인 李箱과 5명의 아해들'의 정식 멤버로 올렸는데 노래 실력은
분명히 딸릴 것이고 그럼 무슨 악기라도 들고 있어야 어울리지 않을까? 어떤
악기를 피카소한테 배당하는 게 좋을까?

아빠   당연히 기타지. 나는 피카소의 작품 중에서 콜라주 형식으로 만든 기
타를 엄청 위대한 작품으로 여겨왔어.

딸   〈게르니카〉나 〈아비뇽의 처녀들〉만큼 위대하다는 뜻이네.

아빠   그럼. 너 아빠가 왜 피카소의 기타를 최고급으로 치는지 이유가 궁금
하지? 하하하. 별거 아냐. 나야말로 옛날부터 통기타 가수로 이름이 났잖아.

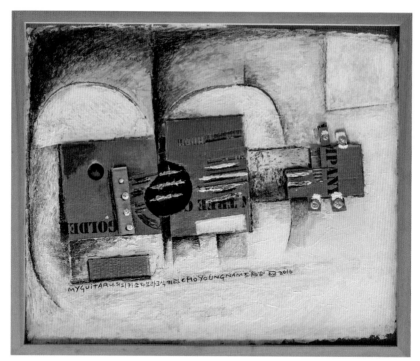

조영남, 〈나의 피카소와 브라크식 기타〉, 2016

딸　　아빠! 우린 지금 피카소 이야기를 하고 있거든.

아빠　　알아. 그래서 그랬을까? 피카소가 쓴 詩 중에서 1936년 5월 3일에 쓴 詩를 보면 음악의 음계가 주루룩 나와. 도레미파솔라시도가 숫자로 된 이상한 공식도 나와. 2-5-10-15021-75라는 숫자가 뭔지는 몰라도 여하간 피카소는 음악에도 상당한 관심이 있었던 것만은 틀림없어. 음악에 관한 웃기는 詩를 썼어. 아주 열정적으로 말야.

딸　　들고 보니 모호하지만 그럴듯해 보이네.

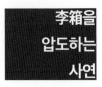
아빠　　그럴듯한 게 아니라 그렇다니까. 그리고 플러스, 피카소가 李箱보다 한 수 위라는 결정적인 증거가 있어. 딱 한 부분에서만.

딸　　뭔데? 李箱이 한 수 위가 아니라 피카소가 李箱보다 한 수 위인 게 있다고?

아빠　　있다니까 그러네.

딸　　아빠. 우린 지금 보컬그룹 '시인 李箱과 5명의 아해들'에 왜 피카소를 캐스팅해야 하는지에 대해서 검증 중이야. 오디션 중이라고.

아빠　　알아, 그러니까 미술의 피카소가 어째서 문학의 李箱과 정식으로 비교되는지 그 이유를 명명백백히 검증으로 밝혀냈어. 그 결과 李箱의 업적이 피카소의 업적에 삐까삐까하게 다가간다는 것을 규명해냈지. 그런데 이번에는 놀랍게도 정반대로 피카소가 李箱을 훌쩍 뛰어넘는 분야가 있다는 사실을 밝혀야 해.

딸　　도대체 그게 어떤 분야야?

아빠　　궁금하지? 궁금하면 오백 원!

딸　　늙은 개그 그만하고 피카소가 李箱을 능가한다는 게 뭐야?

아빠　　내가 대답할게. 냉소적인 표정 짓지 마. 여자 문제에서 그래. 여성 편력 방면에서는 완전 피카소가 여러 수 위야. 깜짝 놀랐지?

딸　　에이, 나는 숨이 멎는 거 같았는데. 하기야 피카소는 그 방면으로 정평이 났잖아. 그런데 그런 것까지 자격심사에 넣는 거야?

아빠　　당연히 넣어야지. 피카소한테 여자 얘길 빼면 앙꼬 없는 찐빵이지. '시인 李箱과 5명의 아해들'이 어떤 그룹인데 이 세상에 전무후무 유일 그룹이잖아. 철저히 검증해야지. 그림도 그렇지만 피카소의 여성 편력도 검증해야 맞지.

딸 도대체 얼마나 화려했길래?

아빠 말할게. 내가 몇 년 전 예술의전당 한가람미술관에서 열리는 피카소 작품 전시회에 쫓아가봤는데 '피카소의 여인들'이라는 제목의 특별 섹션이 있었어. 그런 섹션이 따로 있다는 것만 해도 굉장하잖냐? 거기엔 피카소가 그린 여인들 초상화가 수십 점 전시되어 있는데 그 가운데에 큼지막하게 안내판 도표가 그려져 있는 거야.

딸 무슨 안내판?

아빠 피카소의 연인 초상화에 등장인물이 너무 많기 때문에 관객들 헷갈리지 말라고 친절하게 도표를 그려놓은 거야. 입이 딱 벌어져. 그 안내판이 진짜 예술이었어. 어느 작품보다도 그 안내판이 나를 매료시켰어. 그뿐 아냐. 얼척없어. 어처구니가 없다는 뜻인데 넌 잘 알잖아. 우리집에 20년 이상 함께 사셨던 해남 출신의 주복순 할머니가 '얼척없어'라고 늘 그러셨어. 어이가 없다는 뜻이야. 얼척없게도 그 정식 여인들 도표 옆에는 피카소가 죽은 다음 그를 따라 죽은 여자들의 이름도 적혀 있는 거야.

딸 뭐라고? 피카소가 죽은 다음에 따라 죽었다고? 대체 왜?

아빠 피카소가 없는 세상 살아서 뭐하냐, 극한의 비관으로 피카소의 여인들이 세상을 하직한 거지. 난 그저 악! 했어.

딸 우리 아빠가 왜 악! 해? 혹시 부러워서 그런 거 아냐?

아빠 노코멘트야, 딸! 너무 그러지 마. 너도 알다시피 나의 여성 편력은 도표를 그려야 할 만큼 요란하진 않잖아. 내가 악! 한 것은 왕도 아니고 20세기에 어떻게 저토록 많은 여성과 연인 관계를 맺을 수 있었을까 그 숫자에 깜짝 놀랐을 뿐이야. 하긴 피카소에 관해서라면 내가 고등학교 미술부장일 때도 깜짝 놀랄 일이 있었어.

딸　그때는 뭣 땜에 깜짝 놀랐어?

아빠　믿거나 말거나 그때 미술선생님이 우리더러 피카소의 그림을 봐서도 안 되고 피카소에 관한 얘기를 해서도 안 된다고 하신 거였어. 그 무렵 피카소는 교과서에서도 빠졌나 그랬던 적이 있었어.

딸　왜 그랬을까?

아빠　쉿! 조용해. 그럴 일이 있었어. 나는 그때도 정치 문제엔 떨떨해서 그 이유를 몰랐는데 나중에 뒤늦게야 알게 됐어. 그건 피카소가 공산주의자라는 이유 때문이었어.

딸　앞에서도 잠깐 이야기했던 거 같아.

아빠　하여간 처음 알았을 때는 깜짝 놀랐어. 그땐 그랬어. 내가 더 놀란 건 와! 그가 공산주의자인데 열 번 넘게 함께 사는 여자를 바꿔가며 살았다는 점이야. 참으로 놀라운 일이었어. 그런데 그게 또 끝이 아냐.

딸　또 뭔데?

아빠　더 놀란 건 피카소가 공산주의자라면서 자신의 그림을 추종불허의 높은 가격에 팔아 돈을 차곡차곡 쌓았다는 사실! 그걸 알고 기가 차지도 않았어.

딸　그게 왜 기도 안 찼어?

아빠　공공연한 공산주의자인데 돈 문제에선 지극히 부르주아였잖아. 공산주의자이면서 자유연애주의자라는 것, 공산주의자면서 화폐를 좋아했다는 것이 나한테는 놀라운 아이러니로 느껴졌단 말야.

딸 아무리 그래도 피카소한텐 남다른 뭔가가 있었을 거 같은데.

아빠 물론이지. 내가 보기에 피카소는 선천적인 재능뿐 아니라 재능을 꽃 피우는 능력까지 타고 난 거 같아.

딸 어디를 봐서 그래?

아빠 여자를 대하는 것만 해도 남달라. 피카소는 여성을 연애의 대상이나 흔한 결혼이란 굴레 안에서 인생의 동반자나 파트너로 봤다기보다 오히려 예술을 위해 꼭 필요한 존재로 삼은 셈이야. 예술로 존재케한 셈이지. 나 같은 얼치기 삼류 화가를 반성하게 만들어.

딸 예술로 존재케 했다니? 그리고 아빠의 뭐를 반성하게 해?

아빠 함께 한 모든 여성들한테서 영감을 받아 매번 멋진 작품을 내놨잖아. 그런 면에서 아빠는 반성해야 해.

딸 아빠가 왜 반성을 해야 해?

아빠 나는 단 한 번 이거다 하면서 사귄 여성으로부터 영감을 받아 미술 작품으로 승화시키는 일을 해본 적이 없거든. 그 점 후회도 되고 반성도 하고 그래.

딸 아빠는 그럼 어디서 예술적 영감을 받아왔어?

아빠 흠! 예술적 영감? 나는 영감을 따로 받을 필요는 없었어.

딸 뭐야, 영감 받을 필요가 없었다니?

아빠 그렇지. 나야 이미 일흔 넘은 영감이 되어버렸으니까 나 자체가 영감이잖아. 뭘 따로 받아? 하하하.

딸 아빠. 정신 차리고, 검증이나 마무리하자고. 그럼 말이 나온 김에 우리 李箱 아저씨의 여성 관계는 어땠어?

아빠 나하고 비슷해. 공식적으로 딱 한 명에 비공식적으로는 두 명. 아, 그리고 이름만으로는 다섯 명.

딸　그건 또 무슨 말이야?

아빠　李箱의 여자는 두 명, 첫째는 금홍이, 둘째가 진짜 결혼식을 올린 변동림으로 굳어진 거야. 그런데 묘하게도 등장 여성의 이름이 다섯쯤 돼.

딸　李箱의 여인 이름이 다섯인 이유는?

아빠　두 번째 여자 변동림이 이름을 총 세 번이나 바꿔. 변동림에서 김동림으로, 김동림에서 김향안으로. 숫자상 3이야.

딸　그럼 이성 문제에 관해선 피카소에 비해 우리의 李箱은 전혀 비교도 안 되네?

아빠　맞아. 비교불가야. 더구나 금홍이란 여자가 실존 인물이 아니라는 설도 분분하고, 변동림과 결혼생활 역시 몇 개월밖에 안 되는 입장이야. 그 대신 변동림이 매우 다채로워.

딸　무슨 사연인데?

아빠　李箱의 정식 부인이었던 변동림은 남편 李箱과 사별한 뒤 전부터 교우가 있던 당대 최고의 화가 김환기를 만나 이름을 바꿔가며 결혼하고 나중에 뉴욕으로 건너가 작품 활동을 꾸준히 돕게 돼. 그 남편의 작품들이 오늘날 한 점에 100억 원이 넘는 가격으로 세계 미술 시장에서 팔려나감으로써 우리네 대한민국 현대미술의 위상을 한껏 드높이고 있는 중이야. 물론 피카소의 작품은 김환기의 작품보다 월등히 높은 가격으로 팔려나가지만 말야.

딸　李箱 아저씨의 여성 관계는 이제 잘 알았고, 다시 피카소로 돌아오면 지금 이 세상에 퍼져 있는 그림들 가운데 제일 높은 가격의 그림은 피카소의 〈게르니카〉인가?

아빠　피카소의 〈게르니카〉나 다 빈치의 〈모나리자〉 같은 그림은 아직 경

다 빈치, 〈모나리자〉, 15세기경, 파리 루브르 박물관
소장.

매에 나온 적이 없으니까 값을 매
기기 어렵고 경매 나올 확률조차
미세하니까 모르고 넘어가는 게
더 바람직할 거야.

딸　　그럼 피카소는 가볍게 검
증 통과됐네. 오디션에 충분히 통
과가 되겠는걸?

아빠　　잠깐, 딸! 이건 내가 발
표할게. 여러분! 피카소는 합격
입니다.

5.
니체

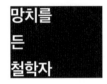

망치를 든 철학자

딸   아빠, 다음은 독일 철학자 프리드리히 니체를 검증할 차례야.

아빠   니체. 좋지. 아빠가 제일 좋아하는 철학자.

딸   뭐가 그렇게 좋은 거야?

아빠   아빠가 오래전부터 그냥 제일 좋아하는 철학자야.

딸   아빠는 참 좋아하는 사람도 많네.

아빠   그만해. 사실 나는 니체 빼고는 잘 아는 철학자가 별로 없거든.

딸   그래도 아빠는 지금 글 쓰는 李箱, 음악가 말러, 화가 피카소, 거기에 심지어 철학자 니체까지 좋아한다는 거 아냐.

아빠   그건 그래. 아빠가 시인 李箱을 좋아하는 거나 음악가 말러를 좋아하는 거나 아주 비슷한 건데 그 둘에다 피카소, 아인슈타인, 니체까지 추가했을 뿐이야. 이건 전부 5인조 보컬그룹을 결성하려다보니까 꿰맞추기 식으로 음악에서의 최고, 미술에서의 최고, 그리고 이제 검증하게 되는 철학에서의 최고까지 오게 된 거지.

딸   아빠는 왜 하고많은 철학자 중에서 니체를 최고로 치는 거야?

아빠   내가 특히 좋아하는 이유는 다른 철학자들과 달리 심오한 논제의 이론들을 비교적 알아듣기 쉽게 설명을 해줬고 무엇보다 니체야말로 기존의 철학자들을 모두 때려부쉈기 때문이야. 오죽했으면 망치를 든 철학자로 불렸겠어? 바로 그 점이 내 맘을 사로잡았지.

딸   망치? 무슨 조폭 출신인가?

아빠   조폭보다 더 폭력적인 흉악범 수준의 철학자야.

딸   딱 아빠 타입이네.

아빠   아빠 타입이라고 네가 건성으로 해본 소리겠지만 그 소릴 듣는 나는 기분이 그렇게 나쁘진 않구나. 얘기 나온 김에 딸! 이쯤에서 아빠한테 질문 한 가지만 해주렴.

딸　　무슨 질문?

아빠　　아빠는 철학 중에 무슨 철학을 제일 좋아했느냐고.

딸　　갑자기 왜 그러는데?

아빠　　아빠는 묻지도 않는 걸 주저리주저리 늘어놓는 일을 아주 오래전부터 극혐해왔거든.

딸　　알았어. 그럼 질문할게. 아빠는 모든 철학 중에 무슨 철학을 제일 좋아했어?

아빠　　이건 네가 물어서 대답하는 거다. 간단해. 내가 일찍이 작심하고 골라잡은 철학은 딱 한 가지야.

딸　　딱 한 가지, 그게 뭔데?

아빠　　내가 대답할 테니까 그 대신 비웃지 마. 실존철학이라는 거야. 나는 처음부터 실존철학이 철학의 시작이며 끝이라고 생각했어.

딸　　들어보니까 재밌는 결론이네. 그런데 아빠는 그런 심각한 대답에 내가 왜 비웃으리라 생각한 거야?

아빠　　네가 아빠의 생각을 개똥철학으로 치부할까봐 그랬지.

딸　　설마. 그런데 아빠, 실존철학이라는 게 뭐야?

아빠　　그렇게 단도직입적으로 물으니까 갑자기 황당한 느낌이 드네. 하여간 내가 대충 꾸며서 대답할 테니까 좀 엉성해도 들어봐. 이런 거야. 우선 우리는 아무것도 모른다는 전제에서부터 시작하는 거야. 우리는 아무것도 알지 못한다. 우리가 알 수 있는 것은 사실상 아무것도 없다. 우리가 알 수 있는 건 사실 그거 하나다. 딱 한 가지, 우리가 알 수 있는 게 아무것도 없다는 사실,

그거 하나다.

딸   그게 전부야?

아빠   쉿! 사실 우리가 알 수 있는 게 있기는 해.

딸   조용하게 물어볼게. 그럼 알 수 있는 게 뭐야?

아빠   이건 큰소리로 떠들어야 할 서브젝트는 아닌데 너도 알고 나도 아는 딱 한 가지가 있긴 해.

딸   그게 뭐야?

아빠   우리는 누구든 언젠가 한 번씩은 죽는다는 것.

딸   세상에나. 우리가 한 번은 죽는다는 걸 언제 알았어, 아빠?

아빠   꽤 오래 된 거 같아.

딸   누구한테 배웠는데?

아빠   아마 그냥 혼자 알게 된 거 같아.

딸   정말 대단하네, 우리 아빠!

아빠   너, 지금 아빠를 놀리는 거지.

딸   아냐, 계속해봐.

아빠   우리는 우리 모두가 언젠가 한 번은 죽는다는 사실을 너무 당연시하기 때문에 어물쩍 아무렇지도 않게 지나가는 경우가 종종 있게 마련이야. 그러니까 우리도 여기서 관례에 따라 그냥 넘어가자고. 우리는 아는 게 아무것도 없다.

딸   그래서, 그 다음은?

아빠　계속 들어봐. 우리가 지금 알 수 있는 건 현실적으로 단 한 가지 너와 내가 마주앉아 대화를 나누고 있다는 사실 딱 한 가지, 아빠는 지금 내 딸 은지와 마주앉아 대화를 나누고 있다는 사실 이건 부정할 수 없는 지금 이 순간의 실제적 실존적 현실이야. 그렇지, 딸?

딸　그야 그렇지.

아빠　그 이외에 우리는 앞으로 정황상 대화를 물론 나누겠지만 실제로 어떤 대화를 나누게 될지 우리는 그것조차 모른다 이거야.

딸　그것도 모르는 일이지.

아빠　우리가 얼마나 아는 게 없냐 하면 가령 내가 지금 앉은 자리에서 일어설 수 있는지 없는지 그것도 모르는 거야. 일어서기 전에, 혹은 일어서다가 심장 발작으로 숨을 거둘지, 일어서는 순간 저 천장이 무너져 깔려 죽게 될지 그것도 모르는 일이지. 설령 일어선다 해도 일어선 다음 내가 오른쪽 다리를 먼저 내밀지, 왼쪽 다리를 먼저 내밀지 그것도 모르는 사실이고 내가 배가 고파 차려진 밥을 먹는데 숟가락을 먼저 들지 젓가락을 먼저 들지 그것도 모르고 또 숟가락으로 밥을 먼저 뜰지 김칫국을 먼저 뜰지 그것도 모른단 말이야. 밥을 다 먹고 나서 내가 부엌 창가 쪽으로 몸을 돌릴지 우리 응접실 쪽으로 몸을 돌릴지 우린 그것도 깜깜하게 몰라. 내가 왜 지금 이런 아무짝에도 쓸모없는 소리를 하느냐. 간단해. 이런 현실 이런 조건, 이런 실존의 판국에 뭘 좀 안다고 함부로 떠벌려선 안 된다는 거야. 물론 누가 떠드는 걸 그냥 다 믿어서도 안 되고. 모든 건 모름지기 본인의 선택에 의해 좌우되는 거야. 결국 우리 몸속에서 꿈틀대는 의지를 어떤 방향으로 트는가 그게 바로 실존철학의 방향이야.

> 우리는 아무것도 모른다 지금 너와 내가 마주 앉아 얘기하고 있다는 사실 이외에

사람들이 이런 철학을 니체에서 비롯된 것으로 치니까 나는 '아! 이거구나' 하면서 실존철학의 광팬이 된 거고 아직까지는 실존철학의 광팬이 된 걸 후회해본 적이 없어. 더구나 니체가 나를 대신해서 수없이 많은, 기존의 쓸모없는 철학들을 망치로 내리쳐부쉈으니까 너무도 고마울 따름이야. 더구나 내가 최고의 품격 소설로 치는 카뮈의 「이방인」, 사르트르의 「구토」 같은 것들이 실존철학을 밑에 깔고 그 기반 위에서 실존철학을 노골적으로 지지해줬으니까 나의 믿음은 더 견고해지는 거고. 딸! 너와 내가 특히 좋아하는 쇼펜하우어나 키르케고르, 도스토옙스키가 전부 니체의 선후배들이야. 흔히 실존철학을 얘기할 때 이구동성으로 니체를 실존철학의 대부라고 말들을 해. 더구나 우리 '시인 李箱과 5명의 아해들'의 중요 멤버인 구스타프 말러도 니체를 학생 때부터 많이 크게 숭배했으니까 더 할말이 없지. 특히 내가 좋아하는 말러의 교향곡 제3번 4악장 노랫말 가사에는 차라투스트라의 얘기도 등장할 정도야. 거기다 특히 내가 왕창 좋아하는 이유, 좋아할 수밖에 없는 이유는 李箱의 詩, 소설, 수필 대부분이 실존철학을 배경으로 깔고 있기 때문이야. 끝! 아, 숨 차.

딸　　물 한 모금 드시고 이어가.

아빠　야! 딸, 또 재밌는 게 떠올랐어.

딸　　뭔데.

아빠　아빠가 금방 말한 그 다섯 명, 니체, 쇼펜하우어, 키르케고르, 도스토옙스키 거기에 李箱까지 묶어 또 다른 보컬그룹 '니체와 5인의 실존주의자들'을 결성하는 거야. 하하. 재밌잖니.

딸　　재미없을 것 같은데. 그런데 아빠, 니체의 차라투스트라는 또 뭐야?

아빠　딸! 너 그걸 어디서 들었어?

딸　　방금 아빠가 말했잖아. 워낙 유명한 말이기도 하고. 니체 하면 차라투스트라잖아. 안 그런가?

아빠   차라투스트라는 기원전, 그러니까 예수 탄생 몇백 년 전 고대 페르시아에 나타난 일종의 예언자 이름이야. 조로아스터Zoroaster교의 창시자로 알려졌는데 원음으로 옮겨 쓴 조로아스터가 영어 식으로 변모되어 차라투스트라라는 발음으로 읽히게 된 거 같아. 우리가 잘 아는 예수 그리스도와 비슷한 맥락의 이름이지. 예수 그리스도는 지저스 크라이스트라고도 읽히잖아. 아빠의 데뷔곡 서양 노래 제목 〈딜라일라〉Delilah도 사람 이름인데 우리 식으로는 데릴라로 읽었던 것과도 비슷하고. 데릴라는 『성경』의 구약에 나오는 이름이야. 힘센 장군 삼손을 유혹하는 요염한 여자의 이름.

딸   아빠, 차라투스트라 얘기 더 해줘.

아빠   어! 그건 니체가 쓴 철학 책 중에서 제일 유명한 책 제목에 등장해. 『차라투스트라는 이렇게 말했다』가 책 제목이고.

딸   차라투스트라 이름이 참 멋있어!

아빠   그럼 아빠 이름도 조라투스트라로 바꿀까?

딸   오버하지마!

아빠   『차라투스트라는 이렇게 말했다』라는 니체의 책이 얼마나 멋졌으면 우리 멤버 말러의 라이벌 작곡가 슈트라우스가 〈차라투스트라는 이렇게 말했다〉라는 제목의 교향곡을 썼겠어. 도입부의 트럼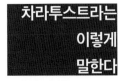

펫 연주가 대박이야. 짜- 짜- 짠 짜잔-. 그건 베토벤의 제5번 교향곡 〈운명〉의 짜짜짜 짠- 하고 맞먹을 만큼 유명해.

딸   아빠, 차라투스트라에도 망치로 내려치는 얘기가 나오나?

아빠   좋은 질문이야. 바로 그 지점이 차라투스트라 주제의 하이라이트야.

딸   뭐랬는데?

아빠   쇠망치급이 아니야. 핵망치 수준이었어. 세상이 깜놀해. 온 세상이 아연실색 기절초풍을 해. 당시 유럽은 완전 기독교 국가였거든.

딸   니체가 차라투스트라의 입을 이용해 뭐라 말했는데?

아빠   神은 죽었다! 神은 더 이상 작동 안 한다! 와! 세상 어떤 철학자도 그렇게 노골적으로 神의 존재를 망치로 내려친 적은 없어. 물론 그 전에도 볼테르나 루소 같은 철학자가 시대 분위기상 약간씩 비틀어서 神의 존재를 무시하는 발언을 한 적은 있지만. 딸! 생각해봐. 神이 죽었다는 건 결국 사람만 남았다는 뜻 아니겠니?

딸   그런 뜻이겠지.

아빠   그러니까 우리 사람은 더 이상 죽어서 작동하지도 않는 神을 일단 잊어버리고 우리 사람끼리 각자의 힘과 의지대로 살아가야 한다는 뜻이야.

딸   그러니까 유신론이 아니고 무신론으로 가야 하는 거네.

아빠   그런 셈이지. 니체 철학적으론 그래. 그래서 남들 듣기에 당시로선 너무 터무니없고 황당한 이야기라서 니체는 50대 초반에 죽기까지 큰 주목을 못 받았어. 그 점은 우리의 李箱과 너무도 흡사해. 죽고 난 뒤 수십 년 이후에야 그는 왕창 유명해지더니 먹물 좀 먹었다는 사람들 사이에서 단연 근대 철학의 황제로 등극하게 됐어. 우리의 李箱도 그랬잖니.

딸   아빠! 그럼 큰일난 거 아냐?

아빠   뭐가 큰일나?

딸   李箱 아저씨 말야.

아빠　李箱 아저씨가 왜 큰일나?

딸　니체는 예언자 차라투스트라의 입을 빌려 神이 죽었다고 말해 서양의 철학 세계를 발칵 뒤집었는데 그런 차원에서 李箱한테는 뭐가 있나? 세상을 발칵 뒤집을 만한 일화가 우리 李箱 아저씨한테도 있었나?

아빠　흠, 없을 것 같지? 걱정 마. 있어.

딸　세상에! 그런 게 있다고? 李箱한테도? 그게 뭔데?

아빠　니체는 神이 죽었다고 큰소리쳤잖아. 우리의 李箱은 니체보다 과격성은 좀 덜하지만 니체 못지않은 엄청난 발언을 해.

딸　무슨 발언을 했는데.

아빠　어떤 발언을 했느냐. 결국 '神은 지금 딴짓을 한다.' 그거야. 그러니까 한마디로 니체와 李箱은 神을 놓고 맞짱을 뜬 거야. 니체가 내세운 神의 사망 대 李箱이 내세운 神의 딴짓. 이런 식으로 한판을 벌인 거야.

딸　그런 증거가 있어?

아빠　李箱이 스물두 살 때 발표한 詩 「오감도-두 사람=ㅅ1」이 그 증거야.

「오감도-두 사람 1」
기독은남루한행색으로설교를시작했다.
아아ㄹ·카아보네는감람산을산山채로납찰해갔다.

1930년이후의일—.
네온싸인으로장식된어느교회입구에서는뚱뚱보카아보네가볼의상흔을신축시켜가면서입장권을팔고있었다.

조영남, 〈시인 李箱의 오감도 중 두 사람〉, 2008

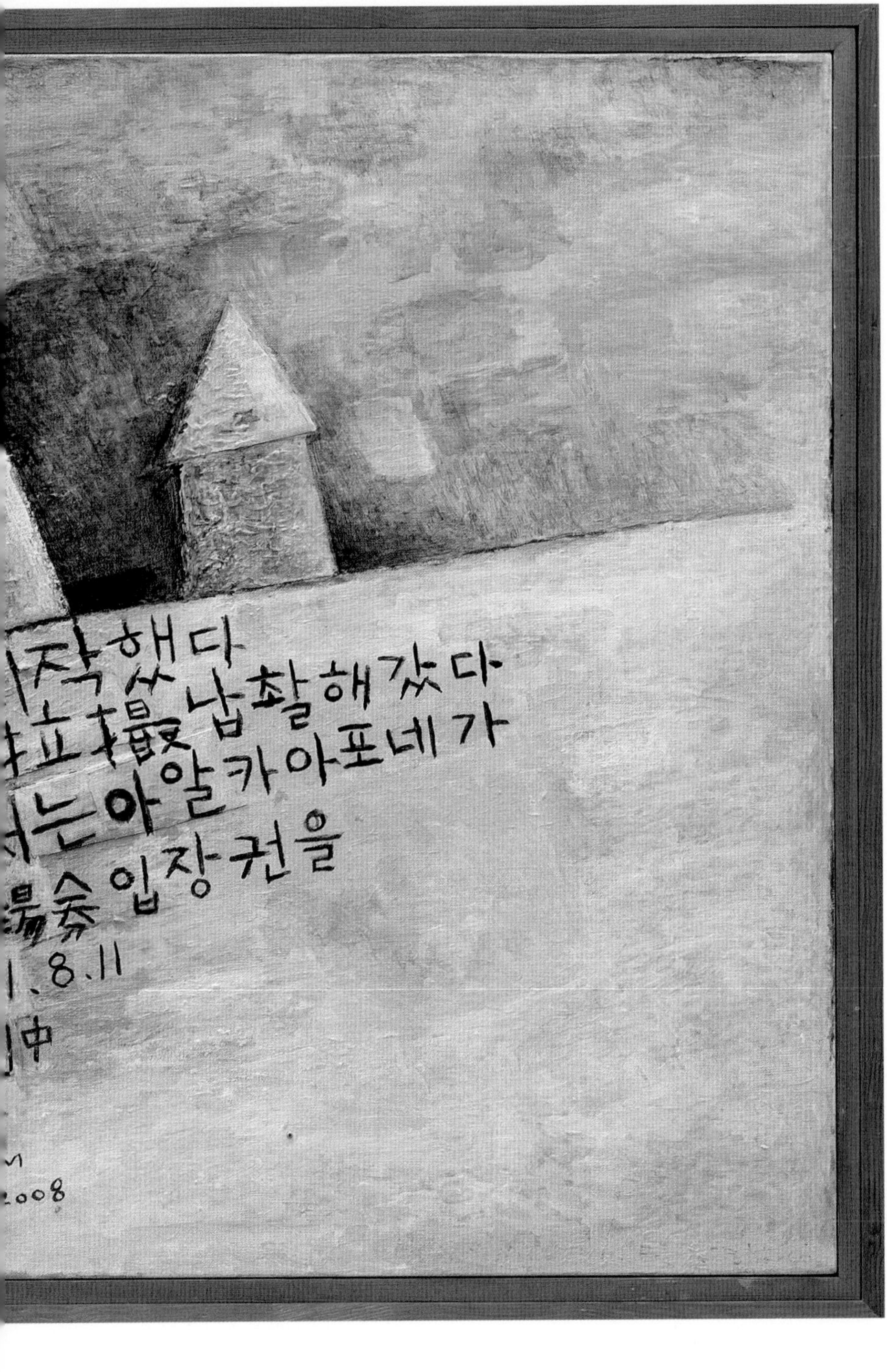

작했다
납촬해갔다
알카아포네가
입장권을
8.11
中
2008

딸　잠깐. 아빠, 앞에서 아빠가 「오감도」는 1934년에 발표했다고 하지 않았어? 1934년은 李箱이 스물다섯 살 아냐?

영남　앗! 맞아. 사람들은 흔히 「오감도」를 하나로 알고 있는데, 사실은 두 개야.

딸　「오감도」가 두 개라고?

영남　어. 李箱은 「오감도」를 두 번 썼어. 하나는 1931년, 그의 나이 스물두 살 때 『조선과 건축』이라는 잡지에 8편의 연작詩를 쓰면서 「오감도」라는 제목을 붙였고, 또 하나는 앞에서 우리가 이야기한 1934년, 그의 나이 스물다섯 살 때 『조선중앙일보』에 15편의 시를 연재하면서 똑같이 「오감도」라는 제목을 쓴 거야. 그러니까 1931년과 1934년에 연달아 「오감도」를 발표한 셈이지. 그래서 먼저 나온 것을 「조감도」로 부르고, 뒤의 것을 「오감도」로 불러서 구분하기도 해. 두 가지 중에 널리 알려진 건 당연히 '13인의 아해'가 나오는 두 번째 「오감도」야.

딸　그럼, 지금 아빠가 이야기한 詩는 첫번째 「오감도」인 거네?

아빠　그렇지. 뒤에서도 몇 번 다시 나올 거야.

딸　알았어. 하던 이야기를 마저 계속해봐.

아빠　1931년에 쓴 「오감도-두 사람 1」의 내용을 보면 알겠지만 이건 정말 엄청난 발언이야. 물론 李箱은 엄연히 詩 형식을 통해서 비판하는 얘기지만. 요컨대 그게 뭐냐 하면 예수와 알 카포네가 동업을 한다는 거야.

조영남, 〈시인 李箱의 교회〉, 2005

예수와 건달 알 카포네

딸   알 카포네가 누군데?

아빠   미국에서 활동한 이탈리아계 마피아단 두목. 그러니까 유명한 조직폭력배 두목이었어.

딸   마피아는 또 뭐야?

아빠   원래는 이탈리아 시칠리아를 본거지로 한 범죄조직인데 언젠가부터 폭력 집단을 통칭하는 말이 됐어. 말하자면 조직폭력단 비슷해. 현대미술 쪽의 각종 파와 똑같이 조직폭력 단체에도 여러 파가 있어. 마피아는 미국 전체에서 제일 큰 폭력 조직으로 꼽혔는데, 알 카포네가 두목으로 실권을 잡았다가 탈세로 걸려 그 유명한 감옥 앨커트래즈Alcatraz에서 수감 생활을 하게 돼. 잘 들어. 그런 명성이 자자한 흉악범 알 카포네가 예수와 동업으로 교회를 운영한다고 李箱이 핵폭탄 같은 詩를 발표했으니 어땠겠어. 기독교에서는 예수를 神과 동일하게 치잖아. 그러니까 다시 말해 우리 李箱은 神이 딴짓을 한다고 소문낸 거나 마찬가지지. 잘 들어봐. 니체가 神이 죽었다고 선언한 후 李箱은 니체와 비슷하게 神이 오작동한다, 아주 구체적으로 예수가 설교를 하고 알 카포네가 교회 입장권을 팔고 헌금까지 거두어간다고 했단 말야. 그뜻은 결국 교회가 그만큼 부패했다는 의미야.

니체가 神은 죽었다, 더이상 작동을 안 한다고 이야기할 때는 매우 노골적이고 구체적으로 접근했어. 거기에 비해 李箱은 훨씬 아기자기하고 드라마틱하게 접근해. 무지 귀엽고 재밌어. 예수와 알 카포네가 동업 형식으로 종교 장사를 한다, 네가 생각해봐도 李箱 쪽이 니체보다 훨씬 문학적이고 실존철학적으로 느껴지지 않니? 왜 아빠가 그토록 李箱이 니체보다 한 수 위라고 치켜세우는지 알겠지?

딸   나는 잘 모르지. 왜 아빠가 그런 오버를 하는지 내가 무슨 수로 알겠어?

아빠　오버가 아냐. 아빠는 진지해. 잘 봐! 李箱은 니체가 차라투스트라라는 정체불명의 인물을 내세워 주저리주저리 이래라저래라 했던 것을 단 몇 줄의 풍자詩로 짧게 마감을 해버렸단 말야. 알 카포네라는 실존 인물을 내세웠지만 말야. 같은 내용이라도 나는 니체보다 李箱한테 훨씬 뜨거운 감동을 받는다는 거야. 니체도 망치를 든 최정상의 철학자이고, 李箱도 詩 몇 줄로 현세 기독교의 부패함을 문학이라는 망치로 내려친 시인이라는 얘기야.

딸　아무리 생각해도 아빠는 李箱에 대해서 정말 오버하는 것 같아.

아빠　알아, 네가 뭘 얘기하는지. 그러나 딸아. 아빠가 李箱 얘기할 땐 본능적으로 급격히 뜨거워진다는 걸 네가 이해를 해줘야 해. 그건 어쩔 수 없어. 지병이야, 고질병.

딸　그럼 이번엔 니체에 대해, 왜 아빠가 李箱만큼 니체를 높이 평가하는지 또 다른 방식으로 털어놔봐!

아빠　고마워. 아빠가 니체를 오랫동안 맘속에 품게 된 또 다른 이유가 있어.

바그너를 지지함

딸　그건 또 무슨 이유야?

아빠　이유라기보다는 소설이나 영화 같은 에피소드가 따로 있어.

딸　무슨 에피소드인데?

아빠　음, 그건 젊은 청년 니체가 독일 최정상의 음악가 바그너를 한때 무지막지하게 숭배했다는 사실이야.

딸　그건 이미 잘 알려진 얘기 아니야? 뜨겁게 초인超人으로 우대했다가 냉정하게 발을 빼는 이야기.

독일 최고의 음악가로 추앙받는 바그너.

아빠　　그래. 너도 알고 있었구나. 바그너는 한마디로 뚝 잘라 말하자면, 독일 최고의 클래식 음악가야. 당대 최고의 오페라 작곡가. 음악극 오페라 작곡을 놓고 보자면 이태리 오페라 쪽에는 그 유명한 베르디와 푸치니가 있고 독일 쪽엔 단연 바그너가 버티고 있어. 바그너는 독일 고대 문학을 바탕으로 독일 오페라의 틀을 만들어낸 재능이 뛰어난 음악가야. 아참! 너는 아빠가 서울음대 3학년 다닐 때 푸치니의 오페라 〈자니 스키키〉Gianni Schicchi의 주인공으로 출연했던 거 모르지? 아주 유명한 소프라노 아리아 '오 미오 바피노 카로' O mio babbino caro 하면서 부르는 노래가 바로 〈자니 스키키〉의 주제가 격이지.

딸　　아빠 자랑 그만하고, 그런 유명한 독일 음악가와 철학을 하는 니체가 어떤 식으로 관계를 맺게 되는 거야?

아빠　　니체는 어려서부터 피아노를 쳤고 심지어는 바그너가 작곡한 고난도의 손가락 움직임을 필요로 하는 피아노 소품까지 연습해왔을 정도였는데, 청년 니체는 자기 철학 스승의 소개로 직접 바그너를 접선하게 됐던 거야. 급기야 니체와 바그너는 식구처럼 가까운 사이가 되고 니체는 바그너의 부인과도 친하게 되고, 바그너의 자녀들도 니체를 아저씨처럼 여기게 돼. 그리하여 그때부터 젊은 니체가 노련한 음악가를 일방적으로 숭배하게 되는 거야. 니체는 바그너의 너무나도 뛰어난 오페라 작곡 솜씨에 홀딱 반했고, 특히 니체는 자신의 아버지와 생김새나 나이가 비슷한 바그너를 인간의 표본, 다시 말해 니체가 꿈에 그리던 초인의 샘플로 보고 떠받들기 시작하는 거야.

딸   그런 니체의 행동에 아빠가 반한 이유는 뭐야?

아빠   그건 마치 아빠가 李箱을 초인으로 떠받들고 숭배하는 것과 매우 흡사해. 니체는 바그너를, 조영남은 李箱을.

딸   엉겁결에 늘어놓는 자화자찬 컬트 식 이야기 말고, 내가 궁금한 건 니체와 바그너의 관계도 아빠와 李箱의 관계처럼 죽을 때까지 계속 이어져나가느냐 하는 거야.

아빠   그 점에선 사뭇 달라!

딸   어떻게 왜 다른데?

아빠   니체와 바그너의 그토록 열렬한 관계는 몇 년 못 가. 니체가 바그너로부터 멀어져 가. 바그너가 니체로부터 떨어져 나가는 형국이지.

딸   아이고. 애석해라. 왜 그렇게 됐을까?

아빠   너도 어이없어 하지만 나도 그 점 정말 안타까워. 총체적으로 따져보면 결국 니체가 바그너로부터 삐져서 빠져 나가는 모양새야.

딸   그러면 니체가 바그너를 배신한 건가?

아빠   맞아. 배신이라면 배신이지.

딸   니체가 삐지게 된 원인이 뭐였어?

아빠   원인은 매우 뚜렷해. 니체는 우선 바그너의 음악에 그만 싫증을 느끼게 돼.

딸   한동안 그렇게 열렬히 찬양을 해놓고 웬 싫증!

아빠   네가 바그너의 오페라 〈니벨룽겐의 반지〉 같은 걸 직접 보고 들어봐야 아는데 무엇보다 바그너의 오페라가 너무 장황해. 니체는 바그너가 신화적 스토리를 너무 과장하는 게 싫었던 거야. 지나치게 신화적으로 흐르는 게 싫었던 거지. 니체는 인간이 신화를 좋아하거나 종교에 매달리는 걸 애당초 질색했거든. 두 사람이 틀어진 이유는 또 있어.

배신의 이유

딸　그것도 궁금해. 뭐야?

아빠　날카로운 니체의 눈에 비친 바그너의 이중 성격이 바로 이유야.

딸　이중 성격이라니?

아빠　순박한 니체는 바그너가 평소 음악을 통한 인간의 휴머니즘을 강조하면서도 실제로는 부유층을 선호하고 음악을 돈벌이의 수단으로 이용하는 게 싫었던 거야. 다시 말해 말과 행동이 다른 이중 성격이 싫었던 거지. 이 지점에서 우리는 배울 것이 참 많아.

딸　우리가 여기서 뭘 배워야 해?

아빠　이중 성격 쓰는 거. 언행의 이중성. 말과 행동이 따로 노는 것은 최악 중의 상최악이야. 그 이중 성격 때문에 니체는 바그너에게 결별을 선언하게 되는 거야.

딸　왜 그렇게 알 만한 사람들이 이중 성격을 써댈까? 안타깝네.

아빠　그래서 나도 니체와 바그너의 결별을 보고 엉뚱한 상상을 하게 되었어.

딸　무슨 엉뚱한 상상?

아빠　아빠가 李箱을 배신하는 상상. 핫핫핫!

딸　말도 안 돼. 아빠! 그건 내가 보장해.

아빠　네가 뭐를 보장해?

딸　세상이 무너져도 그런 일은 없을 거야. 오히려 숭배감이 더 왕성해질걸?

아빠　네가 그렇게 말해주니 기분이 썩 괜찮네. 그런데 또 있어.

딸　또 있다고? 도대체 뭐가 또 있는데?

아빠　아빠가 니체를 李箱만큼 끔찍이 좋아할 수밖에 없는 위대한 이유.

딸　괜한 호들갑 아냐? 얘기나 해봐, 그러면.

아빠　이건 매우 까탈스런 심리학적 문제야. 뭐냐 하면 니체가 인간 심리의 저 밑에 깔려 있는 권태감을 어느 누구보다 잘 꿰뚫어봤다는 거야.

딸　갑자기 웬 권태감?

아빠　네가 李箱이 쓴 「권태」라는 수필 한 편을 꼼꼼하게 읽어보면 알게 돼.

딸　그러면 李箱이 먼저 인간의 권태감을 문학적으로 제기한 건가?

아빠　아니지. 타이밍 상으로 보면 니체가 인간의 치명적인 약점인 권태감을 일찌감치 철학적으로 해부해놨던 거지.

딸　어떻게 해부해놨는데?

아빠　은지, 네가 좋아하는 철학자, 허무주의의 대가 쇼펜하우어 있지?

딸　어. 내가 허무의 철학자 쇼펜하우어를 많이 좋아한 거 아빠가 잘 알잖아.

아빠　사실은 그 쇼펜하우어가 먼저 권태를 해부해놨어. '인간은 욕망과 권태 사이를 오가는 시계추'라고. 멋지지?

딸　그게 무슨 뜻이야?

아빠　그러니까 우리 인간은 뭔가를 하고 싶다, 성공을 해야 한다, 돈을 벌어야 한다, 권력을 쥐어야 한다, 상대를 잘 만나야 한다, 뭐 그런 막연한 욕망과 그 반대로 '에이! 그런 거 하면 뭘 해, 잘 되지도 않을 텐데,' 하는 나른한 권태 사이에 몸을 맡기고 평생을 맥없이 살아가게 된다는 거야. 그렇게 쇼펜하우어와 니체가 파헤친 인간 본연의 권태스런 참모습을 우리의 李箱은 「권태」라는 제목의 수필 한 편으로 가스펠처럼 정리를 해놓았어.

딸 　재밌네.

아빠 　여기서 한편 니체는 우리 인간에게 좀 더 강력한 복음을 전파해주고 있어.

딸 　어떤 복음?

아빠 　모름지기 우리 인간은 우리의 코앞에 사막 지대처럼 널찍하게 펼쳐진 권태와 나른함에 맥없이 짓눌려 살다가 죽을 것이 아니라 죽고 싶지 않아도 어차피 죽게 되는 우리의 권태로운 삶에서 그나마 어느 구석엔가 살아서 꿈틀대는 내적 자아를 부여잡고 아주 서서히 수줍어하는 모습의 의지 하나로 권태의 사막에서 악착같이 빠져나와 전혀 새롭게 살아야 한다, 무의미에서 참의미를 찾아내야 한다 이런 식의 복음을 전파해. 그러니까 결과적으로 놓고 보면 니체와 李箱은 서쪽과 동쪽에서 서로 같은 주제로 고민했던 거야. 신기하지? 그렇게 니체 식으로 해결 방법을 제시한 것에 대해 우리의 李箱은 「권태」라는 제목을 단 수필 한 편으로 화답을 해. 빨리 권태로운 하루를 보내고 해가 지고 밤이 지나면 다음 날 새로운 내일이 올 거라는 희망을 가져보게 하는 거야. 마치 완벽한 니체 철학의 본보기처럼. 실존철학의 완벽한 샘플처럼 말이야.

딸　아빠! 이쯤에서 니체와 李箱 아저씨의 천재 대결을 한 번 펼쳐보는 건 어때?

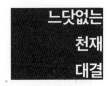

아빠　아마추어처럼 유치하게 무슨 대결을 하자는 거야?

딸　재밌잖아. 니체가 아주 젊은 나이에 대학 교수가 됐다잖아! 아빠가 李箱 추종자가 된 것도 결국 李箱이 천재라서 그렇게 된 거고.

아빠　하기야 그렇긴 하지. 니체는 스물네 살 나이에 같은 독일어를 쓰는 이웃 지방 스위스 명문 바젤 대학의 교수로 취임을 하지.

딸　니체는 대학에서 학생들에게 뭘 가르쳤어?

아빠　고전 문헌학을 가르쳤대.

딸　그게 뭐하는 학문인데?

아빠　아빠 중고등학교 때는 한문 시간이 있었어. 나이 많이 드신 선생님이 우리에게 한문을 가르쳐주셨지. 새파랗게 젊은 청년 니체는 대학에서 한문 선생이 된 거나 마찬가지야. 그리스 언어는 그때만 해도 우리가 중국 글인 한문을 배우는 것처럼 어려운 분야였거든. 니체가 철학의 출발지인 그리스 언어까지 통달했다니 그는 그냥 보통 천재가 아니었던 거지.

딸　그러면 李箱의 천재성은 어땠을까?

아빠　뻥치는 게 아니라 李箱은 천재성에서도 한 술 더 떠. 아니지. '더 뜨는 것 같아'라고 얘기해야 맞아.

딸　뭘 어쨌길래 니체보다 한 술 더 떴다는 거야?

아빠　니체는 스물네 살 때 대학 교수가 되지만 李箱은 스물한 살 때 오늘날 서울대학교 공과대학의 전신이라고 할 수 있는 경성고등공업학교 건축과를 수석 졸업하고, 일제강점기 조선을 지배한 조선총독부 내무국 건축과 기

일제강점기 서울 조선총독부 전경. 李箱은 이 건물이 지어질 당시 조선총독부 내무국 건축과 기수였음. 서울역사박물관 소장.(유물번호 : 서15600)

수로 일했어. 그러면서 그 당시 막 지어지던 서울 조선총독부 신축 공사 감독관이 된 거야. 조선총독부는 일제 시대 지어진 서양식 건물인데, 일제강점기의 흔적이라는 이유로 지금은 철거되고 없어졌어. 비록 건물은 사라졌지만, 어린 나이에 그 큰 건물 공사장 감독관이 되었으니, 출세로 말하자면 니체보다 한 수 위인 셈이라고 할 수 있지 않겠어?

딸   명문대 교수보다 공사장 감독관을 높게 평가하는 아빠의 李箱 짝사랑을 어쩌면 좋을까 모르겠네. 솔직히 말해봐, 아빠! 아빠는 솔직히 말해서 천재 소리 듣고 싶어 그러는 거지?

아빠   야야! 이러지 마. 이 세상에 천재 소리 안 듣고 싶어 하는 사람이 어디 있겠어. 천재, 천하의 재수없는 사람, 그보다 너! 아빠가 제일 싫어하는 말이 '솔직히 말해서'라는 거 알고 있지?

딸   내가 어떻게 그런 것까지 알아?

아빠   나 그 말 정말 싫어해. 왜냐면 '솔직히 말해서' 하면 지금까지는 솔직하지 않았다는 뜻으로 들리잖아. 그보다도 전문 사기꾼들이 제일 많이 쓰는 어휘라서 그래. 알아둬. 앞으로 솔직히 말해서라는 어휘를 내 앞에서는 쓰지 마. 알겠지.

딸   네, 알겠습니다. 그러면 니체와 李箱의 천재 대결도 끝냈으니 뭐 다른 건 없을까?

아빠　　지금 우린 니체를 검증하고 있는데 니체는 우리더러 초인이 되라고 계속 조르잖아. 그러니 우리 여기서 초인 대결을 해보면 어떨까?

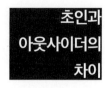

딸　　李箱 아저씨도 초인 얘길 했나?

아빠　　내 기억엔 그런 적은 없었던 거 같아. 우리 李箱은 초인 추종자라기보다는 오히려 초인과 비슷한 아웃사이더Outsider 옹호론자 같은데.

딸　　초인과 아웃사이더는 생판 다른 사람들인가?

아빠　　글쎄. 아리까리해지는데. 둘 다 다르면서도 같고, 같으면서도 달라 보여. 니체는 평생 초인을 찾아나섰다가 막판에는 정작 자기 자신이 유일한 초인이라는 걸 알게 됐고, 李箱은 단 한 번도 스스로 아웃사이더 얘기를 꺼낸 적이 없는데 남들이 李箱을 아웃사이더로 이구동성 평가하게 되고. 와아! 엄청 재밌다 재밌어.

딸　　아빠! 이번엔 두 사람의 여성 관계 대결은 어떨까?

아빠　　딸! 여기서 대결이란 어휘는 좀 오버하는 것 같아.

딸　　미안. 아빠. 니체의 이성 관계는 어땠어?

아빠　　남녀 관계? 여성 관계가 어떠냐고? 니체의 여성 관계는 매우 심플하고 소박해.

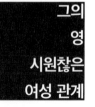

딸　　왜 그랬지? 잘생기고 똑똑하고 청년 때 벌써 대학 교수까지 됐는데? 여자들에게 인기가 없었나?

아빠　　원인이 있어.

딸　　그 원인이 뭔데?

니체가 사랑한 여인, 루 살로메. 니체의 사랑은 끝내 받아들여지지 않았고, 그는 이로 인해 매우 극심한 정신적 고통에 시달림.

아빠　니체는 강박적일 정도로 너무 샤이했어. 극도의 수줍음을 탄 거야. 자연히 사교에는 빵점이었겠지. 눈은 극도로 높고. 그러니 어디 사귈 만한 여자가 그리 흔했겠어? 니체의 이성 관계는 재미도 없어. 평생 예쁜 여동생 엘리자벳의 돌봄을 받아. 그러다가 평생 딱 한 번인가 사랑의 감정으로 여자를 만나게 돼.

딸　어머. 그게 누군데? 어떤 여자가 그런 행운을 누리게 됐어?

아빠　로마 여행 중 어느 파티에서 만난 루 살로메라는 이름의, 지성과 미모를 갖춘 여자와 접선을 하게 돼.

딸　루 살로메는 뭐 하는 여자야?

아빠　독일의 작가이자 정신분석학자야. 수많은 소설과 수필 등의 작품을 남기기도 했을 만큼 뛰어난 여성이지. 게다가 우리에게도 잘 알려진 정신과 의사 프로이트나 유럽 쪽의 김소월 같은 유명한 시인 라이너 마리아 릴케가 집쩍거렸을 정도였으니까 대단했다고 봐야지.

딸　집쩍거리다니 그건 속어, 막말 아냐?

아빠　좀 과격한 표현이긴 하지만 철학 얘기를 한다고 너무 우아한 표현을 쓰는 게 좀 뭐해서 쓴 어휘니까 네가 이해해주면 돼.

딸　그럼 니체는 평생 싱글로 살았겠네.

아빠　글쎄 말야. 남녀 관계도 신통치 않고 결혼도 한 번 못해본 남자가 인생과 철학에 대해 남들한테 이러쿵저러쿵했다는 게 좀 어색하긴 해. 그 점은 석연치 않아 보이기도 하고.

딸 이건 딴 얘긴데 아빠! 李箱 아저씨는 혹시 실존주의를 알고 있었을까?

아빠 글쎄 내 대답은 반반이야. 그래도 어쨌거나 李箱의 글들은 실존철학적으로 쓰여진 게 분명해. 실존철학이 뭐야. 누구한테 기대거나 의지하지 말고 스스로 알아서 출구를 찾아나서라고 하는 거 아냐. 그런 점에서 李箱보다 더 자기 자신에 관한 글을 선명하게 잘 쓴 사람이 어딨을까? 화가 반 고흐가 수없이 자기 초상화를 그린 것처럼 李箱도 짧은 생애를 통틀어 자신의 문제, 자신의 삶과 죽음에 대해 필사적으로 써냈어. 말 그대로 李箱은 니체가 필사적으로 부르짖었던 초인이었던 셈이야.

실존주의적
李箱,
초인
李箱

딸 그럼 李箱 아저씨도 실존철학적 詩를 썼다는 건가?

아빠 그렇고 말고. 그때나 지금이나 그 누구도 李箱처럼 자기 스스로의 정체성에 대해서 완벽하고 철저하게 밝힌 적이 없어. 온 세계에 명성을 떨친 T. S 엘리엇, 보들레르, 랭보는 詩 냄새 풍기는 멋스러운 詩들을 줄창 쏟아냈지만 李箱은 달랐어. 李箱이 스물다섯 살에 쓴 「오감도-詩 제2호」를 보면 얼마나 자기 자신을 충실히 찾아나서려고 했는지 알 수 있어. 니체가 그랬잖아. 누구도 믿지 마라. 세상에 믿을 사람 없다, 자기 스스로를 찾아라, 지금 있는 그 자리에서부터 세상을 헤쳐나가라 그리하여 우리의 李箱은 이렇게 詩를 썼잖아. 멜로디도 없고 詩적 라임도 없어, '쇼미더머니'처럼 냅다 랩 톤으로 읽으면 되는 이상한 詩를!

「오감도-詩 제2호」

나의아버지가나의곁에서조을적에나는나의아버지가되고또나는나의아버지의아버지가되고그런데도나의아버지는나의아버지대로나의아버지인데어쩌자고나는자꾸나의아버지의아버지의아버지의……아버지가되느냐나는왜나의아버지를경충뛰어넘어야하는지나는왜드디어나와나의아버지와나의아버지의아버지와나의아버지의아버지의아버지노릇을한꺼번에하면서살아야하는것이냐

이런 詩는 니체가 말한 대로 자기 자신을 찾아나선 건데 이보다 더 리얼하게 자기 자신을 찾을 수 있겠어?

딸　　그래도 李箱 아저씨의 詩는 해석하기가 어려워. 정확히 무슨 소린지 모르겠어. 아빠, 李箱의 작품 중에 그래도 알아먹기 쉬운 최상의 실존철학적 대표 작품은 뭐 없을까?

실존철학적 산문 「권태」　　**아빠**　　어휴! 많아. 李箱이 남긴 실존철학적 작품 중 딱 하나를 고를 수는 없어. 다 끝내주니까. 준비가 제대로 안 된 사람은 그래서 李箱의 詩 쪽으로 섣불리 가선 안 돼. 온통 알아먹을 수 없는 난해한 詩투성이니까.

딸　　그럼 詩 쪽 말고 어느 쪽으로 가면 좋은 거야?

아빠　　詩 대신 산문 쪽으로 가보는 게 훨씬 쉬워.

딸　　그래도 한 편만 실존철학적 작품을 추천해달라고 부탁한다면 뭐가 있을까?

아빠　음, 뭐니뭐니해도 역시 수필 「권태」야.

딸　제목부터 권태로워서 금방 나른해지지 않아?

아빠　안 그래. 첫 줄부터 정신이 번쩍 들게 만들어. 이렇게 시작되니까. 자, 들어봐!

어서, 차라리 어둬버리기나 했으면 좋겠는데──벽촌의 여름날은 지리해서 죽겠을 만치 길다

이렇게 시작하는데 내가 李箱이 동료 멤버 피카소, 니체, 아인슈타인, 말러보다 더 니체 식 표현대로 인간적인 너무나 인간적인 인간으로 여겨지는 이유가 수필 「권태」 안에 다 들어가 있어.

딸　수필 한 편에 그런 의미가 다 담겨 있다고?

아빠　그럼. 사실 나는 李箱의 「권태」 한 편으로 그가 이 세상에 날고 긴다는 글쟁이들보다 훨씬 윗길에 있음을 증명해낼 수가 있어. 장담해. 내 말을 들어봐. 「권태」의 내용은 별 게 없어. 어느 산촌의 무더운 여름 한나절에 관해서 쓴 글이야. 여기에 '넓다란 백지 같은 오늘'이라는 표현이 나오는데 나는 70여 년 온갖 책들을 보면서 이토록 멋진 표현은 첨 봤어. 어떻게 심심한 오늘 하루를 넓다란 백지 같다고 멋지게 표현할 수가 있을까.

딸　내가 생각하기에도 정말 멋진 거 같은데.

아빠　넓다란 백지 같은 하루의 오후. 뭔가 꾸물꾸물하기는 해. 최서방네 조카를 불러 우스꽝스런 장기를 두고 개울가도 가보고 낮닭 우는 소리도 듣고, 짖지 않는 개들이 맥없이 지나가는 것도 보고, 동네 아이들 몇 명이 노는 것도 보고 아이가 길가에 똥 싸는 것도 보고 드디어 어스름 저녁에 불나비가

불을 찾아 덤비는 것도 보고 어느새 창밖엔 내일이 대기하는 걸 보면서 오들오들 떨고 있는 게 마지막 장면이야. 그런 게 수필 내용의 전부야. 이 수필을 나는 여러 번 읽었는데 읽을 때마다 「권태」가 나를 대성통곡하게 만들어. 내 맘속 깊은 곳에서 울음을 터뜨리고 싶게 만든단 말이야. 셰익스피어의 글이 나를 울게 만드나? 노! 보들레르의 詩 한 줄이 나를 통곡하게 만드나? 노! 그래! 나는 李箱 이외에 딱 한 번 꺼이꺼이 운 적은 있어.

딸   아빠가 울어본 적이 있다고? 그게 언젠데?

아빠   李箱의 난해일변의 詩 「오감도」를 『조선중앙일보』에 연재하게 힘을 써준 시인 정지용의 詩 「향수」가 바로 그거야.

딸   정지용이란 사람이 그럴 만한 힘이 있었나?

아빠   그 당시 정지용은 신문사 편집국장이었어. 위대한 시인이 생계를 꾸리기 위해서 신문사에 취직했던 거지. 그 정지용이 동료 소설가 박태준 등과 함께 李箱이 신문에 연재하도록 힘을 써주는 바람에 「오감도」를 연재하게 돼. 한편 그 정지용은 그즈음 세계 최고의 서정詩 한 편을 써. 그게 바로 「향수」라는 詩야. 정지용의 「향수」는 나를 한 사나흘 울게 만들었고.

딸   詩를 읽으면서 울었다니, 그게 무슨 뜻이야?

아빠   내 후배 여가수 최진희가 부른 〈사랑의 미로〉라는 곡을 작곡한 김희갑 선배가 「향수」라는 詩에 곡을 올려 작곡해. 그러고는 가수 이동원과 테너 박인수 선배한테 노래를 부르게 했는데 그때 KBS '열린음악회'에서 나한테 숙제를 줘. 악보를 들고 詩를 읽게 한 거야. 와! 첫줄 '넓은 벌 동쪽 끝으로부터' 나를 울게 만드는 거야. 내가 어릴 때 살았던 충청도 삽다리가 바로 남쪽 끝이 벌판이었거든. 첨이자 마지막으로 내 방문을 걸어잠그고 2~3일 울었던 거 같아. 李箱의 「권태」도 그랬어. 「권태」는 이따금씩 읽을 때마다 정확하게 말하자면 나를 통곡의 감상 끝으로 밀고 가. 미련곰탱이 같은 소리지만 나한테는 울음 콤플렉스가 있어.

딸　그게 무슨 콤플렉스야?

아빠　뭐냐면 평생 詩나 영화 때문에 울어본 적은 있어도 정작 여자 땜에 울어본 적이 없다는 거야. 노래나 그림을 예술로 친다면 아빠는 완전 가짜 예술인이야.

딸　예술과 울음이 무슨 관계인데?

아빠　생각해봐. 여자 때문에 찐하게 울어보지도 못한 뻑뻑한 놈이 무슨 노래를 부르며 무슨 그림을 그린다는 건지. 나 자신 한심하기 그지없어.

딸　아직 시간은 많이 남아 있으니까 늦진 않았어. 빨리 아빠를 울릴 만한 상대를 찾아봐. 나도 빨리 「권태」를 읽어봐야겠네.

아빠　「권태」는 하마터면 세상 구경을 못할 뻔한 글이야. 같은 글동아리패의 박태원이 어디선가 찾아내 뒤늦게 세상에 알려진 거야. 1937년 『조선일보』에 실린 건데 李箱이 죽기 전에 도쿄 어느 방구석에서 쓴 글일 거야. 일찍이 니체가 외쳤지. 세례 요한이 팔레스타인 어느 황야에서 외쳤던 것처럼 말야. '어차피 神은 죽었다, 작동하지도 않는다, 멀리 쳐다볼 것도 없다, 자신이 서 있는 바로 그 자리에서 자신의 발 밑을 파고 들어라, 그 밑에 보물이 숨어 있다.' 李箱의 「권태」가 바로 그런 글이야. 발 밑의 이야기. 니체의 말처럼 인간적인 너무나 인간적인 말이고 인간적인 글이야. 최상의 실존적인 글이고, 딴소리처럼 들리겠지만 나는 현대미술을 통틀어 피카소의 〈게르니카〉를 최고의 미술, 최고의 그림으로 쳐. 마찬가지야. 李箱의 「권태」가 바로 〈게르니카〉야. 「날개」와 「권태」 둘 다 똑같이 인간의 참상을 얘기하고 있어. 다시 한번 힘주어 말하자면 李箱의 「권태」는 이 세상 최고의 장편 詩이고 장편 수필이고 동시에 장편 소설이야. 니체의 실존철학에 딱 들어맞는 글덩어리야.

딸 그럴듯하네.

아빠 뻥튀기한다고 해도 괜찮아. 이해가 안 돼도 괜찮고.

딸 무슨 얘기인데?

아빠 李箱이 니체와 동격이라는 얘기.

神에 관한 따로 똑같은 주장

딸 그런 얘기가 또 있어?

아빠 새로운 이야기는 아니야. 하지만 앞에서 이야기를 다 못한 거 같아서 아무래도 한 번 더 하고 가야 할 거 같아.

딸 뭔데?

아빠 길진 않아. 앞에서 李箱이 1931년에 발표한 「오감도-두 사람 1」에 대해 이야기한 거 기억하지?

딸 그럼, 기억하지. 조금 전에 이야기한 건데 내가 기억을 못할 거 같아?

아빠 딸 씨! 그 詩에 등장하는 두 사람 이름에서 이상한 점 안 느껴지나?

딸 뭐 그런 거 모르겠는데?

아빠 웃지 마. 알 카포네의 경우 알은 이름이고 중간 이름도 있고 카포네는 성씨인데 여기서 잠깐, 예수는 성씨가 없어. 라스트 네임이 없어. 아버지 요셉의 성씨가 없으니 당연히 아들도 성씨가 없는 거지. 중간 이름도 없고. 그 유명한 엄마 마리아도 성씨가 없어. 이런 식으로 아브라함, 이삭, 요셉, 전부 성씨가 없어. 핫핫핫! 웃프지?

어쨌든 우리의 李箱이 스물두 살의 나이에 불쑥 예수와 알 카포네가 동업자라고 한 것은 '9·11테러' 못지 않게 드라마틱한 충격파였고 스물다섯 살에 써서 『조선중앙일보』에 연재한 「오감도」 15편은 니체가 망치를 들고 神은 죽었다고 내려친 거사나 다름없는 거사 중의 거사였어. 한 번 읽어봐. 그건 詩가 아니야. 망치 소리야. 15번의 망치를 내려친 거야. 니체는 神은 없다고 망치를 내려치고, 李箱은 神이 삐딱하게 작동한다고 망치를 내려친 셈이야. 그러니까 니체와 李箱이 동격인 거야. 그래서 李箱은 내가 결성한 보컬그룹 '시인 李箱과 5명의 아해들'에서 주장, 캡틴을 맡고 니체는 5인 중 한 명으로 뽑히게 된 거야.

딸 아, 네. 그렇게 된 거군요! 한 사람은 주장, 또 한 사람은 평단원. 그래도 두 사람 모두 천재. 오케이! 아무래도 우리 아빠는 천재 소릴 듣기엔 틀렸나봐.

아빠 왜 또?

딸 「오감도」 같은 詩도 못 쓰고 망치질 같은 섬뜩한 한마디도 없잖아.

아빠 시끄러. 네! 심사위원 여러분, 피카소에 이어 니체, 오디션 검증 합격입니다.

6.
아인슈타인

딸   자! 이젠 순서를 따져서 대망의 李箱 차례야.

아빠   잠깐!

딸   왜. 뭐 잘못됐나?

아빠   그게 아니고 딸. 아무래도 李箱은 사실상 오늘의 주인공인데 다섯 명 중에 세 번째로 소개한다는 건 좀 융통성 없는 배려로 보이지 않니?

딸   그게 무슨 소리야?

아빠   검증 순서 얘기야. 아티스트, 특히 가수들은 출연 순서에 매우 민감해. 출연자 두 명이 있을 경우에도 누가 무대에 먼저 서냐 나중에 서냐에 신경을 곤두세운다는 얘기야. 그러니까 네 얘기는 포스터에 나와 있는 순서가 시계 방향인 왼쪽에서 오른쪽으로 가니까 피카소 다음에 니체, 그리고 李箱으로 가야 한다는 거 아냐?

딸   누가 봐도 그렇지 않나?

아빠   근데 웨이트 어 미닛! 내 말 좀 들어봐. 여기서 우리는 순서를 바꿔야 할 것 같아.

딸   무슨 순서를 바꿔?

아빠   니체에서 李箱으로 갔다가 아인슈타인을 거쳐 말로로 가는 검증 순서 말야.

딸   그걸 어떻게 바꾸자는 거야?

아빠   간단해. 李箱 검증을 뒤쪽으로 빼는 거야. 그러니까 니체를 검증했으니까 李箱을 건너뛰고 아인슈타인으로 넘어가자는 거야. 어때? 아무래도 아인슈타인과 말로까지 다 한 뒤에 맨 마지막으로 李箱을 검증하는 게 좋을 거 같아. 이건 심리적으로 굉장히 중요한 문제야. 쉽게 생각해서 피날레에 무게를 두는 것, 조용필을 마지막 순서에 배정하는 것처럼 말야.

딸　그냥 단지 오디션인데도 그렇다는 거야?

아빠　물론이지. 오디션 순서도 중요하다니까.

딸　생각해보니까 그게 좋을 것 같네. 그럼 아인슈타인으로 들어가지 뭐. 바보 같은 이야기지만 나는 평소 아인슈타인의 이름은 자주 듣는 편인데 그 사람이 물리학자라는 것 외에 다른 건 자세히 모르고 있어.

아빠　딸! 걱정 마. 아인슈타인을 모르는 건 나도 마찬가지야. 우리는 흔히 『순수이성비판』이 무슨 내용인지도 모르면서 그냥 칸트, 칸트하잖아. 나도 잘 몰라. 그냥 책을 보면 상대성 이론을 쓴 물리학자로 나오고, 또 원자탄 얘기만 나오면 자동으로 아인슈타인 이름이 튀어나오면서 20세기를 바꾼 사람이라고들 그러는데 내가 아는 것도 그 정도야.

딸　그래도 아빠 서재에 아인슈타인에 관한 책들이 많잖아.

아빠　많지. 많기야 하지.

딸　책이 많다는 건 그 방면에 뭔가 많이 안다, 해박하다, 그런 뜻 아닌가?

아빠　하하! 내가 내 서재에 꽂혀 있는 책을 다 봤다면 난 지금쯤 하버드 대학 교수쯤 됐겠다. 내 책꽂이에 아인슈타인 관련 책이 많은 이유는 간단해.

딸　그게 뭔데?

아빠　일단 세상에서 머리가 제일 좋은 사람으로 알려져 있으니까 그냥 괜히 궁금한 거야. 그래서 막연히 나도 모르게 이 책 저 책 사뒀던 거야. 또, 책장에 아인슈타인에 관한 책이 꽂혀 있으면 제법 폼 나잖냐. 그런 책은 아무리 읽어도 나는 몰라. 모르면서 슬쩍슬쩍 건성건성 읽었던 거야. 그 결과 지금껏 내가 아는 상대성 이론이라는 건 오직 한 가지야.

딸　호호. 그게 뭐야? 한 가지라도 아시는 게 있으니 다행이네.

아빠　너 웃지 마!

엉성한 상대성 이론

딸　안 웃을게. 말해봐.

아빠　자! 빠른 속도로 달리는 기차 안 맨 뒤칸에서 앞칸 쪽으로 걸어가는 사람의 걸음 속도와 그냥 밖에서 땅 위를 걸어가는 사람의 걸음 속도는 크게 다르다, 뭐 이런 거.

딸　앗, 웃기는데?

아빠　내가 웃지 말라고 했잖아. 생각을 안 해봐서 그렇지 기차에서 걸어가는 속도와 그냥 걸어가는 속도는 당연히 다르지. 기차의 속도를 상대적으로 고려해야지. 안 그래? 또 있어.

딸　뭔데?

아빠　이번엔 시간에 관한 속도인데 이것도 '개쪽' 팔리지만 얘기할게. 뭐냐면 이런 거야. 잘 들어. 매우 쉬워. 재미가 있으면 시간이 빨리 가고 상대적으로 재미가 없으면 시간이 개느리게 간다는 거 그거야. 내가 공부한 건 그게 전부야. 아! 또 있다. 남인수 선배의 노래던가 무슨 청춘인가 그랬는데 이런 가사가 있잖아. '헤어지면 그리웁고 만나보면 시들하고!' 그런 노래.

딸　그게 상대성 이론과 관계가 있다고?

아빠　억지로 말하자면 옥신각신 썸 타는 걸 나는 상대성 이론으로 보는 거야. 이쪽에서 좋아하면 저쪽에서 싫어하고 또 저쪽에서 싫어하면 이쪽에서 좋아하고. 웃지 마! 내가 아인슈타인에 대해선 많이 모른다고 얘기했잖아.
햇빛의 속도가 얼마나 빠른 건지, 원소가 얼마나 쪼그만 건지, $E=mc^2$가 뭔지
내가 무슨 재주로 그걸 알아. E가 에너지라는 것까진 알겠어. mc의 질량까지
도 알겠는데 빌어먹을 오른쪽 위에 붙은 쬐끄만 2는 또 뭐냐 말야.

딸　　　진정해 아빠. 모른다고 화내지 말고.

아빠　　피카소가 입체주의라는 미술을 창안한 것만큼 아인슈타인의 상대성
이론이 위대한 발견이라고? 뭐? 니체가 神은 죽었다고 선포한 것 만큼이나 아
인슈타인의 $E=mc^2$가 위대한 물리 공식이라고? 아인슈타인의 공식이 세상을
완전히 바꾸는 새로운 공식이 되었다고? 뭐? 특수 상대성 이론을 일반 상대성
이론으로 확장시켰다고? 그건 또 무슨 소린데? 공간은 매끈하거나 평평하질
않고 쿠션처럼 굽었다고? 거기까지도 좋아. 빛이 어떤 때는 곡선으로 휘어질
때가 있다고? 아! 복잡해. 거짓말 아니고 나는 아인슈타인에 관한 책은 모두
불사르고 싶어. 다 태워야 내 속이 편할 것 같아. 아! 몹쓸 아인슈타인! 아! 역
사 용어로 무덤에서 시체를 파내 벌을 준다는 거 그거 뭐지? 부관참시인가?

딸　　　참아, 아빠. 왜 그렇게 화를 내?

아빠　　왜 내가 까맣게 모르는 분야의 학문을 파헤쳤느냐는 거야. 딸! 나 이
책 내는 거 그만둘래. 안 되겠어. 역부족이야.

딸　　　그만 자학해. 아빠가 물리까지 다 알면 어쩌려고 그래?

아빠　　고마워, 딸. 그래, 알았어. 모르는 건 잘못도 아니고 죄도 아니니까.
그럼 내가 아인슈타인의 이론들을 다 마스터한 것처럼 폼잡고 그외 복잡한
이론들을 마스터 완료했다 치고 원고를 다시 써나가보자고. 자! 1905년 봄,
1905년이면 우리 조선이 이완용 일당에 의해 일본에 헌신짝처럼 팔려가던
해이고.

딸 잠깐. 왜 갑자기 우리나라 역사 얘기를 끄집어 내는 거야?

아빠 기다려봐. 다 이유가 있어서 그래. 그해는 내 어머니 김정신 권사님의 어엿한 남편이며 한편 본인 조영남의 친아버지 되시며 너 조은지의 친할아버지 되시던 조승초 씨가 태어나셨던 해이고 우리의 李箱이 태어나기 불과 5년 전이던, 1905년 봄, 아! 내 아버지가 李箱보다 5년 위의 선배시구나. 이건 정말 놀랄 일 아냐?

딸 아빠! 李箱은 생각보다 나이가 젊네. 우리 친할아버지보다 나이가 어리시다니 말야.

아빠 그러게. 내 아버지보다 더 젊다니. 하참! 내가 李箱의 나이를 너무 많다고 생각했네! 내가 그 사람의 나이를 너무 늙게 봤어! 그건 그렇고 지금 난 아인슈타인 얘기를 해야 해. 하여간 1905년 봄 어느 날 영세중립국永世中立國인 스위스 도시 베른의 특허국에서 일하던 무명의 3등급 직원이 물리학 논문을 한 편 발표해. 「움직이는 물체의 전기 역학에 관하여」*Zur Elektrodynamik bewegter Körper*라는 제목의 논문이야. 그게 바로 상대성 이론으로 바뀌는 거야.

딸 그때가 몇 년 전이야?

아빠 지금이 2020년이니까, 100년 좀 넘네.

딸 거기까진 나도 알겠는데. 아빠! 지금 우린 아인슈타인을 보컬그룹 '시인 李箱과 5명의 아해들'의 정식 멤버로 선택한 이유를 밝혀야 해.

아빠 맞아, 그것도 간단해. 아인슈타인은 이 세상에서 제일 똑똑한 인물로 알려져 있잖아.

딸 그건 그렇지.

아빠 나는 말야. 1921년 아인슈타인이 노벨물리학상을 탔을 때 노르웨이

시상식장에서 그가 수상소감을 읽을 때부터 악! 최고구나, 똑똑한 걸로는 적수가 없구나 그렇게 생각했어. 그의 사상이나 철학 또한 진짜 철학자 니체를 찜쪄먹는구나 그렇게 눈치를 챘지.

딸　뭐라고 그랬는데?

아빠　믿을 수 없을 거야. 내가 탄복한 철학적 발언은 종교적인 발언으로 오해하기 쉬운 얘긴데 이건 종교적인 얘기가 아냐. 이거야말로 순수한 자연과학적 순수논리적 발언이야. 미친 소리라고 취급하겠지만 이 발언이야말로 아인슈타인이 니체나 李箱의 두뇌에 버금가는 우수한 두뇌의 소유자라는 의미인 거지.

딸　무슨 얘길 했는데 그렇게 호들갑을 떨어?

아빠　이렇게 말했어. '나는 자신의 창조물을 심판한

다는 神을 상상할 수가 없다, 내게 神이라는 단어는 인간

의 약점을 드러내는 표현이나 산물에 불과하다' 이렇게 말했단 말야.

딸　자신의 창조물을 심판한다는 게 무슨 뜻이야?

아빠　아니, 넌 어떻게 그 말을 못 알아듣니? 우리 인간을 누가 창조했어?

딸　그야 神이 창조했지.

아빠　근데 인간을 창조해냈다는 神이 인간을 천국에도 보내고 지옥에도 보내잖아. 직접 심판해서 말야. 바로 그런 현상을 믿을 수 없다는 거지. 하! 아인슈타인은 니체의 35년 직계 후배가 된 거야.

딸　35년 후배라는 건 무슨 소리야?

아빠　나이를 따져서 그런 거야. 니체가 아인슈타인의 35년 선배야. 자, 들

어봐! 니체는 神이 죽었다고 했고 아인슈타인은 神의 존재를 상상하지 않는다고 했잖아. 이건 똑같은 얘기야. 도찐개찐 같은 얘기야. 그리고 그건 우연의 일치가 아니야. 이 발언의 내용은 배다른 형제 같은 거야. 이건 보통 일이 아냐. 이거야말로 아인슈타인더러 언젠가는 李箱과 니체와 함께 보컬그룹을 만들라는 계시 같은 스토리야.

딸　　지금 내 머리는 좀 혼란스럽지만 무슨 얘길 하는지는 대충 알겠는데. 아빠! 우리의 李箱은 E=mc² 같은 공식 같은 건 못 만들었잖아.

아빠　　그러니까 딸! 너는 지금 내가 李箱을 얼결에 니체와 아인슈타인과 똑같은 반열에 올리는 게 떫다는 얘기지?

딸　　꼭 그런 건 아니고.

아빠　　아니야. 이해해, 딸! 아빠는 지금 급해. 무슨 수를 써서라도 李箱을 띄워야 해. 나도 알아. 李箱은 아인슈타인에 비하면 사실 여러 측면에서 '끕'이 안 돼. 李箱은 전공이 천체물리학이 아니라 건축학이었다는 것도 그렇고.

딸　　그런데 아빠는 어떻게 李箱을 아인슈타인 옆에 바짝 붙이는 거야.

아빠　　기다려봐. 붙여도 돼. 붙일만 해. 李箱이 아인슈타인의 상대성 이론에 버금갈 만한 詩 문학 작품을 여러 차례, 여러 번 써놨어.

딸　　아빠! 거짓말하는 거 같은데?

아빠　　아냐. 뻥튀기하는 것도 아니고. 내가 李箱의 詩 전부를 해설해놓은 『李箱은 異常 以上이었다』를 쓴 적이 있잖아. 그 책 쓰면서 알게 된 사실이야.

160

그토록 수많은 난해한 詩 중에 지금 돌이켜 생각해보니까 수학과 물리학에 관한 내용의 詩가 많아서 그랬던 거야. 믿어지지 않지?

딸 무슨 얘기야?

아빠 李箱의 詩 중에는 유독 수학과 물리학에 관한 詩가 많아서 난해하게 보였던 거야. 오죽했으면 어느 학자가 두꺼운 책 세 권을 만들었겠니. 그 제목이『李箱의 詩 괴델의 수』야. 물론 괴델은 수학자지만. 너 또 골치 아파지지?

딸 어지러워지려고 그래.

아빠 좀 참아봐. 내가 대충 몇 가지 샘플을 제시해볼게. 그러려니 하고 들어봐. 안 듣고 그냥 듣는 척만 해도 되고 그래. 믿기지 않게 느껴지겠지만 李箱은 적어도 아인슈타인 같은 전문 물리학자만 이해할 수 있을만큼 과학적 수학적 물리학적 詩를 남겨놓았어. 순수한 詩 형식으로 말야.

李箱의
수학적,
물리학적
난해찬란한
詩들

우선 1931년에 발표한 詩「삼차각설계도」三次角設計圖를 살펴봐야 해.「삼차각설계도」는「선에 관한 각서」일곱 편을 묶은 건데 그중「선에 관한 각서 1」은 이런 식이야.

「선에 관한 각서 1」

```
   1  2  3  4  5  6  7  8  9  10
1  ·  ·  ·  ·  ·  ·  ·  ·  ·  ·
2  ·  ·  ·  ·  ·  ·  ·  ·  ·  ·
3  ·  ·  ·  ·  ·  ·  ·  ·  ·  ·
4  ·  ·  ·  ·  ·  ·  ·  ·  ·  ·
5  ·  ·  ·  ·  ·  ·  ·  ·  ·  ·
6  ·  ·  ·  ·  ·  ·  ·  ·  ·  ·
7  ·  ·  ·  ·  ·  ·  ·  ·  ·  ·
8  ·  ·  ·  ·  ·  ·  ·  ·  ·  ·
9  ·  ·  ·  ·  ·  ·  ·  ·  ·  ·
10 ·  ·  ·  ·  ·  ·  ·  ·  ·  ·
```

(우주는멱에의하는멱에의한다)

(사람은숫자를버리라)

(고요하게나를전자의양자로하라)

스펙톨

축X 축Y 축Z

속도etc의통제예컨대광선은매초당300,000키로메터달아나는것이확실하다면사람의발명은매초당600,000키로메터달아날수없다는법은물론없다. 그것을 기십배기백배기천배기만배기억배기조배하면사람은수십년수백년수천년수억년수조년의태고의사실이보여질것이아닌가, 그것을또끊임없이붕괴하는것이라는가, 원자는원자이고원자이고원자이다. 생리작용은변이하는것인가, 원자는원자가아니고원자가아니고원자가아니다, 방사는붕괴인가, 사람은영겁인영겁을살릴수있는것은생명은생도아니고명도아니고광선인것이라는것이다.

취각의미각과미각의 취각

(입체에의절망에의한탄생)
(운동에의절망에의한탄생) (지구는빈집일경우봉건시대는눈물이나리만큼
그리워진다)

어때, 어렵지? 그런가 하면「BOITEUX BOITEUSE」라는 제목의 詩에는 '천
체를 잡아 찢는다면 소리쯤은 나겠지.'라는 구절이 나와. 와우! 천체를 찢는
다는 발상! 멋지지 않니? 참고로 '부아퇴'BOITEUX는 절름발이의 남성형이고
'부아퇴즈'BOITEUSE는 절름발이의 여성형이야. 모두 불어야.

딸　　계속해, 아빠!

아빠　　「LE URINE」이라는 詩에는 이런 구절도 있어.

　태양은이유도없이사보타아주를자행하고있는것은전연사건이외의일이아
니면아니된다.

와우! 태양이 태양이기를 거부한다는 해괴한 발상. 굉장하지? '유린'URINE은
오줌이라는 뜻의 불어인데, 이 詩는 1931년에 발표한「오감도」중 하나야. 이
뿐만이 아냐. 또 있어. 역시 1931년에 발표한「오감도」중 하나인「운동」이라
는 띄어쓰기 없는 짧은 詩에는 시간에 관한 詩적 얘기도 나와. 일부분을 한
번 볼래?

　하늘한복판에와있기때문에시계를꺼내본즉,서기는했으나시간은맞는것이

지만시계는나보담도젊지않으냐하는것보담은나는시계보다는늙지아니하였다고아무리해도믿어지는것은필시그럴것임에틀림없는고로나는시계를내동댕이쳐버리고 말았다.

하! 시계를 상대로 누가 젊고 누가 늙었냐고 다투는 이 어이없는 광경!

조금 전에 이야기한 「삼차각설계도」의 「선에 관한 각서 1」에 이어 「선에 관한 각서 2」에서는 이런 詩 구절도 나와.

태양 광선은 凸렌즈 때문에 수렴광선이 되어 한 점에 있어서 혁혁히 빛나고 혁혁히 불탔다.

이런 내용인데 왜 詩 제목이 「선에 관한 각서」인지 도무지 납득이 안 돼. 선에 관한 얘기는 아예 없거든.

딸　　　아빠, 용서해줘. 나는 통 무슨 소린지 모르겠어.

아빠　　괜찮아. 넌 잘못 없어. 그냥 들어두기만 해. 또 있어. 「선에 관한 각서 5」에는 '사람은광선보다빠르게달아나면사람은광선을보는가' 이런 구절도 있고, '사람은광선보다도빠르게달아나라.' 이런 구절도 있어. '무수한 과거를 경청하는현재를과거로하는것은불원간이다.' 이런 구절도 있지. 하여간 기묘한 내용으로 철철 넘쳐. '사람은광선을드디어선행하고미래에 있어서과거를대기한다.', '사람은두번분만되기전에XX되기전에조상의조상의성운의성운의 성운의태초를 미래에 있어서보는두려움으로하여사람은빠르게달아나는것을유보한다.' 와우! 놀랍지? 밤하늘의 별들이 언제 생겨났는지에 관심을 갖는 것. 우주가 존재한 이후 이런 천체물리 과학자를 찜쩌먹는 듯한 李箱 같은 글쟁이는 과거에도 없었고 아마 미래에도 없을 거야. 굉장해. 마블러스marvelous! 은지 너! 왜 아빠가 평생 李箱 때문에 난리방구를 치는지 이젠 알겠지?

딸 아빠, 우리 좀 쉬었다 가면 안 될까?

아빠 안 돼. 좀 참아. 이제 진짜로 순수물리학적 詩들이 줄줄줄 나오는데 그러려니 하면서 들어줘. 너도 놀랄 거야. 두서없이 내가 쓴 책『李箱은 異常以上이었다』에서 찾아보기로 할게.

우선 「선에 관한 각서 7」은 하늘에 관한 얘긴데 '창공蒼空 추천 창천 장천 일천 창궁 그리고 여기다 괄호를 치고 (대단히갑갑한지방색이아닐는지) 능청을 한 번 떨고 괄호를 닫아 걸어. 그러면서 '하늘은시각의이름을발표했다'고 계속 광선에 관한 詩를 읊다가 이런 식의 초등학교 교장 선생님 훈사 같은 결론을 내려. '시각의이름은광선을가지는 광선을아니가진다. 사람은시각의이름으로하여광선보다도빠르게달아날 필요는 없다.' 이어서 '사람은광선보다빠르게달아나는속도를조절하고때때로과거를 미래에있어서도태하라' 이렇게 끝내. 와! 이건 아인슈타인이 혀를 쏙 빼낼 일이지.

그리고 「건축무한육면각체」라는 표제로 발표한 「대낮」이라는 제목의 詩 끝 구절은 '순간자기와같은태양이다시또한개솟아올랐다.'야.

서른 살을 채 못 넘긴 파릇한 젊은 청년의 시집은 곳곳에 아인슈타인 강의 칠판처럼 도처에 천체물리학, 수학 문제풀이 같은 시구로 가득 차 있어. 그런데 압권은 또 따로 있어.

딸 아빠. 李箱이 아무리 그런 고차원적 천체물리학적 詩를 많이 써냈다 해도 우리 李箱 아저씨는 아인슈타인의 $E=mc^2$라는 빵 터지는 공식 같은 건 못 만들어냈잖아.

아빠　　딸! 너무 서두르지 마. 물론 그만한 물적 증거가 될 만한 작품은 없어. 하지만 李箱한테도 결정적인 詩 작품이 딱 하나 있긴 해.

딸　　우리는 지금 아인슈타인을 검증하고 있는데 우리 얘기는 마치 李箱의 업적이 아인슈타인 업적과 비교가 될 수 있는가 하는 쪽으로 흘렀네.

아빠　　그렇게 됐어. 아무래도 일개 시인을 세상이 다 아는 위대한 과학자와 비교하다 보니까 역부족인 느낌도 없지 않구나. 그러나 딸! 용기를 잃지 마. 李箱한테는 아인슈타인의 천체물리 이론에 갖다댈 만한 최후의 詩 작품이 한 점 남아 있단다.

딸　　설마 그렇게 강력한 詩가 있다고? 제목이 뭔데?

아빠　　李箱이 쓴 詩 「최후」가 그거야. 세상에 나와 있는 詩를 죄다 읽지는 못했지만 내가 지금껏 읽은 詩 중에서는 국외나 국내를 합쳐 최고로 치는 詩야. 「오감도-詩 제1호」하고 맞먹는 詩야. 실제로 정지용의 「향수」나 윤동주의 「서시」보다 내가 개인적으로 더 윗급으로 치고 있어. 딸! 내가 그렇게 말하니까 더 흥미롭지?

딸　　가슴 두근거리는데? 어떤 詩길래.

아빠　　잘 들어봐. 이거야.

「최후」

능금한알이추락하였다. 지구는부서질정도만큼상했다. 최후. 이미여하如何한정신도발아하지아니한다.

일본의 하이쿠俳句라는 짧은 시 형식 같아, 그래서 짧아. 어때, 딸?

딸 이상해. 새롭기도 하고. 하이쿠라는 詩는 또 뭐야?

아빠 응, 그거. 칭찬할 건 해야지. 빌어먹을! 그건 일본이라는 섬나라 사람들이 개발해낸 그들만의 고유한 詩 형식이야. 우리나 중국이나 일본은 모두가 중국식 한자 문화권에 속하기 때문에 詩 형식이 비슷한 듯하면서도 조금씩 달라. 그

중에도 일본의 하이쿠 형식은 매우 특이해. 한마디로 압축詩야. 서양에도 일찍이 장 콕토가 쓴 극히 짧은 詩 '나의 귀는 소라 껍데기 바다의 소리를 그리워 한다' 이런 작품이 있지만 일본 쪽의 하이쿠는 놀라울 정도로 특이해.

일찍이 이어령 교수가 쓴 『축소지향의 일본인』의 내용을 나는 다 믿는 건 아니지만 하이쿠만은 절묘해. 詩를 왕창 축소시켜놓은 거야. 그리고 그걸 하이쿠라는 명칭의 일정한 형식으로 규정해. 내가 혀를 찰 수밖에 없는 게 詩에 글자 수까지 제한해놓고 있어. 세 줄짜리여야 한다, 첫째 줄은 다섯 글자, 둘째 줄은 일곱 글자, 셋째 줄은 다시 다섯 글자, 이런 식으로 우리 쪽의 시조 비슷하면서도 어른들의 詩를 〈산토끼〉나 〈학교 종〉으로 축소시킨 거야. 한 번 봐. 일본 하이쿠의 대표 작가 마쓰오 바쇼松尾芭蕉가 쓴 거야.

고요한 연못
개구리 뛰어드는
물소리 퐁당

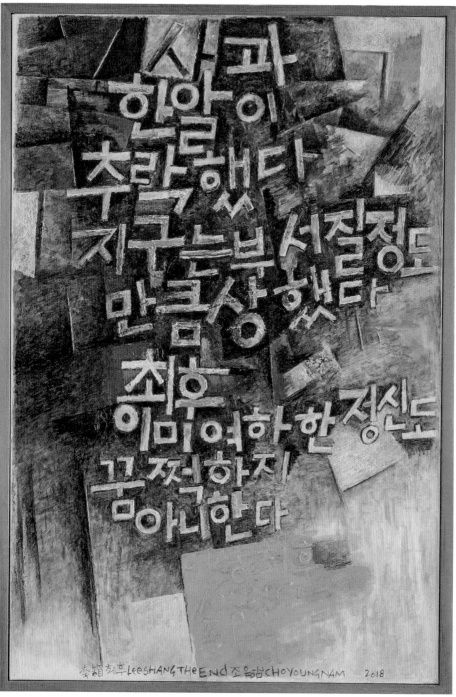

조영남, 〈최후〉, 2018
李箱의 詩 「최후」를 그림으로 표현함.

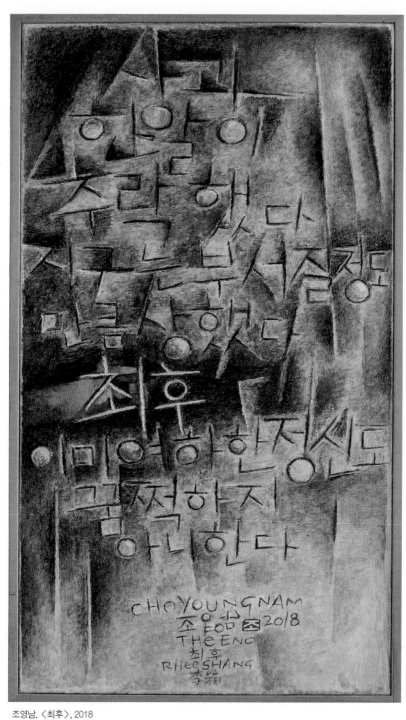

조영남, 〈최후〉, 2018

이런 게 하이쿠야. 내 말은 우리의 李箱이 이런 하이쿠 스타일의 어마어마한 詩를 썼다는 얘기야.

詩 중의 詩

딸　　재밌네. 그런데 아빠! 난 아빠 노래 중에 윤동주 시인이 쓴 詩에 아빠가 곡을 얹은 「서시」가 너무 좋은데 왜 李箱의 「최후」는 노래로 안 만들었어?

아빠　　왜 그런 생각을 안 했겠어. 이걸 노래로 한 번 만들어볼까 하면서 살펴봤더니 이게 너무 고차원적 詩인 거야. 여기에다 곡을 붙여봐야 몇 사람이나 알아먹을까 싶어 노래 대신 그림으로 표현하기로 했어. 그러니까 악보같이 생긴 콩나물 대신 물감색을 얹어 회화로 전환시켰어. 나는 딸이 지금 아빠한테 왜 李箱의 하고많은 詩 중에 「최후」를 가장 대표 詩로 치는지를 물어봐줬으면 좋겠어.

딸　　지금까지 쭉 내가 질문을 해왔는데 갑자기 질문을 부탁하네.

아빠　　알아. 그치만 이 詩 「최후」는 좀 달라. 이 詩 앞에서는 겸허해져야 해.

딸　　좋아. 질문할게. 아빠는 李箱의 詩 중에서 왜 하필 「최후」를 위대한 대표 詩로 치는 거야?

아빠　　이유가 따로 있어.

딸　　그 이유가 뭐야?

아빠　　李箱의 100여 편 되는 詩 중에 가장 알아먹기 쉬운 편에 든다는 거야.

딸　　잠깐만. 우리의 주제가로 삼은 「이런 詩」가 가장 알아먹기 쉬운 詩라고 얘기했잖아. 그땐 「최후」에 관한 이야기가 없었는데 그건 뭐야?

아빠　　아하! 그때 내가 말한 「이런 詩」는 詩 안에 들어 있는 예문 같은 거야.

완벽한 한 편의 詩가 아니었어. 李箱의 詩 「최후」는 짧지만 완벽한 한 편의 詩야. 그리고 내가 「최후」를 좋아하는 이유가 또 있어.

딸　　또 있다고? 그게 뭔데.

아빠　「최후」는 李箱의 詩 중에서 가장 학구적이라는 거야.

딸　　학구적이라는 게 뭘 뜻하는 거야?

아빠　안 믿고 싶겠지만 李箱의 짧은 詩 「최후」에는 뉴턴의 만유인력의 법칙뿐 아니라 20세기를 바꿔놓은 아인슈타인의 특수 상대성 이론도 앙증맞게 포함되어 있어.

딸　　어머! 그 정도나 돼? 나는 잘 모르겠는데?

아빠　봐! 우선 사과가 떨어지는 건 뉴턴의 중력 법칙이고, 지구에 떨어져 지구가 아파하는 건 아인슈타인의 $E=mc^2$ 결과야. 생각해봐. 사과가 떨어지면 떨어지는 동안 E에너지가 생기지 않겠어? 내 주먹만 한 크기의 질량이 공기만이 들어찬 빈 공간에서 일정 속도로 떨어졌으니 떨어지는 동안에 큰 에너지로 변한 사과 한 알이랑 쾅! 지구에 부딪치는 소리가 났을 것이고, 동시에 지구의 사과나무 밑 주변의 일정 부분 한 귀퉁이가 이 충돌로 인해 부서져 나갔을 테니 상대적으로 지구가 얼마나 아팠겠어. 시인 李箱은 이 지점을 지구의 최후로 본 거야. 여기까진 이 詩가 얼마나 학구적인지 알겠지?

딸　　그다음에 '여하한정신도발아하지않는다'는 건 무슨 의미야?

아빠　이미 끝났다는 뜻이야. 종쳤다는 뜻. 사과 한 알을 얻어맞은 지구가 그 아픔 때문에 아무 생각도 할 수 없고, 어떤 정신도 끼어들 수가 없으니까 말 그대로 최후가 된 거야. 끝난 거야.

딸　　더 이상 할말도 없게 됐네.

아빠　그런 식으로 말하면 정말 할말 없지.

딸　뭘 더 어떻게 이해해야 해?

아빠　적어도 최후와 동시에 새 세계의 탄생, 새 제네시스genesis, 다시 한 번 창세기로 연결할 수 있어야 해.

딸　아빠. 「최후」에서 창세기를 연결하라니, 무슨 얘길 할려고 그래?

아빠　사과 한 알이 지구에 떨어진 것의 후유증을 얘기하려는 거야.

딸　무슨 얘긴데.

아빠　잘 들어봐. 바야흐로 1945년 아빠가 태어나던 무렵 원자폭탄이 일본 히로시마에 사과 한 알이 떨어지듯 투하되면서 수억의 인명 피해가 났지. 이때 동시에 대한민국에서도 변괴가 생겨. 李箱이 그토록 파헤치려 했던 가역반응이 도처에 일어나고야 말아. 새로운 변괴가 터져.

딸　빨리 말해봐. 어디서 무슨 가역반응이 도처에 일어났다는 거야?

아빠　도처에 일어났어. 이건 야사에 남아 있는 극히 개인적인 얘기야. 원폭투하된 바로 그해 그러니까 너의 아빠가 만 1세 초반일 때.

딸　그래서 무슨 피해를 입어? 그럼, 아빠도 원폭 피해자야?

아빠　쉿! 이 말이 새어나가면 기자들이 달려올 거야. 그래서 내가 너한테만 털어놓는 거야. 내용은 바로 李箱이 말하는 이상한 가역반응 같은 거야. 요즘의 가짜 뉴스 같은 거.

딸　아직 무슨 소린지 모르겠는데?

아빠　조용히 듣기만 해. 1945년 원폭 투하된 바로 그 무렵에 황해도 남천이라는 조그마한 소도시에서 이상한 가역반응이 일어나. 딸! 너 지금 아빠의 얼굴을 자세히 들여다봐. 아빠의 코가 평균 코에 비해 훨씬 납작하게 퍼져 있지?

172

딸　아빠 코랑 李箱의 詩「최후」랑 무슨 상관이야?

아빠　들어봐. 원폭 피해와 같은 동일한 피해가 나한 테도 생겼으니까 나 개인도 물리적으로 거의 비슷한 피해를 입은 거지.

딸　무슨 피해를 입어?

아빠　무슨 피해냐. 나의 모친 김정신 권사님께서 나를 형제 중에서도 뒤늦게 낳는 바람에 기진맥진하셔서 나를 낳자마자. 그때 무슨 변변한 의료 도움을 받았겠어. 나를 낳자마자 그만.

딸　낳자마자 어떻게 됐어?

아빠　김 권사님의 엉덩이가 비교적 크고 둔탁한 편이었어.

딸　그런 이상한 얘기 말고 그래서 어떻게 된 거야?

아빠　우리 엄마 즉, 너의 친할머니가 그만 그 육중한 엉덩이로 금방 순산한 아기를 잠시 깔고 앉으셨던 거야. 마치 李箱의 詩「최후」에 첫 소절처럼 엉덩이가 지구로 떨어지듯 내 코를 향해 덮친 거야. 무참히 추락한 거야. 나는 잠시 흡! 하고 한참 숨을 멈추었다가 다시 숨을 내쉬었으니까 목숨은 건진 셈이야. 아무튼 그때의 후유증으로 70평생 납작하고 넓적한 코로 생명을 연장시켜왔고 지금도 나의 나지막한 코로 그나마 숨이 쉬어지고 있으니까 얼마나 행운이냐, 이 말이야. 그때 만일 김 권사님이 나를 깔아 뭉개버렸더라면, 시간을 지체했다면 질량과 속도의 밸런스가 무너진 탓에 나는 만 1세를 못 넘기고 요절할 뻔했지. 이보다 더 확실한 뉴턴과 아인슈타인의 원리가 잘 표현되는 사례가 어딨겠어. 만 1세에 요절한 위대한 화수, 화가 겸 가수 조영남 만 1세 초반에 요절하다, 지상 최연소 가수의 요절! 웃기지?

딸　맙소사! 그런 대박 사정이 있었네. 그런데 아인슈타인 검증을 조영남 스토리로 끝내면 좀 비과학적으로 느껴지지 않을까?

아빠　그래 그런 것 같아. 얘기 잘 꺼냈어. 우리 분발해서 다시 학구적으로 접근해보자고. 아하! 여기 있어. 믿거나 말거나 내가 오래전부터 홀딱 반한 아인슈타인의 공식이 있어. 아주 오랫동안.

딸　아빠! 아인슈타인의 공식이 또 있다구?

아빠　엉, 또 있어. 알아먹기 쉬운 공식이니까 겁먹지 말고 들어봐.

$$A = X + Y + Z$$

그러니까 이 공식을 우리말로 바꾸면 이런 거야.

성공 = 일 + 놀이 + 셧업

딸　그게 다야? 무슨 뜻이야?

아빠　이 공식이 무슨 뜻이냐. 모름지기 A는 출세 혹은 성공한 삶이고, 성공을 위해선 X, 우선 자기가 맡은 일을 열심히 해야 하고, Y 일을 놀이처럼 재밌게 해내야 하고, Z 이게 문제야. X와 Y를 잘 구사했으면 그 다음엔 입을 닥치고 살아야 한다는 거지. 달리 말해서 성공했으면 입 닥치고 겸손히 살라는 뜻인데 보통 사람들은 이 지점에서 다들 거꾸로 추락하곤 하지.

딸　아빠는 그 셧업을, 그러니까 침묵을 어떻게 대처했어?

아빠　하하! 잘 나가다가 나야말로 여기서 쫄딱 망했지.

딸　그럼 대처를 잘 못한 거야?

아빠　너도 봤잖니. 대중음악 가수 주제에 그림을 그린다고 촐랑대다가 쫄딱 망한 걸. 너도 알고 나도 알잖냐.

딸　나야 잘 알지. 그렇지만 아빠, 그렇다고 그렇게 풀죽어 있으면 어떡해.

아빠　내가 풀죽은 것처럼 보이냐?

딸　아인슈타인의 셧업 공식 때문에 그렇게 느껴졌나보네. 그런데 아직도 셧업하긴 싫은 모양이지?

아빠　맞아. 나는 아는 게 너무 많아 셧업하기가 쉽지 않아. 나는 심지어 아인슈타인이 지구상에 몇 년이나 머물렀는지 그것도 알아.

딸　그게 무슨 상관이라고 그래?

아빠　그런 건 너도 나이가 들면 알게 돼. 셧업이 얼마나 힘든지.

딸　그러니까 아인슈타인이 몇 살까지 사셨느냐 그걸 아빠가 안다는 거야?

아빠　그럼. 현재까진 나보다 더 오래 사셨어. 우리 인간이 정해놓은 시간과 세월이라는 기준에 꿰맞추자면 그 어른은 76세까지 사셨어. 문제는 상대적으로 나보다 더 오래 사셨다는 거야.

딸　아빠! 아빠가 지금 75살이니까 1년만 더 살면 아빠가 지구에 머문 시간으로는 아인슈타인보다 우위를 차지하는 거네.

아빠　글쎄. 앞으로 내가 77세까지 살아서 '내가 이겼다!' 소리치는 건 무슨 상대성 이론이 될까?

딸　아인슈타인은 시간적으로 보아 65년 전에 돌아가셨지만 아빠는 무턱대고 '내가 이길 거다 이길 거다' 고래고래 소리치고 싶은 거잖아? 셧업은 내동댕이치고.

아빠　쉿! 조용.

딸　왜 갑자기 조용하라고 그래?

아빠　우리가 방금 매우 중요한 테마를 건드렸어. 이거야말로 아인슈타인이 미완성으로 남겨놓은 통일장 이론의 완성 아니겠니. 너 통일장 이론은 들어봤지?

딸　들어본 거 같아. 통일장 이론은 아인슈타인이 상대성 이론이랑 연결해서 연구했지만 완성을 못 거뒀다는 이론이잖아. 그렇게 들어는 봤지. 그런데 지금 아인슈타인 당사자도 해결 못하고 세상을 떠난 통일장 이론이 그렇게 간단하게 아빠의 손에 완성된다고?

아빠　아빠가 지금 장난하는 게 아니야. 봐! 아인슈타인은 여섯 살 때부터 배우기 시작한 바이올린 연주 실력이 거의 프로급 수준이었잖아. 물리학 공부를 안 했으면 바이올린을 연주하는 전문 음악가가 될 뻔한 그가 한 말을 내가 기억해. '음악이 내 과학 연구에 직접 영향을 미치진 않는다. 그러나 그 두 가지 일은 똑같은 하나의 갈망에서 자라고 그 두 가지 일이 나에게 안겨주는 만족감은 서로 보완한다.' 보완한다는 게 뭐야? 서로에게 영향을 끼친다는 거지. 그건 지당한 말씀이야. 사람들이 나한테 늘 질문해. '영남 씨는 노래가 먼저냐, 그림이 먼저냐?'

딸　그거 질문 좋은데. 아빠 정말 노래가 먼저야, 그림이 먼저야?

아빠　질문 잘해줬어. 평소 하던 대로 대답해볼게. '나는 노래를 더 잘 부르기 위해 그림을 그리고, 그림을 더 잘 그리기 위해 노래를 부른다. 왜냐면 그 두 가지는 서로를 보완해주기 때문이다.'

조영남, 〈미술과 음악〉, 2010

딸　그게 통일장 이론과 무슨 관계야?

아빠　노래와 그림은 그 줄기가 하나라는 것. 하나의 원소에서 시작됐다는 것. 그림과 노래를 하나로! 아직도 통일의 느낌이 안 드니?

딸　노래와 그림은 어차피 하나로 귀결되고 통일된다는 아빠의 주장은 얼추 이해가 가는데 아직은 과학적 냄새가 덜 풍겨서 좀 찝찝한데.

아빠　잘 알아. 네가 무슨 뜻으로 그런 말을 하는지. 노래하는 가수가 그림을 그리니까 오죽하겠냐고 깔보는 것과 비슷한 얘긴데 할 수 없어. 지금까지 노래하고 그림 그리는 아빠가 물리학 이론을, 그것도 아인슈타인이 끝을 못 낸 통일장 이론을 얘기하고 있으니 네가 보기에 아빠가 한심하게 보이는 거지. 나는 충분히 이해해. 그러나 내 딸 은지야! 크게 걱정할 건 없어. 뭐든 쉽고 단순하게 풀어가면 이해가 될 수 있어. 먼저 아인슈타인이 세상을 떠나기 전에 완성하고 싶어했던 통일장 이론은 내 생각에 이런 거야. 대충 이런 것들이었어.

딸　아빠! 말 끊어서 미안해. 그래서 아빠가 아인슈타인 대신 통일장 이론을 완성했다는 거야?

아빠　오브코스. 내가 통일장 이론을 완성했어.

딸　아빠! 지금 아인슈타인 아저씨의 셧업 이론이 통곡을 하고 있어. 저기 안 보여?

아빠　셧업 선생한테 가서 잠시 '셧따' 오라고 전해줘. 난 지금 통일장 이론 발표해야 해.

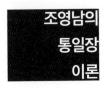
딸 아빠. 장난할 시간 없어. 얼른 검증을 끝내자고.

아빠 빨리 끝낼게. 잘 들어! 무릇 시간은 왼쪽에서 오른쪽으로 간다고 알려졌지만 시간은 오른쪽에서 왼쪽으로도 간다. 모든 방향으로 향해 간다. 기존에 있던 재래식으로 따지면 내가 지구에 머문 시간이 아인슈타인보다 짧다. 왜냐면 아인슈타인은 76년을 머물렀기 때문이다. 그러나 나는 지금 75년째 지구에 머물고 있다. 그러므로 1년만 더 머물면 아인슈타인의 체류 시간을 능가하는 거다. 조영남이 아인슈타인을 당당히 이기는 거다. 이런 경우 누가 나이를 더 먹었느냐, 덜 먹었느냐, 누가 선배고 누가 후배냐, 이건 모두 다 통일장 이론 이전 얘기다. 내가 만든 통일장 이론에서는 나이, 선후배 따위의 어휘조차 쓰임새가 달라져야 한다. 모든 구조가 한 틀로 굴러가기 때문이다. 아인슈타인이 시간상 선배일 수도 있고 조영남이 아인슈타인보다 선배일 수도 있다. 문제는 또 있다. 조영남이 지금부터 1년을 더 머물 수 있을지는 아무도 모른다. 거듭 말하지만 통일장 이론 안에선 한 살이나 100살이나 의미가 모두 없어지는 거다. 무릇 아인슈타인에게 바이올린 연주가 물리 공부에 늘 도움이 되었듯이, 늘 보완해주었듯이 모든 문학, 철학, 과학, 음악학, 미술학은 한 줄기일 뿐만 아니라 통섭적으로 서로를 보완하는 통일된 존재로 남는 거다. 이것이 바로 통일장 이론의 결말이다. 그 결말을 우리가 오늘 우리의 두 눈으로 볼 수가 있다. 우리가 지금 계획하고 있는 보컬그룹 '시인 李箱과 5명의 아해들'이 통일장 이론의 마침표가 되는 거다. 李箱의 문학, 피카소의 미술학, 니체의 철학, 아인슈타인의 물리학, 말러의 음악학을 한 그룹으로 합쳤으니 이게 통일장 이론의 표본이 아니고 뭐냔 말이다.

딸 헐! 대박! 어쩜 그렇게 뻔뻔할 수가 있어?

아빠　뭐? 뻔뻔하다고? 너는 내 노력을 어떻게 그렇게 한마디로 무시할 수 있어?

딸　쉿! 빨리 아인슈타인 검증 끝내고 말러로 넘어가자고요!

7.

말러

말러에 빠진 이유

딸　아빠! 이젠 아빠가 좋아하는 구스타프 말러네.

아빠　벌써 그렇게 됐나? 아직은 말로末路가 아니고 말러야.

딸　그가 남긴 교향곡 제3번을 듣고 아빠가 홀딱 반한 사람. 그런데 뭘 검증하면 될까?

아빠　말러가 왜 중요한 인물인지, 말러가 왜 최신 보컬그룹 '시인 李箱과 5명의 아해들'에 정식 멤버로 채용되었는지 뭐 그런 것부터 풀어가야 되는 게 아닐까?

딸　그럼 이런 질문을 먼저 할게. 다시 한 번 묻는 거야. 아빠한테는 말러가 왜 그토록 중요한 인물이 된 거야?

아빠　앞에서도 내 딴엔 비교적 상세히 설명했는데 지금 또 설명을 해도 네가 엄청 혼란을 느낄 거야.

딸　아빠가 나의 지능을 무시하는 거야, 지금?

아빠　그럴 리가 있나. 난 네가 어린 데다 문학 전공자도 아니기 때문에 내가 설명하는 걸 제대로 못 알아들을까봐 걱정돼서 그러는 거야.

딸　그 정도로 어려워?

아빠　그럼. 특히 음악이나 미술을 글이나 언어로 풀어나가는 건 구조적으로 너무 어렵거든. 그러니까 李箱의 문학이나 니체의 철학, 아인슈타인의 물리학보다도 예술 분야는 정말 더 어렵고 까다롭고 애매해. 즉 피카소의 미술이나 지금 대답하려는 말러의 음악 얘기가 니체의 철학, 아인슈타인의 물리학 얘기보다 어쩌면 훨씬 더 어려울 수 있다는 의미야.

딸　아빠! 내가 귀 쫑긋 열고 열심히 들어볼 테니까 말러가 아빠한테 왜 그렇게 중요한 인물로 떠올랐는지 다시 한 번 설명해봐.

아빠　구스타프 말러는 특히 여러 가지 상관 관계가 얽히고 설켜 있어.

딸　뭐가 그렇게 복잡하대?

아빠　잘들어봐. 따지고 보면 궁극적으로 내가 보컬그룹 '시인 李箱과 5명의 아해들'을 결성하게 된 것 그리고 이 책을 쓰게 된 단초가 바로 말러란 말이야.

딸　그걸 더 쉽게 설명할 순 없나?

아빠　말러가 아니었으면 아빠가 이 책을 써야겠다는 생각도 안 했을 것이고 말러가 내 앞에 나타나지 않았다면 보컬그룹 결성은 꿈도 꿀 수 없었다는 얘기야. 이 모든 일이 사실상 말러에서 비롯된 거야. 이해가 되니?

딸　말러가 굉장한 역할을 했네. 아빠가 기획한 세기의 보컬그룹 불씨를 지폈으니 말야. 그런데 어떻게 아빠가 말러를 처음 만났다고 했지? 다시 한 번 짧게 말해줘봐.

아빠　빨리 말할게. 2018년 찌는 듯 더운 어느 여름날 아침 내가 구스타프 말러가 작곡한 교향곡 제3번을 듣게 돼. 그 이전까지 말러는 나한테 그저 그런 작곡가였는데 돌연 그 감동이, 마치 내가 李箱의 글에서 받은 감동과 너무도 흡사한 감동이 나를 덮쳐. 그게 다야.

딸　그래서 그 다음은 어떻게 됐어?

아빠　글쎄. 그 감동을 그림으로 표현해보겠다고 생각했는데, 내가 엉뚱하게 말러가 아닌 李箱의 초상화를 제작하게 되는 거야.

딸　말러에 감동을 받고 말러가 아닌 李箱의 초상화야?

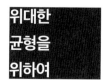

**위대한
균형을
위하여**

아빠   글쎄 그게 미스테리야. 아마도 말러에 대한 감동이 李箱에 대한 감동과 너무 흡사해 그렇게 됐을 거야. 그러니까 李箱의 초상화 위에 말러의 이름까지 올려놓게 됐지. 처음 李箱의 얼굴 초상화에 말러 이름을 써놓고 보니까 그 이름 하나만 달랑 쓰는 게 너무 생뚱맞은 거 같은 생각이 들어. 그래서 삼각균형을 위해 막 생각나는 대로 피카소를 추가하고, 더 푸짐한 균형을 위해 니체, 아인슈타인까지 적어놓고 킥킥대며 나 혼자 '자백'을 했던 거야. 자백은 스스로 백이 갔다는 뜻이고, 이 모든 일은 그렇게 시작된 거야. 웃기지?

딸   잠깐! 방금 말러를 평소에 그저 그런 작곡가라고 생각했다고 했잖아. 진짜 그랬어?

아빠   꼭 그런 건 아냐. 생각해봐. 내가 세계적인 작곡가 말러를 어떻게 감히 허접하게 여겼겠어? 이건 좀 옛날 얘긴데 1970년대쯤 내가 음대 성악도에서 막 본격 대중음악 가수로 떴을 때, 그 당시 우리나라 교향악단 중에는 KBS방송교향악단이 단연 넘버원이었어. 그런데 시간이 흐르면서 나한테는 넘버원이 바뀌기 시작했어.

딸   뭐가 어떻게 달라졌는데?

아빠   언젠가부터 나한테는 대한민국에서는 부천필하모닉오케스트라가 최고로 올라오는 거야.

딸   거긴 변방의 오케스트라잖아. 왜 변방의 오케스트라가 아빠한텐 최고가 된 거야?

아빠   그 이유는 분명해. 1988년 창단된 부천필하모닉오케스트라가 우리나라에서 말러 교향곡을 제일 많이 연주했기 때문이야. 내 기억이 맞는다면 말이야. 1999년부터 2003년까지 말러 시리즈를 줄기차게 연주하면서 대한민국에 말러 신드롬을 일으킬 정도였어.

딸　아빠는 그럼 그때부터 말러에 관심을 가졌던 거야?

아빠　아냐. 천만에. 그런 것도 아냐.

딸　그럼 왜 그렇게 부천필을 높이 쳤어?

아빠　처음 부천필에 관심을 갖게 된 건 지휘자 때문이었어. 임헌정 지휘자가 나랑 서울음대 동문이거든.

딸　부천필을 높이 평가하는 이유가 좀 부실하게 느껴지는데?

아빠　맞아. 나는 그때까지 말러를 또 한 명의 베토벤, 모차르트, 브람스 정도로만 알고 있으면서 단지 임헌정이 유독 말러라는 작곡가를 깊이 파고드는 모습에 반했던 것뿐이야.

딸　그런 경우 한 작곡가만 연주하는 게 따분하게 느껴질 수도 있었을 텐데.

아빠　물론 그럴 수도 있지. 나한테 말러는 사실상 그때까지 베토벤, 모차르트, 슈베르트, 브람스보다 훨씬 덜 유명한 음악가였는데 난 단지 그런 비인기 음악가를 전문적으로 소개한 지휘자의 옹고집에 반해 맹렬한 지지를 보냈던 거야. 난 지금 후회가 막심해.

딸　뭐가 후회되는데?

아빠　그때 내가 왜 말러 음악을 귀담아 듣지 않았을까 하는 거.

딸　글쎄. 그때 아빠가 왜 말러를 그냥 베토벤 정도로만 알았을까?

아빠　뻔해. 그때 나한테는 말러나 베토벤이나 거기가 거기였으니까 그랬을 거야. 아마도.

딸　그런데 아빠의 인생 후반부에 다른 작곡가 말고 말러한테만 푹 빠진

조영남, 〈말러 제3번 교향곡〉, 2012, 2020.
2012년에 그린 그림 위에 말러의 제3번 교향곡을 주제로 추가 작업해 2020년에 완성한 작품.

셈이네.

아빠   글쎄 말야. 그렇게 됐어. 내가 빠져도 푹 빠진 정도가 아냐. 풍덩 빠져 가라앉은 거야. 빠진 채 아예 주저앉아 뭉개고 있는 거지.

딸   왜 그렇게 된 거 같아?

아빠   나도 잘 모르겠어. 벼락을 맞은 것 같기도 하고 교통사고를 당한 것 같기도 하고. 아! 그래 맞아.

딸   뭐가 맞아?

아빠   내가 그 옛날 李箱한테 푹 빠져 헤어나지 못했던 것이 바로 그 악마적 홀림 때문이었고 바로 그 악마적 홀림은 李箱이 그토록 매달렸던 이상한 가역반응 같은 것이었어.

딸   아빠, 악마적 홀림은 뭐고 이상한 가역반응은 또 뭐야?

아빠   악마적 홀림은 아주 심한 꼬임에 넘어간다는 뜻인데 악마적 유혹 혹은 꼬임은 『성경』 첫 부분 「창세기」부터 나와. 에덴동산에서 최초의 여성인 하와가 아담한테 선악과를 먹으라고 꼬드기잖아. 괴테의 명작 『파우스트』에서도 악마인 메피스토펠레스가 파우스트를 꼬드기고. 그런 거부할 수 없는 유혹을 악마적 홀림이라고 그러지.

그리고 가역반응이란 건 가령 A에서 B로 갈 때는 통상 잘 알려진 익숙한 길로 가는 법인데 그게 어떤 돌발상황에 의해 전혀 다른 길이 생겨 목표 지점과 정반대 방향으로 가게 될 수도 있다는, 주로 화학이나 물리학 실험에서 노출되는 이상현상 반응 같은 거야. 나한테는 말러의 등장과 나의 돌발적 반응이 바로 그런 악마적 홀림에 따른 李箱이 말한 이상한 가역반응이 아닌가 하는 거지.

딸   말러의 뭐가 가역반응 현상인데?

아빠   나한테는 정작 말러 말고 오래전부터 익숙했던 베토벤, 모차르트, 브람스에서부터 바그너, 슈트라우스, 브루크너 같은 쟁쟁한 비교 경쟁자가 있었는데도 세월이 왕창 흘러간 후에 엉뚱망뚱한 말러가 툭 튀어나와 감히 李箱과 똑같은 독보적인 위치에, 그것도 바로 李箱의 옆자리를 차지하게 됐으니까 나는 이게 무슨 일인가 '깜놀죽'이 된 거지. 깜놀죽은 깜짝 놀라 죽게 됐다는 뜻이야. 그러니까 다시 말해서 李箱과 말러는 매우 특이하게도 악마적 홀림에 의한 이상한 가역반응의 결정체이고 그밖의 피카소, 니체, 아인슈타인, 베토벤, 브람스, 모차르트, 체 게바라 등등은 그냥 단순하고도 평상적인 좀 느슨한 홀림에 의한 가역반응의 결정체인 거야. 그렇게 그 형태가 완전 다른 거지.

딸   李箱과 말러의 접선엔 모종의 악마가 개입했다는 거네.

아빠   따져보면 그런 셈이야.

딸   말 그대로 이상한 가역반응이네.

아빠   나는 지금 李箱과 말러의 경우에만 악마가 개입됐다고 둘러대는 거야. 나 자신도 너무 이상해서 이 책 저 책 뒤져가며 왜 그랬을까 또다른 방면으로 원인을 찾았는데.

딸   그래서 원인을 찾았어?

아빠   엉. 얼추 비슷한 연구 결과가 나왔어. 신통한 건 아니지만 말야.

딸   그 연구 결과라는 게 뭐야? 말러에 빠진 악마적 홀림이 뭐냐고.

아빠　　그런데 별거 아냐. 심플해. 말러의 타고난 DNA적 음악 실력과 그밖의 것들.

딸　　그밖의 것들은 또 뭐야

아빠　　아! 그건 말러의 인간적인 너무도 인간적인 고운 심성 뭐 그런 거야.

딸　　헐. 너무 상투적이고 식상하게 느껴지는데? 마음이 곱고 착해서 빠졌다는 게.

아빠　　알아. 내 얘길 좀 더 들어봐. 듣고 보면 말러가 또 다르게 보일 거야. 어떤 책에 나온 얘긴데 옛날 오스트리아에서 초기 음악 지망생일 당시 말러의 친한 친구가 전한 얘기야. 한번 들어봐. 정말 웃퍼. 웃기면서 한편 슬프고 웃으면서 울게 된다는 뜻이야.

딸　　무슨 얘기가 그리 짠하고 웃프다는 거야?

아빠　　당시에 함께 빈 오페라 극장에서 말러와 함께 활동하던 한 바리톤 가수가 그러더래. 어느 날 카페에서 말러가 시큰둥하게 아버지가 편찮으시다고 하더래. 그래서. 그런가보다 했는데 다음날 아침 누군가가 길거리를 실성한 듯이 엉엉 울부짖으며 가더래. 누구인가 했더니 말러더래. 가까이 다가가서 조심스럽게 물었대. "아버지 병세가 그토록 심각하시냐?" 그랬더니 말러가 계속 울부짖으며 말하더래. "그보다 훨씬 더 나쁜 최악의 상황이 벌어졌어." 그래서 대관절 무슨 상황 땜에 그토록 슬퍼하냐고 물었대. "거장이 서거했어." 그러더래. 그 서거했다는 거장은 유럽 음악계에선 말러보다 더한 영향력과 명성을 지녔던 리하르트 바그너이고 그가 1883년 2월 13일에 세상을 하직했던 거지.

딸　　헐! 그럼 스승이 죽었다고 길거리에서 그렇게 요란하게 운 거야?

아빠　그렇지. 생각해봐. 스물세 살의 패기 만만한 청년이 자기가 좋아하던 선배이자 스승 겸 멘토가 죽었다고 큰길에서 엉엉 울부짖으며 걸어갔다니 얼마나 웃프냔 말이야. 내 경우를 얘기해줄까?

딸　한 번 해봐.

아빠　70년 넘게 이 풍진 세상을 살면서 나는 누가 죽었다고 슬피 울어본 적이 단 한 번도 없어.

딸　정말로 그랬어?

아빠　지금 이때까지 너 아빠가 우는 거 봤어? 잘 생각해봐.

딸　못 본 거 같은데…….

아빠　거참 이상하지. 안 운 건 아냐. 영화나 텔레비전 보면서도 울고, 정지용의 詩 「향수」를 첨으로 읽으면서 혼자 문 걸어잠그고 슬피 울었던 기억은 분명히 있는데 사람 죽었다는 소식 듣고 사람들 보는 앞에서 울어본 적은 단 한 번도 없으니 말야. 언젠가 내 기억에 뉴욕에 사시던 화가 정찬승 형님이 돌아가셨다는 소식을 듣고 한 이틀 정도 멍했던 적은 있었어. 10년 넘게 중풍으로 누워 계시던 아버지가 돌아가셨을 때도 안 울었는데 그건 약과야. 내 엄마 김정신 권사님의 임종 직전에 나는 엄마의 귀에다 대고 이렇게 물었어. "엄마. 내 말이 맞으면 눈만이라도 꺼벅거려봐. 자! 김 장로님, 이 권사님, 황 집사님 맞지? 맞지?"

딸　그분들이 누구야?

아빠　너희 할머니 김정신 권사님이 돈 꿔줬던 분들이야. 김 권사님이 내가 벌어다준 돈을 교회 사람들한테 빌려주고 이자를 받아 생활했다는 걸 내가 진작부터 알고 있었거든. 근데 엄마가 죽으면 내가 그 사람들을 찾아가 김 권사님한테 빌린 돈을 내놓으라고 독촉해야 할 거 아냐. 그 증거 땜에 다급하게 물었던 거야.

딸   그래서 할머님의 반응은 어땠어?

아빠   노. 움쩍도 안 하시더라고. 내 생각에 엄마가 그러는 거 같았어. '야! 이 자슥아. 넌 젊고 돈을 또 벌 수가 있잖냐. 네가 잊어.' 그러는 거 같았어.

딸   아빠, 창피해. 남이 알까봐.

아빠   그 정도는 아무것도 아니야. 아버지 돌아가셨을 때는 더 웃겼어.

딸   할아버지 돌아가셨을 땐 우신 게 아니라 웃었다니 설마!

아빠   장례식이고 뭐고 웃음이 나오는데 어떻게 참아.

딸   어떻게 된 건지 털어봐. 나한테만.

아빠   아버지 관이 나가는 날 눈이 참 많이 왔어. 그때 아빠는 불광동 버스 종점 높은 언덕배기 독박골이라는 동네에 살았거든. 만날 가파른 골목길을 오르내려야만 했어. 그날 관을 몇 명이서 들고 나가다가 눈길에 한 번 놓친 적이 있는데 난 웃지 않을 수가 없었어.

딸   관을 놓쳤는데 왜 웃겨?

아빠   그 놓친 관이 양쪽 골목을 탕탕 치면서 저 혼자 눈길을 쭈르륵 쭈르륵 미끄러져 내려가는 거야. 그 광경을 보고 난 엄청 웃은 기억이 생생해.

딸   그때 몇 살이었어?

아빠   대학 다닐 때였어.

딸   철딱서니없는 우리 아버지.

아빠   말러 얘기 계속 할게. 나는 그랬는데 구스타프 말러는 아버지도 아니고 그냥 스승이며 멘토였을 뿐인 바그너 선생이 죽었을 때 골방도 아니고 큰 길 한복판을 엉엉 울부짖으며 다녔다니 아! 나 지금 울고 싶어.

딸   갑자기 왜?

아빠　말러의 첫눈 같은 순수함이 너무 고맙고 예뻐서 그래. 자다가 봉창 두드리는 소리겠지만 나는 틀렸어.

딸　뭐가 틀려.

아빠　나는 李箱이나 말러 같은 진짜 아티스트가 될 수 없어. 애초에 글렀어. 애당초 아티스트가 될 자질이 없는 거야.

딸　자질이라니. 무슨 자질?

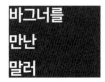

아빠　인간의 기본 자질. 예술가가 지녀야만 하는 순박한 자질. 우리의 말러는 죽은 사람을 위해 엉엉 소리 내어 울었고, 우리의 李箱은 깡시골 사는 아이들이 아무런 장치나 놀이기구도 없이 한낮을 보내는 걸 보며 神한테 빌었잖아. '神이시여! 저 어린아이들한테 장난감을 사주셔야 합니다' 이 이야기는 李箱이 쓴 수필 「권태」에 상세히 나와. 말러나 李箱 같은 아티스트는 아티스트 이전에 진짜 사람 같잖아. 니체의 말대로 인간적인 너무나 인간적인 사람. 그런 거에 비해 나는 누가 죽었다고 소리내어 울어본 적도 없으니까 예술가는커녕 사람 축에도 못 드는 거야.

딸　아빠, 나는 바그너라는 사람이 대단하게 느껴지는데.

아빠　왜 그런 생각이 드는데?

딸　바그너야말로 살아 있을 때는 철학자 니체의 멘토였고 죽었을 때는 후배 말러가 엉엉 어린아이처럼 울어주었을 만큼 흠모했다니까.

아빠　정말 공교롭네. 니체도 우리 보컬그룹 멤버고, 말러도 우리 멤버고. 결국 우리 식구끼리 그렇게 됐네.

딸　무슨 식구?

아빠　니체, 말러 두 사람 다 보컬그룹 멤버잖아.

딸　맞아. 그러고 보니까 우리 식구네.

아빠　창식이, 형주, 장희, 세환이 그리고 나 다섯 명이 '세시봉' 식구인 것처럼 말야.

딸　궁금해서 그러는데. 아빠는 혹시 그분들의 멘토 아닌가?

아빠　그분이라니 누구?

딸　장희 아저씨, 창식이 아저씨, 그런 아저씨들.

아빠　창식이, 형주, 장희는 모두 동갑내기고, 세환이는 걔네들보다 한 살 어리고, 나는 그냥 일찍 알게 된 몇 살 위의 형일 뿐이지 멘토는 개뿔 무슨 멘토. 형으로 불러주는 것만도 황공할 따름이지. 내가 언제 형 노릇이나 제대로 해본 적이 있나? 형주는 내가 있는 자리에서도 영남이 형을 좋아하지만 존경하지는 않는다고 늘 말하곤 해. 나는 그의 정직성에 깜짝깜짝 놀라고.

딸　음, 그래? 나는 굉장히 가깝고 친한 줄 알았는데.

아빠　그렇다고 할 수도 있지. 그렇지만 우리끼리는 철저하게 각자대로 살아가고 있는 셈이야. 존경이야 받고 싶지만 그게 어디 뜻대로 되는 건가. 아웅다웅 다투지만 않으면 잘 산다고 봐야지.

딸　놀랍네. 뭔가가 더 있는 줄 알았는데.

아빠　동시대에 한꺼번에 만났다는 것은 좀 특이하지만 그렇다고 내가 죽었을 때 그들 중 누구 한 명이 영남이 형 죽었다고 엉엉 소리내서 울 거 같아? 그렇다고 또 내가 그들 중 한 명이 죽었다고 사람들 다 쳐다보는 청담동 앞길을 엉엉 울면서 지나갈 것 같아? 그런 일은 없을 거야. 그런 건 다 부질없어, 덧없어. 이제 모두 나이들도 다 먹을 만큼 먹었잖아. 이렇게 덤덤하게 사는 게 잘 사는 거야. 나는 그렇게 생각해.

딸　그래도 굉장히 오랜 세월 친구로 지냈잖아?

아빠　물론 50년짜리 우정이지. 우리가 딱 한 가지 잘한 건 지금까지 5인조 무슨 그룹 같은 걸 공식적으로 결성하지 않은 거야.

딸　그게 무슨 자랑이야?

아빠　그룹 결성을 애당초 안 했으니까 해체 같은 불유쾌한 일도 없잖아.

딸　아빠. 우린 지금 작곡가 구스타프 말러 얘기를 해야 해. 왜 말러가 새로 결성하는 '시인 李箱과 5명의 아해들' 정식 멤버에 포함되는지 자격심사 같은 거.

아빠　그렇지. 그런데 또 뭘 어떻게 해야지?

딸　뭘 어떻게 해? 李箱과 말러를 엮어야지.

아빠　맞아. 말러를 李箱한테 가져다 붙여야 하지?

딸　그럼.

아빠　그렇다면 말러가 李箱처럼 탁월하게 위대하다는 점을 명명백백하게 찾아내야겠지?

딸　그럼. 찾아내야지. 말러가 길에서 바그너 선생이 죽었다고 엉엉 울었다 그런 걸로는 턱없이 약해. 쐐기를 박는 내용이 나와야 해.

아빠　알았어. 딸, 그런데 아빠를 너무 압박하지는 마. 쪼지 말란 말야. 불안해. 좌우간 말러는 달라!

딸　뭐가 다르다는 거야?

아빠　내가 어느날 말러의 교향곡 제3번에 꽂혀 쭉 헤어나질 못했다고 고백했지.

딸　그 얘긴 몇 번이나 들었어.

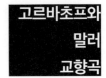

아빠   그런데 나 말고도 또 한 사람, 내가 잘 아는 어떤 사람도 똑같이 말러에 꽂혀서 헤어나지 못했어.

딸   그게 누군데?

아빠   한때 러시아의 막강한 리더였던 그 유명한 정치가 고르바초프야.

딸   아빠, 정말 그랬어?

아빠   믿거나 말거나 나는 고르바초프 부부를 직접 만나는 프라이빗 파티 장소에서 노래를 부른 적이 있어. 나는 그들 부부가 내 노래만 좋아하는 줄 알았는데 놀랍게도 그들이 지독한 말러리안Mahlerian이라는 걸 알게 된 거야. 말러 좋아하는 사람을 말러리안이라고 통칭해서 부르곤 해.

딸   고르바초프 아저씨가 어떤 식으로 말러를 좋아했는데?

아빠   아빠가 지금 꾸며서 하는 얘기가 아니야. 소름 끼치게도 고르바초프는 나보다 훨씬 먼저 소비에트 쪽의 기라성 같은 음악가들, 가령 차이코프스키, 쇼스타코비치, 라흐마니노프 같은 이들을 놔두고 말러의 교향곡 제5번에 꽂혀 그의 일상 음악으로 삼았어. 똑같아. 내가 말러의 교향곡 제3번에 꽂혀 일상 음악으로 삼은 것처럼 말야. 내가 평소 우리집 차를 타면 딸, 네가 자동으로 트는 음악이 뭐지?

딸   말러의 교향곡 제3번 마지막 장! 고르바초프가 그랬다니 정말 거짓말 같은 이야기네.

아빠   거기서 끝나는 게 아냐. 말러 음악은 당시 고르바초프의 소비에트 공화국에서 반체제 민심을 대표하는 음악이면서 심지어 냉전 상대국 미국에서는 국민 위로와 애도의 주제곡으로 통용되었을 정도야.

딸   정말 놀랍네.

조영남, 〈세계 최고의 평화주의자〉, 2013

아빠　　장난이 아냐. 그 유명한 미국의 미남 대통령 존 F. 케네디가 암살당했을 때는 내가 좋아하는 작곡가 레너드 번스타인이 지휘하는 말러의 교향곡 제2번이 추도곡으로 흘러나왔고, 케네디의 동생 그러니까 당시 미국 법무부 장관이었던 로버트 F. 케네디가 암살당했을 때도 말러의 교향곡 제5번이 조곡으로 연주되었을 정도야. 말러의 교향곡 제2번, 제3번, 제9번은 미국이 슬픔에 직면할 때마다 동원되는 단골 메뉴 노릇을 해. 그러니까 지구의 양쪽, 서양과 동양에서 말러가 음악으로 세상 사람들에게 위로를 주는 역할을 해왔다는 얘기야.

딸　　그런 장대한 히스토리를 거쳐 말러가 아빠한테
까지 전달이 됐던 거네.

아빠　　말하자면 그런 거지.

딸　　잠깐만. 아빠한테는 멘토가 꽤 있었잖아. 『예수
의 샅바를 잡다』라는 책을 낼 만큼 예수 그리스도도 멘토, 한국의 세례 요한
이라 불리는 단군 전도사 나철羅喆, 1863~1916 선생도 멘토, 늘 이야기했던 쿠바
를 해방시킨 체 게바라도 멘토, 또 있잖아. 슈바이처 박사, 맹인 가수 보첼리
같은 멘토가 있었는데, 아빠는 그럼 李箱과 말러를 그런 멘토들과 딴판으로
다르게 봤다는 얘기인가?

아빠　　좋은 질문이야. 그런데 그 전에 아빠가 묘비명에 대해 이야기한 적
있던가?

딸　　갑자기 묘비명은 왜?

아빠　　단군 전도사 나철, 대시인 李箱, 그리고 아빠의 묘비명을 쓴다면 말
야. 이상하게 공통점이 있어.

딸　　무슨 공통점?

아빠　　나철은 단군을 알리다 말았고, 李箱은 詩를 쓰다가 일찍 죽었고, 아
빠는 노래에만 전념한 게 아니잖아. 그래서 묘비명을 쓴다면 이렇게 쓸 수 있
겠구나 생각했어.

딸　　뭔데?

아빠　　나철, 단군 세우다 말다, 李箱은 詩를 쓰다 말다, 아빠는 노래를 부르
다 말다. 기발하지?

딸　　그게 뭐야? 하던 이야기나 계속 해.

아빠　　흠흠. 그럼 분명히 얘기할게. 그분들과 李箱, 말러는 총체적으로 달라.

조영남, 〈묘비명〉, 1995

딸   어떻게 다른데. 설명 좀 해줘봐.

아빠   많이 달라. 무조건 다르단 말야.

딸   글쎄 다른 건 알겠는데 그래도 뭐가 어떻게 다른지 설명을 좀 해줘야 하지 않아?

아빠   이상하게 들리겠지만 李箱과 말러는 도무지 이해가 안 되는 점이 너무 많아.

딸   그럼 李箱과 말러 이외의 사람들은 이해가 쉽기도 하고 알아먹기도 쉽고?

아빠   바로 그거야. 李箱과 말러 이외의 다른 사람들은 알아먹기가 훨씬 수월하지.

딸   어떻게 수월한데? 한 번 설명해봐.

아빠   어렵지 않아. 2천 년 전 예수는 왜 갑자기 요단강가에 나타나 하늘이 가까워졌다고 외쳐댔는지, 그러다 왜 십자가 처형을 당했는지, 왜 하필 체 게바라는 지병인 천식증을 지닌 채 빨치산 활동을 하며 틈틈이 책을 읽고 글까지 쓰면서 쿠바를 새 정권으로 바꾸는 혁명에 기여했는지, 왜 하필 슈바이처는 행동신학 쪽의 명저를 남기고, 그뿐인가. 세계 최고 수준의 파이프 오르간 연주 실력을 지니고도 하필 그 어려운 의사 공부를 해서 황량한 아프리카 밀림 속으로 들어갔는지, 왜 하필 보첼리는 앞 못 보는 장애인이면서 어떻게 악보를 읽고 어떻게 그런 우아한 목소리로 오페라에서 민요, 심지어 대중음악까지 노래란 노래는 몽땅 단연 최고의 음질과 성량으로, 세상 어느 테너도 못해낸 경지로 불러 젖혔는지 그런 걸 대충 다 아니까 그네들은 몹시 이해가 되고 자동적으로 훌륭하게 느껴져.

딸   그럼 그들에 비해 李箱과 말러는 쉽게 납득이 안 된다는 얘긴가?

아빠 맞아 그렇게 안 돼. 창피한 얘기지만 내가 李箱과 말러 앞에만 서면 마치 김수희의 노래 가사처럼 '그대 앞에만 서면 왜 나는 작아지는가'가 되는 거야. 작아지는 정도가 아니라 쪼그라드는 거야. 바보 멍청이처럼. 그러니까 내가 李箱과 말러를 대하는 태도는 전면적으로 달라. 그 둘을 향한 내 그리움의 강도, 설렘의 강도가 영 다르단 말야. 어느 정도냐 하면 다른 사람한테는 안 그러는데, 그럴 리야 없겠지만, 만일 李箱과 말러가 다리를 벌리고 그 밑으로 지나가라고 한다면 나는, 너의 아빠는 아무말없이 몸을 구부려서 그들 다리 밑으로 지나갈 거야.

딸 아빠! 그럼 피카소, 니체, 아인슈타인이 다리를 벌리면 그 밑으로는 못 간다는 건가?

아빠 물론 당근 안 지나가지. 그건 오로지 李箱과 말러한테만은 총체적으로 굴복한다는 뜻이야.

딸 참, 우습네. 내가 아는 조영남 씨는 남의 두 다리 밑으로 지나갈 사람이 아닌데 李箱은 그렇다치고 말러한테까지 그러는 건 많이 오버하는 느낌도 들고. 아빠! 여기서 왜 아빠가 꼭 두 사람한테 그런 굴욕적인 모습을 보여야 하는지 그걸 밝혀야 하는 게 옳지 않을까?

아빠 네 얘길 들어보니까 그런 것도 같구나. 그런데 나 자신도 이상하단 말야.

딸 뭐가 이상해?

아빠 내가 왜 군이 李箱과 말러한테만 꼼짝 못하는지가.

딸 하여간 별뜻없이 그러는 건 아니잖아.

아빠 물론 아니지. 그럼 내가 한 번 직접 물어볼게.

딸 누구한테 물어봐.

아빠　지금 너와 내가 마주 앉아 있는데 나 말고 누구한테 물어보냐? 나한 테 물어봐야지. 야! 영남아, 넌 왜 꼭 李箱과 말러한테만 주눅드는 거니?

딸　우습지도 않아. 아빠, 한 번 더 설명해봐.

아빠　휴. 개가 풀 뜯어먹는 소리로 들리겠지만 李箱과 말러는 나한테 사람 으로 느껴지질 않아.

딸　그럼 뭐로 느껴져?

아빠　神의 대리인으로 느껴져. 神처럼 느껴진단 말야.

딸　그만해. 우리 아빠가 불쌍하게 느껴져 거북살스러워. 지금은 말러의 검증 타임이니까 말러 얘기나 더 해줘.

말러의
진짜
모습

아빠　알았어. 그런데 딸! 말러의 음악에 관해 얘기 를 풀어놓은 내 글을 알아먹으려면 읽는 사람이 음악에 대한 약간의 상식은 있어야 하는데 어쩌지?

딸　대강 나 정도의 왕초보려니 생각하고 그냥 간 추려서 얘기해줘.

아빠　좋아. 무엇보다 보컬그룹 다섯 명 모두가 자기 분야에서 그때까지 알 려졌던 핵심 사안들을 완벽하게 헤까닥 뒤집어엎었어. 바람직한 방향으로 말 야. 피카소는 현대미술을, 니체는 철학 전반을, 아인슈타인은 천체물리학을, 우리의 李箱은 문학 전반을 바람직한 방향으로 뒤집어엎었다는 거야. 이런 측면에서 말러도 마찬가지야. 와장창 둘러엎었어. 그가 써놓은 열 개 가량 되 는 교향곡 곳곳에 혁신적인 비법이 드러나.

딸　열 개면 열 개지 열 개 가량은 또 뭐야?

1916년 미국에서 초연된 말러 교향곡 8번 연주 장면. 레오폴드 스토코프스키 지휘, 필라델피아 관현악단 연주. 연주자는 총 1,068명으로 알려져 있음.

아빠 　나도 좀 아리까리해. 열 개 중에 〈대지의 노래〉라는 큰 타이틀이 붙은 게 있는데 사람들마다 다 평가가 달라. 이건 연가곡이다, 교향詩다 그냥 교향곡이다 옥신각신하니까 그렇게 된 거야.

딸 　그래서 뭐가 혁신적인 비법이라는 거야?

아빠 　무엇보다 우선 말러는 무대에 등장하는 출연자 수를 극단적으로 확대했어. 보통 교향곡의 경우 60~70명이면 무대가 꽉 차는데 말러의 교향곡 제8번은 〈천인교향곡〉이라는 부제가 따로 붙을 정도로 무지막지한 인해전술을 펴는 거야.

딸 　'천인교향곡'은 무슨 뜻이야.

아빠 　숫자 1천 명이 교향곡을 연주한다는 뜻이야. 말만 들어도 굉장하지? 언젠간 한국에서도 〈천인교향곡〉을 연주할 텐데 우리 꼭 함께 가보자꾸나.

딸 정말 무대 출연자가 1천 명이나 된다는 얘기야?

아빠 그렇지. 합창단 수백 명을 포함시키는 건 당연하고 악기 편성도 엄청나. 소리가 크고 웅장한 관악기도 보통 교향악단보다 더블로 많이 늘려 쓰고 타악기도 별의별 타악기가 다 등장해. 다른 교향곡에서는 상상도 못하는 기타보다 작은 만돌린이 등장하기도 하고. 악기 연주 장소도 기상천외야. 관객이 보이지 않는 공연장 2층이나 3층 꼭대기에서도 악기 소리가 들리게 하고. 그뿐 아니야. 작곡 기법상 매우 어려운 대위법이 연속으로 등장해.

딸 대위법이 뭔데?

아빠 음악 작곡의 한 기법인데 한 가지 주제 선율이 나올 때 동시에 또다른 선율이 나오는 식의 작곡법이야. 가령 '산토끼 토끼야'의 멜로디가 나오는데 동시에 다른 멜로디 '학교 종이 땡땡땡'이 겹쳐서 나오는 거. 단, 화성법에 맞게. 그건 굉장히 어려운 테크닉을 요구하는 작곡 기법이거든. 바흐가 그 방면에 선각자인데 바흐를 찜쪄먹을 만큼 그 어려운 대위법을 자유자재로 써먹는 거지.

딸 말러가 그렇다는 거지?

아빠 다른 작곡가에 비해 압도적이야. 대위법을 쓰는 수준이 추종불허야. 엄청난 작곡 실력을 갖췄어.

딸 그래서 아빠가 말러 말러 하는 거네.

아빠 가만 있어봐. 내가 말러를 李箱만큼 좋아하게 된 원인은 따로 더 있어.

딸 그건 또 뭔데?

아빠 작곡가가 지휘자에게 지휘의 재량권을 왕창 줬다는 거야.

딸   말러가 그랬다는 거지? 다른 음악가들은 안 그랬나?

아빠   가령 베토벤이나 모차르트 같은 경우는 악보 자체가 매우 엄격해서 보통 악보에 적혀 있는 작곡자의 의도에 따라 연주를 펼쳐내는 게 상식으로 되어 있어. 그런데 말러는 매우 획기적이야. 지휘자한테 전권을 준 거야. 그것도 왕창.

딸   전권을 주다니, 그게 무슨 뜻이야?

아빠   말러가 작곡할 때 지휘자 및 연주자한테 주문을 해. 특히 지휘자한테 이런 식이야. '내 곡을 지휘하는 지휘자여, 밸 꼴리는 대로 지휘할지어다.' 쉽게 말하면 어떤 교향곡은 러닝타임이 30분 근처에서 끝난다, 아니다 35분까지 끌 수도 있다, 뭐 그런 연주 시간에 관한 한 암묵이 있어. 왜냐하면 메트로놈에 의한 박자 그러니까 일정한 템포, 곡마다 보편적인 템포, 박자의 길이가 있게 마련이거든. 그런데 말러는 그것도 달라.

딸   잠깐, 아빠 메트로놈은 어떤 놈이야?

아빠   어떤 놈이 아니고. 똑딱똑딱 시계추처럼 왔다갔다 하면서 박자의 빠르기 느리기를 측량하는 음악 보조기구야.

딸   그럼 말러는 메트로놈을 어떻게 쓰라고 했는데?

아빠   획기적이야. 메트로놈이라는 기계 따위 창밖으로 내던져버리라고 지시를 했어.

딸   그럼 박자나 박자의 속도는 어디다 기준을 두고 맞추라는 거야?

아빠   진정한 음악의 박자는 연주자의 마음에서 우러나오는 자연스런 박자여야 한다, 세부적인 박자는 마음속에서 우러나오는 박자로 속도를 맞춰야 한다는 거야. 너는 결코 못 알아먹는 음악 전문 얘기야.

자! 예를 들면 음악 부호 중에 눈썹과 눈처럼 생긴 페르마타(⌒)라는 게 있는데 이 부호가 악보 위쪽에 달리면 평균 박자와 관계없이 길이를 늘이며 충분하게 쉬라는 표시야. 이런 걸 지휘자의 재량에 완전 맡기는 거야. 쭉 음악이 나가다가 주로 마무리 박자나 클라이맥스 부분이나 분위기가 바뀌기 직전쯤에 주로 페르마타가 붙거든. 이때 교향곡의 경우 지휘자는 4박자를 끌거나 5박자를 끌거나 심지어는 8박자 만큼 자유롭게 끌라고 표시를 하는데 그런 걸 말러는 지휘자 맘대로 하라는 거야.

딸　　맘대로 하라! 그건 무슨 뜻이야?

아빠　　무슨 뜻이냐 하면 기존의 방식대로 그대로 따라 해도 좋고 헤까닥 다른 방식으로 하거나 지휘자 맘 가는 대로 해도 무방하다는 거지. 총체적으로 박자나 음정에 구애 받지 말고 감정에 충실하라는 거야. 마음에서 우러나오는 음악이 진짜 음악, 그게 진짜라는 거야. 미술이나 음악은 어디까지나 자유로워야 한다는 거지. 그러니까 말러는 일거에 베토벤, 모차르트, 슈베르트, 브람스 식 틀에 박힌 교향곡의 법칙을 완전히 뒤집은 거야. 실제로 음악을 들어보면 단순할 땐 극도로 단순하고 복잡할 땐 비상식적처럼 느껴지는 괴상한 대위법 양식이 튀어나와. 듣기에 숙달이 안 된 사람들한테는 그냥 요란법석스럽게 들릴 수가 있어. 그래서 말러는 광팬도 많지만 극혐하는 반대파도 많아.

딸　　극도로 혐오하다니, 그게 사실이야?

**말러
극혐파**

아빠　　그럼. 아주 유명한 지휘자 토스카니니는 말러 교향곡이 지루하고 장황하다며 깎아내렸고 한때 『타임』지에서도 말러 교향곡은 음울하고 고의적인 멜랑꼴리로 들리기 때문에 듣는 사람은 의욕을 상실하게 된다고 혹평을 내리기도 했어. 영국 쪽 어떤 평론가는 말러의 교향 음악은 억지로 짜맞춘 음악이며 번뜩이는 영감도 부족하다고 썼는데 문제는 어느 철학자의 비판이야.

딸 그 철학자가 누구야. 니체만큼 유명한 철학자야?

아빠 이 철학자는 말러와 동시대에 살았고 서로 친교도 있었어.

딸 그게 누군데?

아빠 유명한 철학자 비트겐슈타인. 딸! 영국 출신의 저명한 대수학자 겸 철학자가 누군지 알아?

딸 내가 그런 사람을 알 것 같아?

아빠 좋아. 그 철학자는 바로 버트런드 러셀이라는 사람인데 이 철학자는 독일의 니체와 맞먹는 입장에 있어.

딸 어떤 점에서?

아빠 니체는 神이 죽었다고 했고 러셀은 단호하게 나는 크리스천이 될 수 없다고 선언했거든. 크리스천이 될 수 없는 이유를 쭉 늘어놓은 책자도 있어. 내가 말하려는 건 이런 러셀을 수학으로 절절 매게 한 젊은이가 바로 독일 쪽의 수학자 겸 철학자 비트겐슈타인이야.

딸 그 사람이 말러의 음악이 어떻다고 했어?

아빠 말러의 음악을 저열한 음악이라고 비판했어. 거기서 끝난 게 아니라 저렇게 저열한 음악을 만들기 위해서는 희귀한 재능이 필요한 법이라고 무차별로 조롱해버렸는데 걱정할 것 없어.

딸 걱정을 어떻게 안 할 수 있어?

아빠 내가 자칭 신학자나 철학자를 여러 명 만나 직접 교제도 해봤잖아. 다 훌륭하진 않았어. 그중엔 개똥 같은 신학자 철학자도 있고, 두뇌에 집어넣은 학문과 자신의 실제 행동이 따로 노는 인간도 많은 것 같았어. 나는 비트겐슈타인도 그런 부류라고 여기는 사람이야. 그 친구는 그 저열한 말러의 음악이 왜 그토록 오래 남아 극동의 조그마한 나라에 사는 한물간 딴따라 가수의 가슴을 설레게 하는지 모르는 거야. 비트겐슈타인은 뭘 몰라도 너무 몰라. 왜 동양의 삼류 가수가 이렇게 외치고 있는지. '청년들이여! 힘내라! 우리 앞엔 李箱도 있고 말러도 있다, 바로 우리의 코 앞에 있다, 이것은 우리가 가진 막대한 자산이고 동시에 희망이다'라고 외치는지 동해물과 백두산이 마르고 닳아도 모를 거야. 내가 한마디 더 붙일게. '당신 비트겐슈타인! 수학만 아는 개똥 철학자 같으니라고!' 아! 숨차! 피에스 참고로 말할게. 그런 차원에서 말러는 우리의 李箱과 거의 쌍둥이야.

딸　그런 차원이라니 어떤 차원에서.

아빠　李箱도 詩의 형태를 완전히 뒤집어놨잖아. 그동안 정지용, 김기림, 김소월, 윤동주 등이 지켜온 詩는 통상 '아름다워야, 폼나야 한다, 읽는 이의 가슴을 후벼파야 한다, 감동을 줘야 한다', 뭐 그런 식이었는데 그런 거하고 싹 다르게 학구적으로, 건축과 과학과 수학의 언어로 단지 자신만의 의미를 독자적으로 표현해냈잖아. 우리 멤버인 피카소가 뜻밖에도 李箱 비슷한 난해 일변도의 詩를 몇 년 동안 집중적으로 썼지만 내용면에선 어림도 없는 수준이었지. 눈을 씻고 봐봐. 李箱의 詩에 달, 별, 진달래꽃, 구름, 수평선 같은 게 있나. 그런 거 없어. 그건 자연 현상을 우습게 여겨서 그런 게 아니야. 자연을 바라볼 수 있는 인간의 심리보다 李箱은 인간의 내면 정신 작동에 더 매료됐던 거야. 한 번 살펴봐. 스물한 살 때부터 쓰기 시작한 詩의 제목 좀 보란 말이야. 놀라움을 금치 못하게 해. 이것 봐. 「오감도」라는 詩 제목부터 골을 때리잖아. 거기다 「이상한 가역반응」, 「선에 관한 각서」 이게 詩 제목이야.

딸　좀 난해해 보여서 그렇지 놀랄 것까지는 없어 보이는데.

아빠   존경하는 내 딸! 우리가 늘상 좋아했던 詩 제목들 가령 「진달래꽃」, 「산유화」, 「삶이 그대를 속일지라도」, 「못 잊어」, 「바람과 별과 해와 달」 이런 거와 생판 다르잖아. 「오감도」, 「선에 관한 각서」, 「삼차각설계도」, 「이상한 가역반응」 같은 건 詩이기를 포기한 듯한 詩 제목들이야. 그러니까 니체처럼 망치로 詩의 형태를, 詩와 문학 전반을 때려 부서뜨린 거야. 아니, 그보다 한발 더 나가서 李箱은 망치보다 도끼로 기존 詩의 형태를 뽀개고 잘게 빻아서 아예 해체해버린 셈이야. 그 파격성이 미술에서의 피카소, 철학에서의 니체, 과학에서의 아인슈타인, 음악에서의 말러와 한치의 오차도 없이 동일선상의 차원에 있다는 게 내 생각이야.

딸   그래도 말러는 여자 문제에 있어서는 멤버 중에 가장 우월한 위치에 있지 않았나?

아빠   맞아. 말러는 그룹 멤버 중에 가장 폼 나는 여자와 함께 산 것으로 유명해.

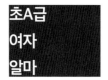

딸   그게 누군데?

아빠   이름은 알마 쉰들러. 결혼 후 알마 말러로 불려.

딸   알마는 어떤 여자야?

아빠   알마의 아버지는 꽤나 유명한 화가였어. 알마는 꿈 많은 초년생 작곡가였고 빼어난 미모의 20대 처녀였지. 근데 나이차가 배나 많은 42살의 작곡가 겸 지휘자 말러를 만나 사랑에 빠지고 결혼에 골인해.

딸   어휴! 그렇게까지나 매력이 있었나봐?

아빠   말러는 타고난 미모와 작곡 능력과 상상력, 열정에 지성까지 넘치는 그녀 알마한테 완전 반해버려. 평상시 말러는 독특한 카리스마로 누구한테나 늘 독재자였지만 알마에게만은 순정적이었어. 그런 점에서 말러는 피카소와 완전 반대야.

딸 어떤 의미에서 반대가 되는 거야?

아빠 얼핏 보기에 피카소는 여인을 그렇게 위대한 존재로 취급하질 않은 것 같아. 싸잡아 얘기하자면 피카소는 여자를 그림을 그리기 위해 도움을 얻는 역할쯤으로 취급한 거 같아. 그렇지만 말러는 많이 달랐어. 피카소와 비교할 때 특히 그래. 말러는 자신의 예술, 자신의 음악과 알마를 동급으로 여겼어. 늘 애정을 확인하고 행여 자신의 곁을 떠나갈까봐 불안해 했고 그 불안증을 음악에 담는 경향이 현저했고, 알마에게서 느끼는 행복, 기쁨, 불행, 불안을 음악에 섞었던 거야. 우리가 그의 음악을 총체적으로 볼 때 교향곡의 표제는 부활, 환희, 영웅, 자연 등 번드르하고 자못 웅장한 멋이 풍겨나지만 그 기반에는 알마가 반드시 깔려 있었다고 봐야 해.

딸 그 정도로 알마가 대단했을까?

아빠 그럼. 그 방면의 전문가들도 말러 부인 알마를 평가할 땐 근세 역사에 가장 매력적인 여자로 평가하는 일이 아주 흔해. 어느 정도냐 하면 역사적으로 미국 대통령 케네디 부인 재클린 여사 있잖아. 그녀는 남편 케네디가 괴한의 총에 맞아 암살당하고 얼마 안 있어 그리스의 선박왕 오나시스와 사귀게 돼. 그때 오나시스는 노래를 역사상 최고로 잘 불렀던 성악가 소프라노 마리아 칼라스와 이미 연인 관계일 때야. 이건 곁다리 얘기지만 나는 마리아 칼라스의 노래를 TV나 다큐 영화를 통해 몇 번 들었는데 와! 노래를 너무 멋지게 부르는 거야. 고난도의 노래를 편안하게 부르는 걸 노래 잘한다고 그러는데 그 방면에서 역사적으로 최고였어. 적어도 나한테는 그래. 오죽하면 돈 많

말러의 평생의 여인, 알마 말러. 말러는 그녀를 향해 '그대를 위해 살다, 그대를 위해 죽다'라고 열렬한 사랑을 고백하기도 함. 말러가 세상을 떠난 뒤 그녀는 건축가, 작가 등과 두 번 더 결혼함.

은 오나시스가 반했겠어. 마리아 칼라스의 코도 클레오파트라 만큼이나 실제로 높았어. 그런 칼라스를 재클린이 밀어내고 오나시스와 결혼을 하잖아. 그런데 알마는 달라. 알마 말러는 그런 재클린보다, 또 영국의 찰스 왕세자와 이혼하고 영국 해로즈Harrods 백화점 재벌의 아들과 연애하다 자동차 충돌로 비극적 생을 마감하게 되는 그 유명한 다이애나 왕세자비보다도 더 매력적인 여자로 평가될 정도야.

딸　　대박! 굉장했네.

아빠　우리 쪽 상식으로는 이해가 안 되는 스캔들도 있어.

딸　그게 뭔데?

아빠　알마 말러는 남편 말러가 죽기 전, 말러가 시퍼렇게 살아 있을 때 그의 묵인 아래 다른 남자와 묘한 애정행각을 벌이는데, 남편이 죽은 뒤에는 날개를 달고 날아다니기 시작했지. 자유롭게 당대 최상급의 남자를 차례차례 정복한 걸로 이름을 남기는 거야.

딸　조 씨 아저씨! 아저씨는 아저씨 딸이 어떻게 했으면 좋겠어?

아빠　뭐를?

딸　내가 알마 같은 여자를 부러워 했으면 좋겠어, 아니면 무시했으면 좋겠어.

아빠　난 그런 거 상관 안 해. 네가 지금처럼 주어진 삶을 덤덤히 살아가는 것, 지금처럼 아빠 말 친구 노릇하는 것, 이것보다 멋진 삶이 어딨겠어?

딸　역시 아빠가 최고야.

아빠　얼씨구! 장구 치고 북 치고.

딸　아빠. 그럼 그룹 멤버 피카소, 니체, 李箱, 아인슈타인 그리고 말러 그 다섯 명 중에 이성 문제에서는 누가 베스트라고 생각해?

아빠　야! 그런 걸로 등수 매기고 그런 거 하지 말자. 지금의 내 입장에서는 아인슈타인의 조언을 따르는 게 최상일 거 같은데?

딸　아인슈타인의 조언이라니. 어떤 조언?

아빠　셧업하는 거. 입 닫으면서 가슴 깊이 속으로 생각하며 나를 뒤돌아보는 거, 나는 어땠는가 잘 왔는가, 잘 가고 있는가 생각하는 거.

딸　그룹 멤버 다섯 분의 삶은 그네들의 업적을 통해 명성을 얻었다는 점에서 다 엇비슷해 보이지만 정작 여성 문제에서는 사뭇 다른 형태를 보여주네.

아빠　맞아. 그중에도 피카소와 말러가 참 특이해 보여. 피카소는 너무 번잡하고 시끄럽고 말러는 너무 집착하고 다른 세 남자는 별 특이사항이 없어. 니체는 한두 번 구혼했다 퇴짜 맞은 후로 쭉 총각 신세를 못 면할 정도로 소심하고 아인슈타인은 나이 많은, 우리 식으로 누나 같은 연상의 여자들만 좋아했잖아. 아인슈타인은 연상의 동창생 밀레바 마리치와 캠퍼스 커플로 만나

아인슈타인의 첫번째 부인 밀레바마리치(왼쪽)와 두 번째 부인 엘자(오른쪽).

결혼해서 애 낳고 잘 살다가 시들해져 몇 년 만에 헤어지고 사촌 관계였던 역시 연상의 친족 간인 엘자와 관계를 맺고 다시 결혼하고 그럭저럭 매우 평범한 결혼생활을 유지했고 그런 틈새에서 우리의 李箱은 매우 동양적으로 이상적인 연애와 짧은 결혼생활을 보여줬지. 딸린 아이는 전무하고.

말러와 李箱의 공통분모

딸　그럼 음악가 말러와 李箱 사이에 또다른 공통 분모는 없나?

아빠　있어. 공통분모라기보다 말러도 李箱과 같은 류의 시인 노릇을 했다는 거야.

딸　정말이야? 피카소도 프로 시인처럼 詩를 몇 년 간이나 썼다더니, 말러 아저씨도 詩를 썼다고? 음악 작곡과 동시에 詩를 썼다고?

아빠 놀랍지만 말러도, 李箱이나 피카소처럼 전문적으로 쓴 건 아니지만, 보통 수준은 훨씬 넘어. 총체적으로 말하자면 말러는 詩를 음악으로 바꿔놓았어. 말러는 하늘과 땅 삶과 죽음의 테마로 음악을 극대화시켰어. 내가 홀딱 반한 말러의 교향곡 제3번을 듣다보면 유대인 출신의 말러가 『성경』의 내용을 거기에 몽땅 집어넣은 것 같아. 그런데 딸! 거기 교향곡 중간에는 알토 한 명과 어린이 합창단도 합세시켰는데 거기 나오는 알토가 부르는 노랫말 가사를 누가 썼는 줄 알아?

딸 누가 썼는데?

아빠 기도 안 차. 말러 본인이 쓴 거야. 말러가 직접 썼어. 말러는 시인이나 다름없어. 베토벤, 슈베르트 같은 작곡가는 통상 다른 사람이 쓴 詩를 빌려다 쓰곤 했는데 말러는 달라.

딸 그럼 말러가 詩 공부를 따로 한 거야?

아빠 따로 공부한 게 뭐야? 말러는 늘 얘기했어. '나는 詩에다 음율을 붙였을 뿐이다. 그러니까 나의 음악은 교향곡이라고 부르기보다 교향詩라고 부르는 게 더 적합하다.' 이렇게 말하곤 했어. 고대부터 詩는 음유詩부터 시작됐잖아. 음유시인. 바로 그거야. 말러는 자신을 詩 쓰는 작곡가로 불리길 원했어. 어느 누구보다 말러는 방대한 책을 읽으며 詩 공부와 음악 공부를 병행했던 거야.

딸 듣고 보니 할말이 없네.

아빠 다행히 말러는 李箱이나 피카소처럼 난해한 詩는 안 썼어. 남이 못 알아먹는 괴상한 詩는 안 썼단 얘기야. 말러의 교향곡 제3번에는 이런 詩도 나와. 말러가 직접 쓴 詩. '오! 인간이여 들어라. 이 깊은 밤은 우리에게 무엇을 말하는가. 나는 잠들어 있었고 이제 그 깊은 잠에서 깨어났도다.' 아마도 우리 보컬그룹 멤버 중에서 캡틴 李箱을 가장 잘 이해할 사람은 단연 말러일 거야. 쌩뚱맞은 얘기지만 李箱은 시무룩했겠지. '말러 형은 음악까지 터득했는데 왜 나는 음악이라곤 겨우 육자배기 타령에서 끝냈지?' 이러면서 말야.

딸　　재밌는 시추에이션이네.

아빠　　그리고 이것 역시 나의 개인적 견해인데 말러의 우수성은 그의 작곡이나 연주를 통해서 보여주는 위트, 익살, 해학, 예기치 않은 놀래킴 같은 게 있는데 하! 우리의 李箱은 거기에다 넉살까지 푸짐하게 펼쳐서 독자들에게 '도대체 이 작가는 몇 살이길래 이런 글을 썼담!' 하는 의구심을 갖게 할 정도야. 李箱이야말로 펜으로 문학을 극대화시켰다는 거지. 말러가 교향악을 통해 음악학을 극대화시켰듯이 말야.

딸　　李箱과 말러에 관한 이야기는 이쯤에서 끝내야 하나?

아빠　　또 있어. 야비한 비교라고나 할까? 세상에 알려지기로 말러는 피로 작곡한다고 했어. 피로 작곡했다는 말은 그냥 일상적인 문학적인 표현이 아냐. 실제 그랬던 거야.

딸　　그럼 피로 작곡했다는 말은 뭐야?

아빠　　실제로 말러는 고질적인 치질 때문에 항문 근처에서 삐져나온 피를 닦아내며 작곡을 했던 것이고, 李箱은 결핵 때문에 폐와 목구멍 사이에서 튕겨져나오는 피를 쏟아내고 뱉으며 글을 쓴 셈이야. 한 사람은 목구멍에서 나온 피, 또 한 사람은 항문에서 나온 피로 작품을 썼다니 빌어먹을! 둘 다 처절해. 말러도 검증 합격이야!

214

8.
李箱

**李箱
검증
하냐
마냐**

아빠 흠! 李箱을 검증한다고?

딸 그렇게 하자고 아빠가 제안했잖아. 맨 마지막에 하자고.

아빠 음! 결국 李箱만 남았구나. 맞아, 내가 그랬지.

처음 검증 순서를 정할 땐 李箱을 가운데 배치하고 왼쪽에 피카소, 니체 그다음 오른쪽에 아인슈타인과 말러, 그리하여 검증 순서는 시계 방향으로 李箱이 세 번째여야 하는데 내가 제동을 걸었지. 주인공은 맨끝으로 검증 배치를 해야 한다고. 주인공 대우를 해줘야 된다고 아빠가 주장했지.

딸 그럼. 그래서 우리는 지금까지 네 명의 아해들, 피카소, 니체, 아인슈타인, 말러의 검증을 끝냈으니까 이젠 끝으로 李箱이야. 어쩔 거야? 무검증으로 그냥 통과할 거야, 검증을 실시할 거야?

아빠 음! 이 기획안 자체가 실제로 李箱을 띄우기 위한 건데 그 기획안의 실제 주인공까지 검증을 하자니 뭐랄까 좀 야박한 맘이 들긴 하네.

딸 야박한 거보다 나는 좀 겁나고 무서운데.

아빠 뭐가 무서워?

딸 지금까지 세계적인 대가 피카소, 니체, 아인슈타인, 말러까지 '삐까번쩍한' 검증을 거쳤는데 우리 李箱 아저씨한테도 그들과 같은 강력한 내용물이 있기나 할까? 없으면 어쩌지? 그래서 겁나고 무서운 거야.

아빠 무슨 말인지는 알겠어. 하지만 아무래도 검증은 하는 쪽이 맞겠다. 그래야 이 글을 읽는 독자들이 공평하다고 느낄 거 아냐. 여기서 검증을 생략하면 설득력이 왈칵 무너질 것 같아. 그치?

딸 그러는 게 맞겠어. 그런데 아빠는 李箱의 어느 부분을 검증할 생각이야?

216

아빠　李箱이 처음 데뷔하는 5인조 보컬그룹의 정식 리더이고 영예로운 캡틴이잖아. 캡틴으로서 나머지 막강무쌍한 네 명의 멤버를 잘 이끌어나갈 수 있을지, 무엇보다 그만한 실력이 있는 인물인지 그런 걸 차근차근 검증하면 되겠지.

딸　그런데 좀 우스워.

아빠　뭐가 우스워. 난 지금 좀 긴장되는데.

딸　그러니까 우리는 지금 '신중현과 엽전들'의 신중현을 검증하는 것이고 '조용필과 위대한 탄생'에서 조용필을 검증하자는 거 아니야? 호호호. 그게 우스워. 재밌기도 하고, 어떤 결말이 나올지 기대도 되고.

아빠　생각해보니까 엄청 우스꽝스럽네.

딸　아빠는 또 뭐가 그렇게 웃겨?

아빠　잠시 딴 생각이 스쳐지나갔어. 진짜 내 식구의 경우 '송창식과 세시봉' 뭐 이런 식으로 '조영남과 세시봉'이란 타이틀을 붙였을 법한데 우린 그런 걸 상상조차 안 해봤으니까 맥없이 웃긴다는 얘기야.

딸　아빠 때는 왜 그런 일이 없었어?

아빠　결국 우리는 그냥 첨부터 따로따로였던 거야. 중간에 송창식과 윤형주가 '트윈폴리오'라는 이름으로, 여기에 김세환까지 합쳐 '세시봉 트리오'라는 이름으로 활약했던 적은 있지만 이장희와 나까지 묶어서 무슨 팀을 꾸린 적은 없어. 지금 뒤돌아보니까 허탈한 웃음만 새어나온단 말야. 뭐 그리 바빴는지 누구 하나 그런 일에 대해 나서는 일도 없었고, 이름을 짓자고 건의한 친구조차도 없었고. 무엇보다 누구 한 사람을 꼭 대표로 세울 만한 이유가 없었던 거야. 에이! 내가 나이가 있으니까 쪼끔만 잘했어도 캡틴이 될 수 있었을 텐데. 칠칠 맞았던 나의 과거가 웃겨.

조영남, 〈송창식과 윤형주가 있는 세시봉〉, 2013

딸　난 안 웃겨. 아빠! 그러구 저러구 李箱 검증 끝내면 정말 '시인 李箱과 5명의 아해들' 공연을 할 거야?

아빠　물론 해야지.

딸　그럼 아빠. 서둘러 마지막 李箱 검증부터 시작해야 해.

아빠　좋아. 그럼 뻥 돌려서 내가 왜 '시인 李箱과 5명의 아해들'을 기획하게 됐는지 그것부터 털어놔야 되겠지?

딸　좋아. 그럼 내가 질문을 할게. 아빠는 왜 이 일을 왜 시작하게 됐어?

아빠　그건 간단해. 아빠가 李箱에 빠져 산 게 원인이야.

딸　왜 빠졌는지 그것부터 풀어나가야겠네.

아빠　고등학교 때부터 시작된 거야. 그뒤로 나머지 평생을 李箱에 빠져 산 셈이야. 그런데 참 이상해. 왜 빠졌는지에 대해 탁탁탁 대답이 나와야 하는데 아직도 그 문제 앞에서는 캄캄해.

딸　캄캄하다는 게 무슨 뜻이야?

아빠　뭐가 뭔지를 모른다는 뜻이야.

딸　李箱을 그렇게 공부하고 李箱의 詩를 몽땅 해설하는 430쪽짜리 책도 썼는데 아직도 李箱을 모르겠다는 게 말이 돼? 그 책을 쓰다가 아빠는 미세한 뇌경색 진단까지 받고 고려대부속병원에 열흘 동안 입원도 했을 정도였는데 아직도 李箱을 모른다고?

아빠　글쎄 말야. 李箱과 나는 왠지 딴세상에 산 것만 같아. 완전히 다른 세상. 나는 기본적으로 그에 대해 아는 게 많지 않아. 그런데 그 모르는 것에 대한 나의 반응이 색다르게 재미가 쏠쏠하다는 게 또 이상해.

딸　그건 또 무슨 말이야?

아빠　나는 피카소의 입체주의가 정확히 뭔지를 몰라. 니체가 철학적으로 말한 神이 죽었다는 게 정확히 뭔지도 모르고. 말러의 교향곡 제3번은 자연의 위대함을 표현한 것이라는데 그것도 무슨 뜻인지 잘 몰라. 그런데 문제는 그런 것들에 대한 나의 무지는 못 견딜 정도로 불편하진 않아.

딸　그럼 아빠 지금 뭐가 문제야? 무슨 얘길 하려고 그래?

아빠　같은 무지라도 李箱에 대한 무지가 다른 무지와는 다르다는 얘기야.

딸　어떻게 다른데?

아빠   다른 건 견딜만하고 잘 견디는데 李箱에 관한 무지만은 나를 매우 불편하게 해. 나를 후벼파. 나를 화나게 해. 그것 땜에 나는 늘 억울하고 분하고 원통하고 그래. 그런데 참 이상하지?

딸   왜 뭐가 어떻게 이상해?

아빠   그 억울함이 반대로 나한테는 항상 온화함을 주고 그 분함이 평화를 주고 그 원통함이 나에게 늘 쾌적한 쾌감을 줘. 그래서 이런 일을 시작하게 된 거야.

딸   이런 일?

아빠   계속 파고 파고 또 파다가 결국엔 이런 일, 종내는 보컬그룹까지 결성하게 됐다는 거지.

딸   그럼 보컬그룹 결성이 아빠의 억울함, 분함, 쾌감 등을 누그러뜨릴 거 같아?

아빠   물론 그랬으면 좋겠지만 그렇게 간단하게 해결이 될 거 같지 않으니까 이 일을 또 책으로 쓴다고 이 '난리방구'를 치는 거 아니겠니.

딸   진정해. 李箱을 검증하기 전에 이미 상태가 안 좋아진 아빠한테 궁금한 거부터 물어야겠어. 대체 李箱한테 그렇게 매달린 이유가 뭐야?

아빠   가만 있어봐. 음, 아마 약이 올라서 그랬을 거야.

딸   아까는 화나게 했고 이번엔 뭐가 그렇게 약이 올랐어?

아빠   그건 李箱의 글 솜씨 땜에 약이 바짝 올랐지.

딸   약 올랐으면 안 읽으면 되는 거 아닌가?

아빠   흠! 골프가 잘 안 된다고 금세 포기하게 되나? 바둑이나 장기가 뜻대로 잘 안 된다고 금세 포기를 하나? 물론 포기하는 사람도 있긴 하겠지. 생각해봐. 李箱의 소설이나 단편 같은 걸 읽으면 이해가 얼추 가는데 詩로 들어가면 딱 막히는 거야. 李箱이 나한테 꼭 메롱메롱하고 혓바닥을 내미는 것 같아. 약을 올리는 거지. 내 성질이 약올림당하고 가만 있을 성질이야? 아니지. 날 가까이에서 본 사람은 아주 잘 알아. 나는 욱!의 선각자야. 李箱한테 욱!하면서 요거 봐라? 하고 대든 거지. 아주 무모하게.

딸　그게 욱! 하는 성질로 해결될 일인가?

아빠　놀면 뭘해. 욱!이라도 해야지. 안 하면 내가 지는 거 아냐.

딸　욱해서 해결됐나? 내 느낌은 어쩐지 李箱을 별거 아닌 걸로 본 것 같은데.

아빠　맞아. 그거야. 우리는 난해한 李箱의 문제를 별거 아닌 걸로 치부할수도 있어야 돼.

딸　아빠한텐 그럼 뭐가 별거야? 李箱이 별거가 아니라면 도대체 뭐가진짜 별거냐고?

아빠　내 딸의 질문이 재밌네. 진짜 별거는 인간 됨됨이, 사람 됨됨이 그게진짜 별거 아닐까? 아! 기본적으로 실력은 있어야겠지만 말야.

딸　그럼 아빠가 생각하는 천재는 뭐야? 진지하게 말해봐.

아빠　음. 천재? 그건 순전히 재수지. 재수 없는 인간이 아니라 실제로 재수있는 인간.

딸　그건 또 무슨 소리야?

아빠　조영남 학설이야. 인간은 재수가 좌우한다, 모름지기 인간은 재수를 타고 나야 한다, 내가 한국인으로 태어나느냐, 미국인으로 태어나느냐, 유대인으로 태어나느냐, 아프리카

재수교
탄생

대륙에서 태어나느냐 하는 건 모름지기 재수에 달려 있다, 학구적으로 말하자면 유전자가 좌우한다, 뭐 그런 거. 그래서 믿거나 말거나 나는 한때 재수교 교주 경력을 가지고 있었지.

딸　　재수교가 뭔데?

아빠　　100프로 불법 사이비 교단이야.

딸　　재수교는 뭘 믿고 신봉하는데?

아빠　　대단한 건 아냐. 간단히 말해 재수가 우리의 운명을 좌우한다, 아무리 뭘 잘해도 재수 좋은 놈한테는 못 당하고 아무리 성실하게 노력해도 재수 좋은 놈한테 못 미친다, 그리하여 결론은 모름지기 재수가 좋아야 한다. 어서 돈 싸들고 교주님 앞에 와서 재수 좋게 해달라고 빌어라. 그런 거였어.

딸　　그럴듯하네. 그래서 아빠가 교주였어?

아빠　　말하면 잔소리지. 한때 교세가 엄청 났어.

딸　　재수교 얘긴 왜 꺼냈어?

아빠　　천재 얘기하다가 삼천포로 빠졌어. 좋은 유전자 가진 부모 만나는 거 그거야말로 재수야. 어떤 나라건 인종이건 좋은 유전자를 재수 좋게 물려 받는 거. 그게 바로 천재라는 거. 좋은 두뇌를 물려 받는 게 천재지. 내 딸 조은지! 놀라지 마. 아빠가 말하는 위대한 재수를 총괄하는 담당자가 누구겠어?

딸　　글쎄 누굴까?

아빠　　웃지 마? 너의 제일 위 꼭지 할아버지 조물주시란다.

딸　　그런데 왜 날더러 웃지 말라고 해?

아빠　　조물주가 우리하고 종씨, 같은 조씨잖니. 조물주, 조은지, 조영남. 같은 조씨! 하하하핫.

딸　　대박!

아빠　김해경도 재수 좋은 유전자를 물려 받은 사람 아니겠어?

딸　김해경이 누구야?

아빠　李箱의 본명. 그런데 이름을 바꾸면서 아예 성씨까지 바꿨어. 김씨에서 이씨로.

딸　성씨도 바꾸고 이름까지 바꾸고, 왜 그랬대?

아빠　李箱은 첨부터 '천재끼'가 있었어. 김해경이란 이름으로 글을 썼다면 조영남의 눈에 그렇게 불쑥 튀어 보이기나 했겠어? 약산의 진달래꽃도 소월이라는 이름 아니면 그렇게 멋져 보였겠니?

딸　아빠, 李箱 같은 천재를 유전자 탓이라고 둘러대면 너무 성의가 없어 보이지 않아?

아빠　유전자 말고 李箱이 천재였다는 걸 말해주는 다른 이유는 꽤 남아 있어. 우선 우리 한국현대미술사에 소위 천재화가로 칭송 받는 구본웅과 李箱이 절친 사이였다는 점도 천재임을 입증하는 거야.

딸　천재 화가와 절친이었다는 게 천재라는 걸 입증한다고?

아빠　물론이지. 끼리끼리 논다는 말도 있잖아. 원래 천재는 천재끼리 논다는 말이 왜 생겼겠니. 우리 멤버인 말러가 당대 미술의 최고 천재 클림트와 절친이었던 것처럼. 또 있어. 李箱이 20대 중반에 당대 최고의 문학 그룹이었던 '구인회'의 정식 멤버라는 점도 천재라는 걸 입증하는 증거고 무엇보다도 그런 말이 언제 어디서 생겨났는지 모르지만 천재는 요절한다는 말에 정확히 명중했다는 점. 따지고 보면 나의 친아버지 되는 조승초 씨보다 다섯 살 아래 1910년에 태어나 1937년까지 살았으니 우리네 계산법으로 28년만 살았으니까 요절의 요건을 충족시키는 점도 딱이야.

딸　호호. 천재의 요건에 요절도 들어간다는 게 웃겨. 그럼 우리 보컬그룹 여느 다른 멤버들은 전부 천재가 아니네? 피카소는 원없이 오래 살았고, 니체도 웬만큼 살고 아인슈타인도 그럭저럭 생명을 꽤 오래 유지했고 말러도 50은 넘겼으니까 천재의 요건에 안 맞잖아.

아빠　……그런가?

딸　이건 아빠 딸의 생각인데 아빠는 아빠 스스로가 천재가 되고 싶어 천재 한 명을 골라잡고 그 천재를 팔아 이득을 챙기는 것처럼 여겨지는데, 그런 거 아닌가?

아빠　인정해. 그런 면이 없진 않아. 누군들 천재 소리를 듣는 걸 마다하겠니. 하지만 내 딸 은지야. 아빠가 李箱을 파고 들게 된 동기만은 순수했다는 걸 알아줬으면 좋겠어.

딸　말해봐. 그 순수한 동기라는 게 뭔지를.

아빠　거듭 말하지만 내가 李箱의 블랙홀에 빠진 건 결국 분풀이로 시작된 거야. 만약에 말야. 내가 구해서 읽은 李箱의 해설서 중에 맘에 맞는 책이 딱 한 권이라도 있었으면 나는 李箱 추종을 그만뒀을 거야.

딸　그건 또 무슨 말이야?

아빠　들어봐. 가령 李箱에 대해 서울대 불문과 김붕구 교수가 문학과지성사에서 1977년에 펴낸 『보들레에르-평전』 같은 두터운 평전 한 권이 있었더라면 나는 李箱 스토커가 되진 않았을 거란 얘기야.

딸　만약 그런 책이 있었다면?

아빠　보들레르의 경우처럼 그런 책이 있었다면 그런 책을 보면서 대충 만족하면 되니까 이렇게까지는 안 되었겠지. 하지만 나한테는 李箱에 관한 한 내 맘에 드는 책이 단 한 권도 없었어. 李箱에 관한 책은 엄청 많은데 딱 '이거다' 하고 맘에 드는 게 없었단 말야. 그래서 지금까지도 李箱의 샅바를 잡고 씨름을 해대고 있는 거야. 빌어먹을!

딸　그런데 뭔가 이상해.

아빠　뭐가 이상하다고 그래?

딸　나도 중고등학교를 다녔어. 나 때는 그저 김소월만 알면 무난했거든. 문과에 소질이 있는 애들은 서정주, 윤동주, 박목월, 백석을 얘기하면 껌벅 죽고 그랬어. 우리 땐 정지용, 김기림, 특히 李箱은 이상하게도 저쪽 귀퉁이로 밀려나 있었어. 너무 어려워서 그랬을 거야. 그런데 아빠는 희한하게도 일찍부터 李箱한테 꽂혔네?

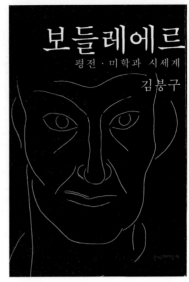

불문학자 김붕구 교수가 1977년에 쓴 보들레르 평전 표지.

아빠　맞아. 근데 딸은 언제쯤 외국 시인 보들레르, 랭보의 이름을 듣게 됐지?

딸　그거야 나처럼 일찍이 문과 쪽으로 쏠린 애들이 그쪽 얘기를 이따금씩 꺼내서 얼핏 주워듣게 된 것 같아.

아빠　잘됐네. 그럼 우리 李箱의 실력이 어느 정도인지 외국 시인과 맞대놓고 비교해보자고. 이런 경우 옛날 우리네 국어 선생님이 우리 쪽 시인과 외국 시인을 맞붙여놓고 비교 공부를 시킨 적이 별로 없잖아.

국산 시인과 외국제 시인 경연대회

딸   그런 적이 없었던 거 같아.

아빠   그럼 우리가 지금 한 번 시도를 해보자고. 외제하고 국산하고 비교를 해보는 거야. 유치무쌍한 비겁하고 비열한 詩 비교. 그런데 여기서 우리가 다짐을 하고 가야 하는 게 있어.

딸   무슨 다짐?

아빠   딸이 알고 있는 세계적인 시인은 누구야?

딸   그야 뭐. 보들레르, 랭보, T. S. 엘리엇 뭐 그런 시인들.

아빠   좋아. 그럼 우리가 李箱을 그런 외국제 시인들과 비교해서 비슷하거나 그 언저리쯤 속한다면 李箱을 진짜 실력 만땅의 천재 시인이구나 인정할 수 있는 거지?

딸   그땐 별수없이 인정해야겠지.

아빠   됐어. 좋아 좋아. 바로 그런 시인들과 우리의 李箱을 직접 비교해보자. 자, 누구부터 할까? 그 유명한 T. S. 엘리엇부터 할까?

딸   아무나 상관없어.

아빠   T. S. 엘리엇 좋아. 내가 詩를 배울 때 T. S. 엘리엇이 쓴 詩 이론 책으로 따라 배웠거든. 그런데 실상 T. S. 엘리엇의 이름을 우리에게 알려지게 한 건 별로 많지 않아. 대표적인 건 바로 이거야. '4월은 가장 잔인한 달, 불모의 땅에서 라일락 꽃 피게 하고 추억과 정욕을 뒤섞고 봄비로 잠든 뿌리를 깨어나게 한다' 이걸로 천재 소릴 듣고 있어. 5부로 이루어진 장편 詩「황무지」에 나오는 대목인데, 내가 보기엔 그냥 좋은 詩일 뿐이지 천재 냄새는 별로 풍기는 것 같질 않아. 내 생각이 그렇다고.

원어로 읽으면 크게 달라 보일지는 몰라도 총체적으로 무덤덤해. '추억과 정욕을 뒤섞고'라는 부분이 나오는데 이 대목은 유치하기 그지없어. T. S. 엘리엇답질 않아. 차라리 우리네 김지하 시인의 「황톳길」을 읽어봐. '황톳길에 선연한 핏자욱 핏자욱 따라 나는 간다 애비야'와! 멋지지 않냐? 뭐 구구하게 설명하는 거 없어도 얼마나 심금을 울리냐. 끝머리도 멋져. '나는 간다 애비야 네가 죽은 곳 부줏머리 갯가에 숭어가 뛸 때 가마니 속에서 네가 죽은 곳.' T. S. 엘리엇보다 김지하가 한 수 위라는 뜻은 아냐. 이 애비는 단지 애비 딸한테 우리 쪽 시인도 외국 쪽 시인 못지 않다는 걸 일러주고 싶을 뿐이야.

딸　아빠. 김지하는 누구야?

아빠　〈아침이슬〉이라는 애국적 노래를 손수 만든 김민기 후배의 소개로 직접 만나게 된 아빠의 대선배야. 그다음 누구로 할까?

딸　아빠가 골라.

아빠　좋아. 그다음은 유명세로 추종을 불허하는, 유럽 쪽의 천재 대표 시인으로 알려진 보들레르를 한 번 대보자고.

딸　좋아. 보들레르! 이름만 들어도 시인 냄새가 물컹 나는 사람.

아빠　우선 그 유명한 9편의 연작詩 「악의 꽃」.

딸　어머, 그 詩 유명하잖아, 아빠.

아빠　말 그대로 대표작이지. 그건 순전히 제목 때문이야. 「악의 꽃」. 정말 멋져. 그런데 바로 이 詩가 실린 시집 『악의 꽃』 앞부분에 「독자에게」라는 제목의 헌시를 써놨는데, 한 대목 슬쩍 보면 '푸념, 과실, 죄업, 인색은 우리의 정신을 차지하고 육체를 괴롭혀 거지들이나 진드기를 기르듯 우리는 사랑스러운 회한에게 먹이를 준다'고 나와 있어. 어때. 은지 너는 T. S. 엘리엇의 詩나 보들레르의 詩에 아! 굉장하구나 싶을 만큼 놀랍거나 가슴을 쑤시는 구석이 있어?

딸　글쎄. 아빠는 어떻게 생각해? 아빠 생각은 뭔데?

아빠　　내가 보기에 뭐 깊이 생각해보거나 이게 무슨 의미인가 고민할 구석이 별로 없어. 왜냐하면 T. S. 엘리엇이나 보들레르의 詩는 너무 알아먹기 쉽고 평이하잖아. 속칭 두 천재시인 모두가 이런 식의 詩 일색이야. 시어 속에 이미 정리정돈이 너무 잘 되어 있어서 나한텐 너무 슴슴해. 여기다 대면 오히려 우리 쪽 정지용이나 김기림이 훨씬 윗길로 보인단 말이지. 자! 그럼 시간 없으니까 얼른얼른 李箱보다 어린 나이, 열여덟에 썼다는 말 그대로 천재 중에 천재 랭보의 詩를 비교해보는 게 어떨까?

딸　　랭보 좋아!

아빠　　랭보가 쓴「지옥에서 보낸 한 철」의 한 대목을 보자고. 이 詩는 제목부터 압권은 압권이야. 그런데 詩 내용은 신통한 게 없어. 이런 거야. '돌이켜 보면 나의 인생은 향연이었다. 천지에는 모든 마음이 열리고 온갖 술들이 흘렀다.' 단지 어린 나이에 이런 고급 詩를 썼다는 팩트가 놀랍고 제목「지옥에서 보낸 한 철」이 슬쩍 천재 냄새를 피우기는 하지만, 그 냄새라는 것이 중화반점 앞을 지날 때의 짜장면 냄새에 불과해. 그럼 여기서 한 번 더 랭보의 유명한 詩「취한 배」를 살펴보자고. '끊임없이 제물을 말아먹는다는 물결 위에서 열흘 밤을 뱃초롱의 흐리멍텅한 눈빛을 그리지도 않으며'에서 '제물을 말아먹는다는 물결 위에서'의 표현력이 멋져 보이는데 당연히 詩를 쓴다고 했으면 그 정도는 써야 하는 거 아니냔 말야. 李箱을 천재로 만들고 싶어서가 아니라 난 왜들 랭보가 천재 시인이라고 그러는지 정말 모르겠어. 거기다 우리네 윤동주의「서시」를 가져다 대보면 어림반푼도 없어.「서시」는 하늘인 거지.

죽는 날까지 하늘을 우러러

228

조영남, 〈시인 랭보의 술 취한 배〉, 2010

한 점 부끄럼이 없기를,

잎새에 이는 바람에도

나는 괴로워했다.

별을 노래하는 마음으로

모든 죽어가는 것을 사랑해야지

그리고 나한테 주어진 길을

걸어가야겠다.

오늘 밤에도 별이 바람에 스치운다.

와! 멋지잖아. 물론 내가 꿈을 꾸는지 모르겠지만 우리네의 윤동주, 정지용, 김기림이 천재 詩 대결에서 거뜬히 서양 쪽의 보들레르, 랭보, T.S. 엘리엇 따위를 가볍게 해치울 수가 있을 것 같아. 그러므로 윤동주의 「서시」나 정지용의 「향수」는 단연 세계 최상의 서정詩인 셈이야.

딸   아빠 생각이 그렇다는 거지?

아빠   쉿! 볼륨을 낮춰 이야기해. 유럽 시문학협회에서 불명예죄로 고소 고발해올지 몰라. 아빠 생각이 그렇다니까. 실제로 외국 제품은 우리 제품과 비교해볼 만한 게 별로 없다니까. 이건 별책부록 같은 얘긴데 숨 한 번 크게 쉬고 여길 주목해봐. 채 서른도 안 되어 세상을 떠난 우리의 李箱이 쓴 詩 제목만 봐보란 말야. 「이상한 가역 반응」. 「오감도」. 詩 제목만 봐도 소름 끼치는 천재의 진수가 느껴지지 않아. 아! 숨차. 근데 내가 지금 뭘 강요하거나 생떼를 부리고 있는 건 아닌가 싶네.

딸   아냐. 괜찮아. 계속해.

아빠　내가 10년 전 울화가 치밀어 『李箱은 異常 以上 이었다』라는 詩 해설서를 쓰느라고 그때까지 남아 있던 그의 詩 100여 편을 모조리 살펴봤는데 100여 편 모두가 한결같이 우리가 익히 알던 詩 제목들이 아니야. 완전 달라. 그러니까 詩 내용 말고 제목만 봐도 우리의 李箱이 T. S. 엘리엇, 보들레르, 랭보 등을 훌쩍 뛰어넘는다는 거지. 아니면 말고, 하하하.

딸　꼭 난해한 詩 제목을 쓰고 난해한 詩를 썼다고 천재 시인으로 간주할 수 있나?

아빠　넌 어쩜 그리 뻔하고 유치한 질문을 할 수가 있어? 실망이야.

딸　아빠 딸 실력이 그렇지, 뭐.

아빠　질문이 뭐였지?

딸　꼭 李箱처럼 난해한 글이 천재적인 글이냐고.

아빠　아이고! 답답하네. 李箱한테 난해한 詩만 있는 게 아냐. 수고스럽겠지만 그런 경우 詩 말고 李箱이 쓴 소설 「날개」나 혹은 수필 「권태」를 한번만 읽어봐. 짧은 글들이야.

딸　그걸 읽으면 알 수 있나?

아빠　그럼, 알고말고. 뭐가 된장이고 뭐가 똥인지를 금세 알게 돼 있어. 「날개」나 「권태」 같은 글들은 너무나 고상하고 우아한 문장들로 이루어져 있어. 누구나 쉽게 알아먹을 수 있고 그래서 아! 이 사람은 진짜 글쟁이구나 싶고, 이 사람은 정신병자가 아니구나, 진짜 천재구나 이렇게 느끼게 되어 있어.

딸　그럼 아빠가 보기에는 지금까지 李箱을 연구하고 추종해온 모든 전문가 비전문가도 그런 식으로 李箱의 천재성을 인정하는 건가?

아빠　천만에 그런 건 아니야. 단지 나 혼자만이 그랬다는 거지. 나는 그의 난해일변도의 詩뿐만 아니라 그의 소설 솜씨, 수필 솜씨로 미루어서 그를 천재로 상정한 거야. 남들도 그랬으면 좋겠어. 그게 내 희망이야.

딸　아무리 그렇다 해도 단순히 '소설을 쓰는 능력이나 수필을 쓰는 능력을 연장시켜 그가 쓴 詩 역시 엄청 천재적일 것이다'라는 식으로 규정하는 것은 좀 무리가 아닌가?

아빠　무리가 아니냐고? 당근 무리지. 지금까지 내가 떠든 얘기가 다 무리한 얘기야. 나는 지금까지 무참하게 무리한 논리를 전개했지. 보들레르, 랭보는 몰라도 내가 李箱을 셰익스피어와 비슷한 반열에 올렸다는 것부터가 무리의 극치지. 내가 누누이 말했잖아. 예술에서는 우기는 게 장땡이라고 말이야. 그럼 우기는 게 뭐야? 무리를 한다는 거지. 억지를 쓴다는 거 아니겠어? 그런데 아무렇게나 무리를 하면 미친놈 소릴 듣게 돼. 그것도 요령이 필요해. 자! 사실대로 얘기해보자고. 우리 인간사를 문학으로 표현해낸 국면만 얼핏 보면 셰익스피어는 실로 엄청나. 삶의 이야기들을 엮어가는 재능으로 말하자면 단연 셰익스피어야. 최고야.

딸　잠깐만. 그럼 셰익스피어가 李箱보다 압도적이란 얘기야?

李箱과 셰익스피어의 차이

아빠　우리끼리 조용히 이야기하자고. 다양과 다중적인 측면에선 우리의 李箱이 셰익스피어보다 많이 딸려. 여러 방면에서 셰익스피어는 압권이야. 특히 셰익스피어의 특출한 능력 중 긴 역사적 얘기를 드라마타이즈 dramatize, 우리말로 하면 연극적으로 만드는 능력은 추종을 불허할 정도로 엄청나. 그에 비해 우리 李箱은 연극 대본이나 희곡 같은 건 단 한 편 쓴 적이 없거든. 서른을 넘겨 살았더라면 그런 걸 쓸 수도 있었겠지만 말야. 그렇다고 해서 내가 애당초 시작을 '여러분, 우리의 李箱은 셰익스피어 바로 아래의 역사상 두 번째 천재 작가입니다'로 시작했다면 더 우스웠을 거 아냐. 나는 무리인 줄 알면서도 시침 뚝 떼고 우리 李箱을 최고봉으로 올리는 거지. 셰익스피어의 그 유명한 대사 「햄릿」의 '죽느냐 사느냐, 이것이 문제로다' 이걸 李箱의 「이런 詩」 중 '자! 그러면 내내 어여쁘소서' 이런 걸로 대결시키면서 '나 조영남은 李箱의 이 한 구절을 셰익스피어의 어느 글보다 더 좋아합니다.' 이런 식의 무리한 논리를 내밀며 한사코 우기는 거지. 마치 시시포스의 신화처럼 나도 우리의 李箱이란 이름의 돌덩어리를 산꼭대기에 올렸다 미끄러져 내리면 또 올리는 일을 끝없이 반복하는 거야. 나는 누가 뭐래도 李箱을 끙끙대며 계속 끊임없이 끌어올릴 거야. 남들이 비웃어도 어쩔 수 없어. 딸! 이런 와중에 李箱한테 천만다행인 게 뭔지 아니?

딸 글쎄? 뭐가 다행일까?

아빠 셰익스피어가 정체불명의 작가라는 거야.

딸 그게 무슨 얘기야?

아빠 실제로 그래. 아무도 셰익스피어가 어디서 어떻게 태어나 무슨 학교를 다녔는지 누구한테 글쓰기를 사사했는지, 어떤 여성 관계를 맺었는지, 그가 어떻게 살았는지 명확히 알 수가 없어. 그에 비해 우리의 李箱은 신상명세가 빠삭하게 드러나잖아. 정체불명에 가까운 작가 셰익스피어와 실제 행적을 깡그리 알 수 있는 우리의 李箱을 동일한 기준으로 비교분석하는 건 매우 불공정한 일이란 말야. 안 그러니?

딸 그럴 것도 같네.

아빠　　말이 나온 김에 李箱 얘길 계속할게.

딸　　잘 알아들었어. 계속해.

아빠　　우리 李箱의 「날개」 같은 소설이나 「권태」 같은 수필은 다른 작가의 글에 비해 전면적으로 달라. 셰익스피어가 썼어도 그렇게는 못 썼을 거야. 읽는 매순간 천재성이 번뜩번뜩 빛나. 알아먹기 쉬운 소설이나 수필부터가 말 그대로 예술이야. 이것은 심심풀이로 하는 얘기가 아냐. 너무 멋져. 쉬운 글을 잘 써야 어려운 글도 잘 쓸 수 있어. 우리의 李箱이 그랬어. 「날개」 같은 알아먹기 쉬운 글을 쓸 땐 철저하게 알아먹기 쉬운 투로 썼어. 그러나 詩를 쓸 땐 언제 그랬더냐 싶게 생판 알아먹을 수 없는 난해한 투로 써나갔지. 나는 그걸 천재의 특질로 보는 거야. 쉬운 글, 어려운 글을 자유자재로 구사하는 폭 넓은 실력 그거야말로 천재의 특징이지. 나는 음악 대학에서 성악을 공부해봤잖아. 클래식 성악의 경우 부르기 쉬운 노래, 모든 사람이 다 아는 노래, 가령 현제명 작곡의 '해는 져서 어두운데'로 시작하는 〈고향 생각〉 있잖아? 그걸 잘 불러 감동을 느끼게 하는 성악가가 결국 어렵고 까다로운 오페라 아리아도 잘 소화해내더라고. 작곡도 마찬가지야. 클래식 음악의 대가 베토벤을 봐. 교향곡 제5번 〈운명〉 같은 어마무시한 대곡들을 써냈지만 한편 자동차 후진할 때 나오는 알아먹기 쉬운 띠리리리리 띠리리 띠 하는 〈엘리제를 위하여〉 같은 곡도 썼잖아. 슈베르트도 〈보리수〉 같은 알아먹기 쉬운 곡을 쓸 줄 알았고, 브람스의 자장가는 또 얼마나 심플하고 예쁘냔 말이야. 쉬운 걸 잘 써야 교향곡같이 어려운 것도 잘 쓴다는 최고의 샘플이야. 李箱은 특히 詩의 형태에 관심이 많았는데 말하자면 李箱한테는 알아먹기 쉬운 형태가 소설이나 수필이고 본격적으로 글의 진수를 펼 때의 형태로는 詩를 택했던 거지.

딸　　만약 李箱이 알아먹기 쉬운 소설, 수필, 편지글들만 써놓고 세상을

234

하직했다면 어찌 됐을까?

아빠   그야 뻔한 거 아냐? 뭐 그냥 훌륭한 소설가, 훌륭한 수필가쯤으로 남았겠지. 안 그래?

딸   그럼 한편 오로지 어려운 詩만 남겼다면 어떻게 됐을까?

아빠   나도 그 생각을 많이 해봤어. 뻔해. 아마 금방 잊혀졌을 거야. 도무지 해독불가한 詩만 남겼으니 누가 그걸 무슨 근거로 연구했겠어. 백년이 지난 지금까지도 李箱 詩의 불꽃이 꺼지지 않고 지속된 건 李箱을 끊임없이 추구해온 李箱 패거리들의 꺼지지 않는 열정 때문이었어.

딸   李箱의 詩가 신문에 연재됐을 땐 정말 반응이 굉장했겠네.

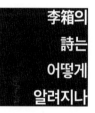

아빠   그땐 내가 태어나기 70여 년 전 일이니까 그때 분위기를 정확히 알 방법은 없지만 오죽했겠어. 나는 깜짝 놀라는 게 '아! 그 옛날에도 보통 일간지에 詩가 실렸구나!'하는 점이야. 요즘 신문에 詩가 실리는지 어떤지는 잘 모르지만 말야. 李箱의 초현대시는 30회 연재를 예정했는데, 결론적으로 신문에 15회까지만 실렸어. 나는 오히려 그런 점으로 볼 때 약 100년 전인 그때가 지금보다 오히려 문화만발의 시대였구나, 생각이 들어. 신문에 실린 詩가 제목부터 알쏭달쏭한 「오감도」였는데 15회까지는 갈 수 있었잖아.

딸   詩에 대한 독자들의 반응이 지금과는 많이 달랐다는 얘긴가?

아빠   그래 보이지 않아? 그때는 그래도 독자들이 문학을 순박하게 대한 것 같아. 생각해봐. 요즘 같으면 그런 내용을 15회나 연재하는 게 가능했겠어? 제목부터가 수상하잖아. 「오감도」가 뭐야. 「오감도」는 지금 우리 입에 너무 익숙해서 아무런 이상한 느낌이 안 들지만 그때는 독자들 모두가 정말 멍해졌을 거야. 이게 무슨 소린가 하고. 조감도라고 하면 몰라도 「오감도」는 듣도보도 못하던 말이잖아. 「오감도」란 말은 애당초 없는 말이야. 순전히 작자 본인이 만든 제목이야. 원래는 건축용어 조감도鳥瞰圖의 첫글자 새 조鳥 글자에서 한 획을 빼서 오묘하게 까마귀 오烏로 바꿨어. 원래 조감도는 새가 내려다보듯 위에서 아래로 내려본다라는 뜻인데 그걸 까마귀가 내려다보는 걸로 슬쩍 바꿔치기한 거야. 일종의 패러디지. 거기다가 詩 내용이라는 게 첫 번부터 열세 명의 아이들이 차례차례 도로를 질주한다니 글쎄 그게 뭐야? 무슨 귀신 씻나락 까먹는 소리, 무슨 봉창 두드리는 소리, 무슨 개풀 뜯어먹는 소리냐 말야. 이게 도대체 무슨 말이냐고 항의가 대단했을 거야. 그런데도 李箱은 굴하지 않고 계속 몰아치지. 계속 신문에 실어.

딸　「오감도-詩 제1호」는 열세 명 어린아이들이 도로를 냅다 내달리고 어쩌고 하는 내용이고 그 다음 「오감도-詩 제2호」부터는 어떻게 돼?

아빠　그다음 詩도 골 때려. 「오감도-詩 제2호」는 웃음도 실실 나오게 만들어. 나는 나의 아버지가 되고 또 나는 나의 아버지의 아버지가 되고 이렇게 증조할아버지, 고조할아버지까지 올라가는 게 어이없는 웃음도 나오고 그러면서 「오감도-詩 제3호」, 「오감도-詩 제4호」로 옮겨가는데 내용이 엇비슷해 '싸움하는 사람은 즉 싸움하지 아니하던 사람이고 또 싸움하는 사람은' 뭐 이렇게 나가는 게 무슨 요즘 젊은 가수들의 랩 같기도 하고 이게 무슨 벌건 대낮에 미친 사람 술주정 같기도 한데 그 나머지 「오감도-詩 제15호」까지도 그런 투야. 사람 죽여. 실제로 기존의 詩를 한 방에 살해해버린 거야. 그런 건 어디까지나 시도에 불과했고 우리의 李箱은 그림詩, 회화詩뿐만 아니라 수학詩,

오감도 時第一號 13人의兒孩가道路로疾走하오(길은막다른골목이適當하오)第1의兒孩가무섭다고그리오第2의兒孩도무섭다고그리오第3의兒孩도무섭다고그리오第4의兒孩가무섭다고그리오第5의兒孩도무섭다고그리오第6의兒孩도무섭다고그리오第7의兒孩도무섭다고그리오第8의兒孩도무섭다고그리오第9의兒孩도무섭다고그리오第10의兒孩도무섭다고그리오第11의兒孩도무섭다고그리오第12의兒孩도무섭다고그리오第13의兒孩도무섭다고그리오13人의兒孩는무서운兒孩도무서워하는兒孩와그렇게뿐이모였소(다른事情은없는것이차라리나았소)그中에1人의兒孩는무서운兒孩라도좋소그中에2人의兒孩는무서운兒孩라도좋소그中에2人의兒孩가무서운兒孩라도좋소그中에1人의兒孩가무서워하는兒孩라도좋소(길은뚫린골목이라도適當하오)13人의兒孩가道路로疾走하지아니하여도좋소

1934 李箱 烏瞰圖 CHO YOUNG NAM 조영남 印 2013

조영남, 〈오감도〉, 2013

생물학詩, 물리학詩까지 완성해놨어. 그리고 그걸 용감하게 일간 신문에 발표해. 그걸 본 독자들이 미친 시인이 나타났다고 난리 방구를 쳐대고.

딸 그때의 반응은 실제로 엄청 시끌벅적했을 텐데.

아빠 그때는 임진왜란 직후라 아직 인터넷 댓글 같은 건 없을 때였지만 당연히 전국이 시끌벅적했겠지. 미친 시인이 나타났다더라, 와글와글 쑤군쑤군. 그런데 그 미친 시인의 작품을 주요 일간지에 연재해줬다더라, 그리해서 결국 독자들의 거친 항의로 신문 연재가 중단이 되긴 해. 하! 15회까지 간 것도 대단해. 그런데 그런 와중에 李箱 본인에게 가장 서글펐던 게 뭔 줄 알아?

정지용마저 못 알아먹다니

딸 글쎄, 뭔데?

아빠 정말 서글펐던 건 뜻밖에 동료들조차 '또라이' 시인이라고 등을 돌렸다는 사실이야. 심지어는 문학으로는 형님 겸 스승되는, 그래서 「오감도」의 신문 연재에 결정적인 역할을 떠맡았던 정지용마저도 등을 슬쩍 돌리며 이렇게 말했다는 거 아냐. '李箱의 詩가 쓸만하지 못하고 당시 유행하던 일본 젊은 사람들의 흉내를 내었으나 우리나라에도 그런 詩가 한두 편 있는 게 괜찮다.' 아! 비겁! 졸렬!

아마추어 李箱 애호가 입장에서 보면 연재가 중단된 건 대략 두 가지 이유가 있었다고 봐. 첫째는 신문 구독자의 항의가 전국적으로 너무나 거셌기 때문에 그렇게라도 한 발 뒤로 물러서는 척 가짜 액션을 취했을 가능성. 그리고 두 번째는, 이 두 번째가 사실상 결정적인 포인트가 되는데 뭐냐하면 정지용도 李箱의 詩를 못 알아먹었다는 거야. 믿지 못하겠지만 정지용조차 李箱의

238

난해한 詩를 이해도 못하고 해석도 못했다는 얘기지.

내 생각이 그렇다는 거야. 연재된 15편의 「오감도」는 그만큼 난해 그 자체였어. 물론 나한테도 그랬어. 그게 큰 문제였고 그게 난관이었어. 정지용 시인이 말한 대로 李箱이 당시 유행하던 일본 젊은이들의 문체를 흉내냈거나 카피했으면 어쩌나 하는 게 李箱의 詩 해설서『李箱은 異常 以上이었다』를 쓰는 나한테 가장 큰 문제로 대두된 거야.

딸　　어머 진짜 그랬어?

아빠　　그럼. 생각해봐. 李箱이 당시 최정상의 다른 시인을 카피했다면 나는 말짱 도루묵 되는 거 아냐? 그래서 나는 바짝 긴장했지. 다시 말해 李箱이 일본의 어느 시인을 표절한 게 사실이라면 내가 일부러 李箱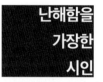

책을 쓰나마나 한 게 아니겠어? 그래서 나는 李箱 발굴에 혁혁한 공을 세우신 이어령 선생한테 자문한 적도 있고 이화여대 도서관을 비롯 여러 곳에 일본 현대詩들을 최대한 끌어모아 내 눈으로 살펴봤어. 꼼꼼히 살펴봤지만 비슷한 물건들은 몇 점 있었으나 '이거다, 이걸 흉내낸 거다' 하는 확증 잡을 만한 작가나 작품은 끝내 못 찾아냈어. 카피의 흉내를 못 찾아낸 거야. 그래서 나는 최후의 방법을 계획했지.

딸　　어떤 방법을 계획했어?

아빠　　그것은 백남준을 제외하고 한국현대미술의 세계적 선두주자 이우환 선배를 KBS의 '조영남이 만난 사람'이라는 TV인터뷰 프로그램에서 만나 직접 물어본다는 야무진 계획이었어.

딸 아빠! 이우환 작가는 시인이 아니고 그냥 유명한 추상화가잖아. 그런 사람한테 李箱의 정체성을 물어본다는 거야?

아빠 글쎄, 내가 오죽했으면 그런 옹색한 플랜을 짰겠니. 하여간 李箱이 서양식 현대詩를 카피했는지 아닌지는 밝혀내기가 여간 힘든 게 아니었어. 어쨌거나 이우환 선배는 화가이면서도 워낙 글솜씨가 뛰어난 데다 대학을 졸업하고 아주 일찍 일본으로 건너가서 그쪽 문화적 분위기에 매우 익숙했기 때문에 이 문제를 가장 정확하게 인지하고 계시리라는 것이 나의 생각이었어.

딸 그래서 어떤 결론이 나왔는데?

아빠 물론 나는 적절한 타이밍에 물었어. '선배님 보시기에 李箱이 당시에 유행하던 일본 젊은 시인의 모던풍 詩를 카피한 겁니까?'

딸 그래서? 뭐라고 답하셨어?

아빠 한참 대답이 없으시다가 '아니야'라고 단호하게 대답해주시더라고. 그때 가슴 철렁했던 기억이 지금도 생생해. 안도감의 철렁이었어.

딸 그럼 '李箱은 외국 詩를 흉내내는 시인이 아니다' 하는 문제는 여기서 끝나는 건가?

아빠 그런 시시비비는 당대부터 있었어.

딸 진짜다 가짜다 하는 게 그때도 있었다는 얘기네?

아빠 그럼, 그때도 그런 소문이 분분했지. 李箱이 1934년 「오감도」를 신문에 연재하기 얼마전, 그러니까 1933년 서울에서 문학단체가 조직이 되었어. 정지용을 포함 9명 멤버로 구인회가 만들어진 거야. 詩 쓰는 정지용, 김기림, 소설가 이태원 등도 멤버였는데 그중 소설 쓰는 조용만이 이런 기록을 남기긴 했어.

딸 무슨 얘긴데?

아빠　李箱이 당시 쉬르레알리즘surréalisme 경향의 일본 시인 하루야마 유키오春山行夫의『조류학』이라는 시집에 매료됐었다는 기록.

딸　쉬르레알리즘은 또 뭐야?

아빠　초현실주의라는 뜻이야.

딸　그럼 李箱이 하루야마의 글을 표절했다는 건가?

아빠　나는 그 일본 원문을 본 적이 없어 잘 모르지만 아냐. 몇몇 평론가가 그런 얘기를 하고 있는 거로 봐서 영향은 받은 것으로 보여. 하루야마의『조류학』에서 '조감도'를 비튼「오감도」를 만들었다든지 하는 건데 이건 총체적으로 모두 부질없는 얘기야. 중국은 언어문자의 구조상 초현대식 詩는 애당초 불가능하고 일본은 미술에서의 현대운동, 가령 다다DaDa나 플럭서스 운동 같은 걸 선두적으로 받아들이긴 했지만, 일본은 처음부터 오물딱조물딱의 나라야. 날생선 한 점을 맨밥에 올려 오물딱조물딱하는 초밥으로 세계 음식 문화를 빠르게 앞선 건 맞지만 문학에서 그들이 우위에 있는 건 미시마 유키오나 소설『설국』으로 노벨문학상을 탄 가와바타 야스나리 같은 작가가 스스로 목숨을 끊는 그런 방면에서나 앞선다면 앞설 뿐 李箱이 카피할 만한 아무 건덕지도 없어. 현대미술도 초현실주의로 들어서면 전부 엇비슷하고 음악에도 베토벤 악보나 브람스 악보를 봐도 그게 그거 같아. 미술도 피카소의 입체 그림과 브라크의 입체 그림은 어느 게 누구 건지 구분할 수 없을 정도로 서로 비슷하단 말야. 그럼에도 불구하고 베토벤, 브람스와 피카소, 브라크는 각자대로 우뚝들 섰잖아.

딸　교묘하게 해석 불가능한 詩를 쓴다, 치졸한 글쟁이다 이런 비난과 항의가 밀려들 때 李箱 본인은 어떤 식으로 대응을 했어?

아빠　우리의 李箱은 의연했어. 이렇게 말을 했다지. '대체 우리는 다른 나라 문학 수준보다 몇십 년 뒤떨어져 살아야 하나? 2천 점 중에서 골라낸 한 점인데.' 허허. 참 어른스러워. 대가의 풍모지. 나이 20대 중반에 말야.

딸　그래서 말인데. 아빠! 李箱 아저씨의 하루하루 먹고 사는 일은 어떻게 되어갔어?

아빠　어유. 형편이 말이 아니었지. 모든 일이 엎친 데 덮친 격이 되어갔어. 금홍과 경영하던 '제비' 다방도 장사가 안 돼서 문을 닫고 혹시 하면서 땅값이 비교적 저렴한 인사동 골목에 다방 '쓰루'鶴, つる를 열었다 얼마 못 가 문을 닫고 종로 쪽으로 나와 획기적인 이름의 '69'를 열지만 파리만 날리고. 거참, 목숨이 뭔지. 이쯤되면 낙담이나 포기라도 했을 법 하건만 우직하게도 '무기'麥, むぎ라는 이름의 다방을 또 열어. 아인슈타인, 니체, 피카소 그리고 말러만큼이나 명석한 두뇌로 건축 공부를 했겠다, 하다 못해 자신이 잘할 수 있는 일을 찾아서 했으면 먹고는 살았을 텐데. 이를테면 헌집을 사서 리모델링하고 이윤을 남겨 파는 그런 일이라도 할 것이지.

딸　'무기'도 성공을 못했나?

아빠　당연히 성공을 못했지.

딸　그래서 어떻게 됐어?

아빠　이어서 '맥'이라는 다방을 또 열고 또 실패해. 지리멸렬이었어.

딸　李箱 아저씨의 마지막 모습은 어땠어?

아빠　李箱은 그때 폐결핵의 악화 때문에 동경, 지금의 도쿄에 가야 한다는 강박관념 같은 게 있었나봐. 그때만 해도 오스트리아 빈이나 미국의 뉴욕은

워낙 멀리 떨어져 딴세상이었으니까 李箱한테는 도쿄가 지금의 뉴욕 같은 데였고 도쿄에 가야 병도 치료하고 문학적으로도 승산이 있다고 봤나봐.

딸   문학적으로 일본에서 승산이 있다는 게 뭐야?

아빠   워낙 언어에 천재성이 있어서 일본어를 원어민과 구분이 안 될 정도로 잘했어. 그만큼 탁월했으니까 일본어로 詩도 엄청 많이 썼어. 그런저런 이유로 일본에 기대를 많이 가졌던 거 같아. 거기선 성공할 거라고 말야.

딸   그래서 일본으로 건너가는 거야?

아빠   그럼. 1936년 스물일곱 나이에 일본으로 건너가.

딸   일본 생활은 어땠는데?

아빠   괜히 갔어. 일본 측에서 보니까 한국에서의 행적도 요상하고 괴상한 글을 쓴다 어쩐다 하니까 수상해 보였나봐. 그래서 일본 경찰에 체포가 된 거야. 조사한다는 명목으로 한달간 감방 생활로 고생고생하다 병원으로 옮겨져 시름시름 앓다가 숨이 끊어져.

딸   안타깝네.

아빠   결국 일본놈들이 우리네 애국시인 두 명의 목숨을 앗아간 거지. 봉오리도 맺히기 전에 싹뚝 잘라버린 거야.

딸   나머지 하나는 李箱 말고 누구야?

아빠   누군 누구겠어, 윤동주지.

딸   李箱 아저씨는 무슨 유언 같은 건 안 남겼나?

아빠   글쎄 확인할 방법은 없지만 멜론이 먹고 싶다고 했대. 시원한 참외가 먹고 싶다고.

딸   세상을 떠날 때 누가 옆에 있었어?

아빠   다행히 신혼 중이던 변동림이 곁에 있어주었고 화장 유해를 우리

쪽으로 가져왔지. 묘하게도 친한 친구인 소설 쓰는 김유정이 6개월 간격으로 죽게 되어 두 사람 합동 장례식을 치르고, 미아리 어딘가에 묻었대. 그런데 나중에 도시 계획인지 뭔지로 묘소를 망우리로 옮기고 어쩌고 그러다가 지금은 흐지부지 흔적이 없어져버렸어. 허망하게도. 그래서 아빠가 그림으로나마 장례식을 치러주기도 했어.

친구 김유정과 함께 자살을 도모하다

딸   아빠. 김유정은 또 누구야?

아빠   또 다른 李箱. 또 하나의 李箱이라고 말해도 될 만한 사람.

딸   그게 무슨 소리야.

아빠   李箱과 김유정의 이름을 따로따로 부르면 아무 일 없는데 어쩌다 李箱과 김유정하고 함께 붙여서 부르면 매번 울음이 터져나오는 걸 참아야 돼.

딸   왜 그런 거야?

아빠   둘 다 기구하기가 그지없어.

딸   무슨 얘기야?

아빠   둘 다 서른을 못 넘기고 죽어. 李箱은 28세에 죽고 김유정은 29세에 죽어. 그것도 같은 해에.

딸   어떻게 그럴 수가 있어?

아빠   둘 다 폐결핵으로 죽어.

딸   둘이 친했다며?

아빠   친했으니까 서글픈 거지.

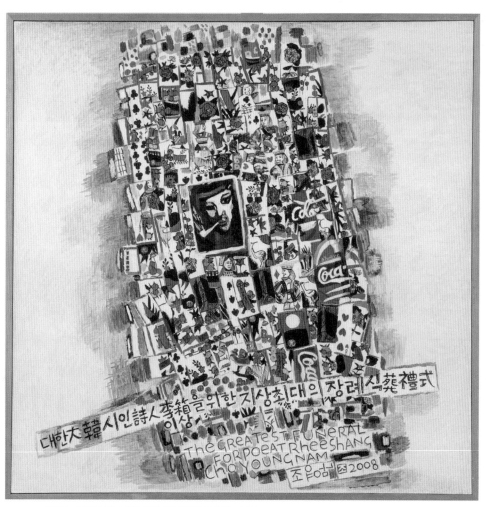

조영남, 〈대한 시인 李箱을 위한 지상 최대의 장례식〉, 2008

딸   얼마나 친했어?

아빠   엄청 친했지. 李箱이 따로 「김유정」이라는 제목의 짧은 소설을 썼을
정도로 친했어. 두 사람의 성격을 보면 도저히 친구가 될 사이가 아냐. 李箱
은 활달한 성격이고 김유정은 지나칠 정도로 수줍어하는 성격이고. 그런데
둘이 친했어. 중요한 건 둘이 똑같이 생계형 글을 쓰면서 살았는데 남들은 안
알아주지만 두 사람만은 서로의 글솜씨를 알아줬다는 거야. 글 쓰는 문장 스
타일도 너무 흡사해. 이상이 금홍이란 여자한테 빠지고, 김유정이 판소리 명
창이자 남의 여자인 박녹주를 짝사랑한 것도 어설픈 사랑이란 점에서 흡사
해. 김유정의 유명한 단편 「땡볕」을 읽으면 문장 흐름이 너무 비슷해서 李箱
인지 김유정인지 구분이 안 될 정도야. 현대미술사에서 반 고흐와 고갱의 친
교와 매우 흡사해. 반 고흐는 고갱과의 불화로 귀를 자르지만 李箱과 김유정
은 한 술 더 떠.

딸   어떻게 된 건데?

아빠   李箱은 자신과 똑같은 폐병을 앓고 있는 김유정한테 동반자살을 넌
지시 떠보는 거야. 1936년 가을쯤 김유정이 요양하고 있던 정릉 근처에서 만
난 두 사람은 약간의 신세한탄을 서로 늘어놓고, 그러다 李箱이 넌지시 말을
건네. 이렇게. '김형만 괜찮으면 저는 오늘 밤으로 치러버릴 작정입니다.' 한
참 전부터 생각해왔던 소위 동반자살을 제의한 거야.

딸   아빠! 그때 김유정의 답변은 어떻게 돼?

아빠   김유정은 딴소리를 해.

딸   어떤 딴소리?

아빠   김유정은 병이 치료되는 대로 맘 먹은 멋진 글을 써낼 계획이라면서
딴청을 부려. 머쓱하게 된 李箱은 자리에서 일어서며 '저는 내일 아침 차로

동경으로 떠납니다' 하고 유정은 덤덤하게 '그래요? 또 뵙기 어려울걸요?' 하면서 그 자리에서 엉엉 울었다는 거야. 쌍방에 금방 죽을 거라는 걸 직감했던 거 같아.

딸　동반자살 계획은 무산됐네.

아빠　그런데 얼마 안 돼서 둘 다 죽어. 그 다음해 1937년 같은 해에.

딸　아빠! 李箱 검증 여기서 끝낼까?

아빠　가만 있어봐. 마무리가 너무 서글프게 흘렀네.

딸　아빠! 다 끝난 것 같아. 자체 검증 오디션. 자체 청문회. 다 잘된 거 같아.

아빠　무사히 끝냈어, 그치? 모두 합격점을 받았어. 모두 통과됐고.

딸　자! 그럼 이젠 뭘 어떻게 하지?

아빠　검증할 것이 또 한 가지 남았어.

딸　뭔데?

아빠　공연 내용.

딸　공연은 그냥 하면 되잖아. 뭘 또 검증해?

아빠　아빠가 선전 포스터에 「이런 詩」로 만든 노래를 발표한다고 그려놨잖아.

딸　아! 그거. 보컬그룹 '시인 李箱과 5명의 아해들' 창립 공연에 李箱 작시 조영남 작곡의 〈이런 詩〉란 노래를 대한민국 서울 통인동 李箱의 집 골목에서 초연한다는 거?

아빠　맞아. 그거야. 이제는 우리가 결성한 보컬그룹 '시인 李箱과 5명의 아해들'이 노래할 주제곡 〈이런 詩〉를 탐구해보자고.

딸　노래 한 곡인데 그걸 검증하자고?

아빠　　그건 보통 노래가 아니잖아. 보컬그룹 전 멤버뿐만 아니라 거기에 모인 전체 관객과 함께 불러야 하는 노랜데. 아무 노래나 불러선 안 되지. 너하고 나하고 오케이가 날 때까지 검증해야 해.

딸　　그러니까 쭉 인물을 검증하다가 이번엔 주제곡을 꺼내놓고 따져보자는 거네?

아빠　　바로 그거야. 은지야. 네가 문 열고 나가서 〈이런 詩〉 등장하라고 해. ㅎㅎㅎ.

9.
〈이런 詩〉

저런 詩는 뭐고 이런 詩는 또 뭐냐

딸　아빠. 「이런 詩」가 뭐야?

아빠　李箱이 쓴 약 100여 편 되는 詩 중 한 편의 제목이야.

딸　그런데 그걸 노래로 만들었다는 소리는 뭐야?

아빠　내가 그 詩에다 곡을 붙여서 노래를 만들었어. 작곡을 했다는 얘기야.

딸　아빠! 그럼 이 노래는 언제 만든 거야? 보컬그룹 결성 전에 만든 거야, 후에 만든 거야?

아빠　정확히 기억은 안 나는데. 아마도 보컬그룹을 결성하면서 동시에 만들었을 거야. 아무 건덕지도 없이 마구잡이 식으로 보컬그룹을 결성하진 않았다는 뜻이지. 李箱을 주축으로 피카소, 니체, 아인슈타인, 그리고 말러까지 섭외를 마쳤고 번듯하게 '시인 李箱과 5명의 아해들'이란 이름까지 만들어 놨는데 생각해봐. 새로 만든 보컬그룹 데뷔 공연을 한다며 케케묵은 〈제비〉, 〈딜라일라〉나 〈화개장터〉 따위를 부르게 할 순 없잖아.

딸　그러면 〈이런 詩〉는 보컬그룹의 주제곡인 셈이네. 그런데 어떻게 그런 주제곡까지 만들게 된 거야?

아빠　뭐 그렇게 특별한 것도 아냐. 그냥 우리 보컬그룹의 주장 李箱이 쓴 글 중에 「이런 詩」를 아빠가 찾아내서 거기다 곡을 붙여 그걸 주제곡으로 삼게 된 거야. 심플해.

딸　아빠! 나 지금 무지 궁금해.

아빠　뭐가 궁금해?

딸　내가 알기로 李箱의 詩는 하나같이 난해하지 않아? 그런데 어떻게 노래를 만들 정도로 알아먹기 쉬운 詩가 있었다는 거야?

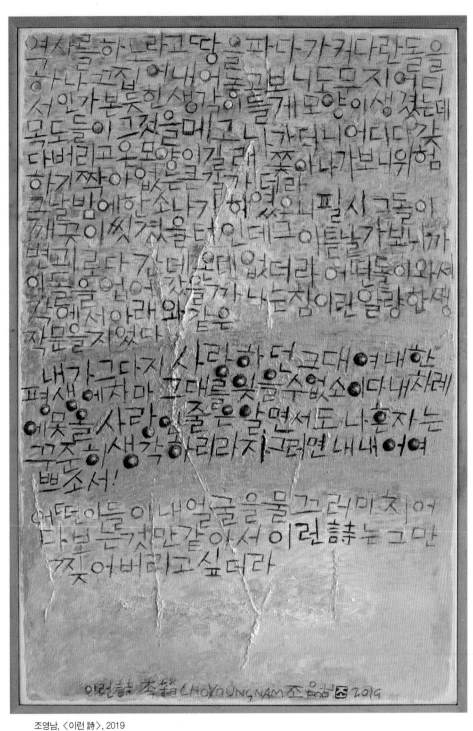

조영남, 〈이런 詩〉, 2019
그림 가운데 물감을 뭉쳐서 자음 'ㅇ'을 도드라지게 표현한 곳이 노래 〈이런 詩〉 가사로 사용한 부분임.

아빠　참으로 적절한 질문이다. 고마워. 내가 딸한테 여러 번 이야기했지?

딸　뭐를?

아빠　李箱이 남겨놓은 詩 100여 점이 한결같이 난해하다는 거 말야.

딸　말했어. 나도 여러 수십 번 들었어. 단 한 점도 예외없이 수수께끼처럼 난해하게 썼다는 거. 더구나 노래로 만들기에 너무도 난해하고 복잡하다고. 귀가 아프게 들었지.

아빠　그래서 사람들이 오히려 더 궁금해 하지 않았을까?

딸　어떤 사람들이?

아빠　지금 우리의 글을 읽고 있는 독자님들 말야.

딸　독자님들이 뭘 궁금해 할 거 같은데?

아빠　설마 100여 편 詩 중에 알아먹기 쉬운 詩가 단 한 편도 없을까 하고 궁금해 하지 않았을까 하는 거.

딸　글쎄. 다들 그런 궁금증을 한 번쯤 가져보긴 했을 거 같아. 「날개」라는 알아먹기 쉽고 재미있는 소설을 쓴 작가이고, 「권태」라는 재밌게 읽히는 수필을 써낸 수필가인데 100여 편이 넘는 詩를 쓰는 중에 설마 누구나 알아먹을 수 있는 쉬운 詩를 최소한 몇 편 정도는 쓰지 않았을까 하는 그런 궁금증들.

아빠　여기서 우리 李箱에 대해 알아야 할 건 李箱은 보통 사람의 상상을 훌쩍 뛰어넘었다는 거야. 매우 특이했다는 거야. 지독하게 별났단 말야.

딸　뭐가 어떻게 별났는데?

아빠　한 작가가 일방적으로 난해한 詩만 줄곧 썼다는 건 그만큼 작가가 아집 센 독종이란 뜻이야. 그것도 보통 독종이 아냐. 유치한 비교지만 성삼문이 불고문을 참는 것 이상으로 독한 것이고 그만큼 별난 자존심, 자기만의 독창적인 세계가 뚜렷했단 뜻이야. 니체가 말한 그대로 초인인 셈이야. 인간의 한계를 뛰어넘는 그런 사람이란 뜻이지.

딸　그 정도까지 독할 수가 있을까?

아빠　그럼, 그 정도였어. 게다가 아주 교묘해.

딸　교묘하다니, 뭐가?

아빠　죽는 날까지 하늘 우러러 한 점 부끄럼 없이 쭉 난해한 詩를 쓰다가 딱 한군데만 쉬운 詩를 예외로 남겨놓은 거야. 마치 점 하나를 찍어놓듯이.

딸　詩가 한 편이면 한 편이지 한군데만 남겨놨다는 건 또 뭐야?

아빠　내 말은 우리 李箱이 김소월의 「진달래꽃」이나 윤동주의 「서시」처럼 알아먹기 쉬운 보통 詩를 교묘하게 딱 한군데만 써놨다는 얘기야.

딸　나는 놀랍기보다 갑갑해. 딱 한군데가 어디야? 어디다 그런 詩를 써놨어?

아빠　글쎄 그런 詩가 있다니까! 네가 한 번 찾아봐. 제목은 「이런 詩」야.

딸　李箱이 쓴 詩 제목이 「이런 詩」야?

아빠　맞아. 그런데 그 「이런 詩」 역시 난해해. 읽어보면 첨부터 이게 무슨 소린가 싶게 아리송해.

딸　알아먹기 쉬운 보통 詩라고 했잖아?

아빠　글쎄. 「이런 詩」의 형태가 아주 묘하단 말야.

딸　묘하다니. 어떻게?

아빠　쉽게 말하자면 2중시 형식인 거야.

딸　2중시 형식, 그게 무슨 얘기야?

아빠　詩 속에 또 하나의 詩가 들어가 있다는 얘기야. 이런 땐 두 가지의 詩 형태가 들어 있으니 어느 게 진짜 詩인지 의문이 생길 정도로 묘해진다고.

딸　아빠, 그 詩 재밌겠는데?

아빠　정말 재밌어. 읽어보면 알아. 이런 거야. 참고로 詩에 적혀 있는 번호는 내가 편의상 집어넣은 거야. 자! 읽어봐.

「이런 詩」

1.

역사役事를 하노라고 땅을 파다가 커다란 돌을 하나 끄집어 내어놓고 보니

도무지 어디서인가 본 듯한 생각이 들게 모양이 생겼는데 목도들이

그걸 메고 나가더니 어디다 갖다 버리고 온 모양이길래

쫓아나가 보니 위험하기 짝이 없는 큰 길가더라.

2.

그날 밤에 한 소나기 하였으니 필시 그 돌이 깨끗이

씻겼을 터인데 그 이튿날 가 보니까 변괴로다 간데온데 없더라

어떤 돌이 와서 그돌을 업어 갔을까 나는 참

이런 처량한 생각에서 아래와 같은 작문을 지었다.

3.

내가 그다지 사랑하던 그대여 내 한평생에 차마 그대를 잊을 수 없소이다.

내 차례에 못 올 사랑인 줄은 알면서도

나 혼자는 꾸준히 생각하리라

자 그러면 내내 어여쁘소서.

4.

어떤 돌이 내 얼굴을 물끄러미 치어다 보는 것만

같아서 이런 詩는 그만 찢어 버리고 싶더라.

아빠　어때. 이 詩.

딸　나는 잘 모르겠는데. 뭐가 어떻게 돼가는지.

아빠　몰입해서 읽질 않으니까 그런 헬렐레한 생각

이 들지. 찬찬히 다시 읽어봐. 1, 2, 4번은 李箱만의 독

특 난해한 詩 스타일이고 3번이 놀랍게도 李箱 답지 않게 알아먹기 쉬운 평

이한 詩야. 3번의 詩를 한 번 다시 읽어봐.

딸　읽었어. 훌륭한 사랑詩 같은데? 멋진 사랑노래 같아.

아빠　바로 그거야. 3번은 완벽한 사랑詩야. 나는 요 몇 줄의 詩를 가지고

지금 '개호들갑'을 떠는 거야.

딸　어떤 호들갑? 그 詩로 노래를 만들었다는 얘기인가?

아빠　맞아. 내가 거기다 곡을 붙이고, 노래를 만들고 그 노래의 발표를 위

한 보컬그룹을 꾸리고 세계 톱 클래스의 고수들을 모아놓고 오디션을 실시하

고 이런 짓거리가 호들갑이 아니고 뭐냔 말야.

딸　그러네. 李箱을 위한 호들갑, 재밌네.

아빠　그런데 나의 호들갑은 계속 이어져. 나는 계속 호들갑을 떨어야 해.

딸　이번엔 무슨 호들갑?

아빠　아주 중요한 호들갑이야. 들어봐. 내가 李箱 형님한테 허락도 없이

「이런 詩」 중에서 3번만 싹둑 잘라내서 그걸 내 맘대로 〈이런 詩〉라는 또 다

李箱을
위한
호들갑

른 제목을 붙인 것부터가 사실 해서는 안 되는 무례무쌍한 행위이고 거기다 허락도 없이 허접한 대중음악 스타일의 곡까지 붙였으니 이건 李箱 형님 쪽에서 저작권법으로 제소해오면 나는 꼼짝없이 구속감이야. 나는 감옥살이를 해야 마땅한 짓거리를 하는 거라고.

딸　꼭 그렇진 않을 거야. 어쩜 李箱 시인 쪽에서 기특하다고 생각할 수도 있을 것 같은데.

아빠　물론 나는 그걸 기대하면서 이 짓을 해오고 있어.

딸　아빠의 호들갑은 충분히 이해가 가. 그런데 진짜 궁금한 게 남아.

아빠　뭐가 또 궁금해?

딸　왜 李箱 아저씨가 쭉 살아 있는 동안 난해한 詩만 100여 편을 써오다가 딱 한군데서만 알아먹기 쉬운 詩, 그것도 詩 속에 짧은 詩 형식으로 「이런 詩」를 남겨놨을까 하는 거야.

아빠　음. 썩 좋은 질문이야. 그런데 내가 그 이유를 꽤 정확히 알아. 왜 느닷없이 쉬운 詩 한 편을 쌩뚱맞게 남겨놨는지. 지금부턴 호들갑이 아냐.

이런
詩에
관한
모종의
폭로

딸　호들갑이 아니고 그럼 뭐야?

아빠　음, 이건 호들갑을 능가하는 폭로야. 내부 폭로. 무시무시한 기밀 폭로. 미국의 FBI나 구 소련의 KGB 작전보다 더 치밀한 작전 계획. 그런 거야.

딸　지금 아빠 얘긴 호들갑 수준을 넘어 뻥 수준으로 들리는데?

아빠　아냐. 좀 침착하게 들어봐. 자! 李箱이 스물다섯 살의 나이에 신문에 발표한 詩가 뭐야?

딸 두 번째 「오감도」! 맞지?

아빠 맞아. 그런데 내 딸 은지는 「오감도」가 뭔줄 알아? 「오감도」가 본래 무슨 뜻인지 알고 있냐고.

딸 건축용어 조감도를 패러디해서 만든, 뭐 그런 거라며!

아빠 맞았어. 그 「오감도」라는 詩를 신문에 모두 몇 편이나 연재했어?

딸 아빠. 벌써 몇 번이나 나온 이야기잖아. 내가 설마 모를 거 같아? 30회 예정이었는데 15번만 하고 중단했다며.

아빠 맞아. 원래 30회 연재 예정이었는데, 독자들의 폭탄 항의로 15회에서 중단돼. 자! 그럼 李箱의 「오감도」 연작의 첫번째 詩가 뭐였는지 알아?

딸 그 유명한 13인의 아해가 도로를 질주한다 뭐 그런 거 아닌가?

아빠 맞아. 좀 자세히 얘기해봐, 그 시에 대해.

딸 이런 거 아냐?

「오감도-詩 제1호」

13인의아해가도로로질주하오.
(길은막다른골목길이적당適當하오.)

제1의 아해가 무섭다고그리오.
제2의 아해가 무섭다고그리오.
제3의 아해가 무섭다고그리오.
제4의 아해가 무섭다고그리오.

조영남, 〈시인 이상이 키운 13명의 아해들이 도로를 질주하오〉, 2010

제5의 아해가 무섭다고그리오.

제6의 아해가 무섭다고그리오.

이렇게 제1부터 13인까지 가는 거.

아빠   맞아. 그런데 딸! 이 詩 난해해, 평이해?

딸   뭐가?

아빠   「오감도-詩 제1호」의 내용 말야.

딸   그야 난해하지. 무슨 소린지 나 같은 사람은 통 알아먹기 힘들어.

아빠   잠깐만 참고로 미리 말해두지만 내가 만든 보컬그룹의 명칭 '시인 李箱과 5명의 아해들'에서 '아해'라는 어휘를 여기 있는 '아해'에서 따온 건 알고 있었지? 원뜻은 '아이'인데 말야.

딸   대략 그렇게 알고 있었어.

아빠   그럼 대답해봐. 李箱이 쓴 「오감도-詩 제1호」가 얼만큼 난해해?

딸   첨부터 끝까지 하늘 땅 만큼 난해해!

아빠   이게 무슨 개가 풀 뜯어먹는 소린가 도통 모르겠지? 그다음에 실린 「오감도-詩 제2호」, 「오감도-詩 제3호」는 또 어떻고? 계속 난해하지. 똑같이 무슨 사이비 종교의 방언 같고 미친 사람이 헛소리하는 거 같고 그렇지?

딸   정신 나간 사람 횡설수설하는 것 같아 보여.

아빠   맞아. 그 다음에 쓴 詩 역시 진짜 기가 막혀.

딸   기가 막히다니.

아빠   일간지에 알아먹을 수 없는 「오감도-詩 제1호」를 연재하고 당연히 이게 무슨 詩냐 난리가 터졌는데도 불구하고 그 다음 회엔 계속해서 더 알아먹기 어려운 詩를 발표한단 말야. 봐봐. 「오감도-詩 제2호」 '나의 아버지가 내

곁에서 조을 적에 나는 나의 아버지가 되고 나는 또 다른 나의 아버지의 아버지가 되고 그런데도 나의 아버지는 나의 아버지대로 나의 아버지인데 어쩌고 저쩌고' 꼭 고딩 래퍼 식으로 詩를 써. 그러니 더 난리가 커졌겠지.

딸　　물론 난리가 더 커졌겠지. 그런데 지금 시대엔 인터넷이나 있지. 그때는 항의 표명을 어떻게 했을까?

아빠　　그런 표명을 하기 전에 다음 「오감도-詩 제3호」는 어떤 詩를 발표했을 것 같아?

딸　　상식적으로 말하자면 그런 난해한 詩를 일단 중지하고 좀 누구나 알아먹을 수 있는 평범한 詩를 썼겠지. 무방비 상태로 있는 애매한 신문 독자들을 위해서 말야.

아빠　　아냐. 천만에. 아니야. 「오감도-詩 제3호」도 마찬가지야. 이런 식으로 써대는 거야. '싸움하는 사람은 즉 싸움하지 아니하던 사람이고 또 싸움하는 사람은 또 싸움하지 아니하는 사람이었기도 하니까 싸움하는 사람이 싸움하는 구경을 하고 싶거든' 어쩌고 저쩌고 천상 '쇼미더머니' 식으로 나가다가 참! 딴 얘기지만 요즘 랩은 완전 최고의 초현대詩들이지. 하여간 랩 식으로 쭉 써나가다가 「오감도-詩 제4호」 결정적이야.

딸　　또 이상한 詩를 발표하나?

아빠　　이상한 詩 정도가 아니야. 아예 「오감도-詩 제4호」가 아주 결정적이야.

딸　　어떤 내용의 詩길래?

아빠　　아예 읽어내려갈 수조차 없는 그림詩 숫자詩를 발표해.

딸　　아빠, 생각해보니까 지금까지 이야기는 앞에서 이미 한 거야.

아빠　　알아. 그렇지만 다시 봐도 「오감도-詩 제4호」는 웃기지 않아? 여전히 어이없지 않아? 이런 형태가 끝이면 뭐 그럴 수도 있다 치게 돼. 문제는 그 다음부터 이어지는 詩야. 거기에는 아예 그림을 그려넣어.

「오감도-詩 제5호」

모후좌우를제(除)하는유일의흔적에있어서

익은불서 목대불도(翼殷不逝目大不覩)

반왜소형의신의안전(眼前)에아전낙상(我前落傷)한고사(故事)를유(有)함

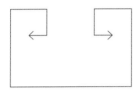

장부臟腑타는것은침수된축사畜舍와구별될수있을는가

하하! 이런 난해함 때문에 결과는 '조비', 조롱과 비난으로 이어져. 집어처라,
개똥 같은 소리 마라! 그게 개수작이지 詩냐? 그래서 딸! 李箱 아저씨가 어떤
태도를 취했을 것 같아?

딸　　글쎄. 그쯤에선 좀 타협 정신을 보여주지 않았
을까?

아빠　　순진한 너한테 이런 질문을 던진 게 내 잘못이
지. 뭐? 타협 정신? 천만에. 믿거나 말거나 점점 더 난해
한 詩로 계속 밀고 나가. 7회까진가 그렇게 나가. 그러

양보
없는
李箱의
詩
정신

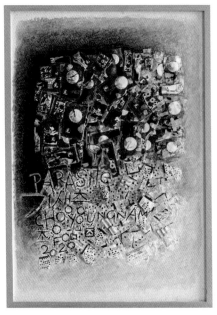

조영남, 〈기생충〉, 2020
봉준호 감독의 영화 〈기생충〉이 2020년 2월 제92회 아카데미 시상식에서 작품상 등을 받은 뒤 제작함.

다가 여론에 뭇매를 맞고 결국 연재를 중단하게 돼. 약속은 30회까지 연재하는 건데 15회를 쓰고 중단하게 돼. 그래도 일단 미친 시인 한 명이 나타났다더라 하는 가짜 뉴스 같은 진짜 뉴스는 한국 문학계를 아주 세계 강타한 셈이야. 한국 현대문학사 최초의 노이즈마케팅 성공.

딸　　한국 문화계 특히 한국 시단의 평판은 어땠을까?

아빠　　평판이고 뭐고 난리법석 일변도였지. 그러나 딸! 여기서 우리는 진리는 살아 있다고 외쳐야 해.

딸　　무슨 얘기야?

아빠　　그후로 李箱의 그런 난해한 詩는 진리처럼 도도히 살아남아 오늘날까지 명맥을 이어오고 있지 않느냐는 거지.

딸　　아빠! 우린 지금 李箱 아저씨가 왜 난해한 詩만 쓰다가 「이런 詩」같이 쉬운 詩를 썼느냐 그걸 얘기하던 중이었어.

아빠　　좋아. 왜 난해한 詩만 쓰다가 졸지에 이런 詩를 남겼을까. 왜 딱 한 부분만 쉬운 詩를 써놓았을까.

딸　　맞아. 그런 얘길 하던 중이었어. 왜 그랬을까?

아빠   여기에서 등장하는 게 봉준호 감독의 영화 〈기생충〉에 나오는 '너는 다 계획이 있었구나' 그 대사야. 정말 치밀한 계획이 있었어.

딸   뭔데, 그 계획이?

아빠   내가 좀 전에 얘기했던 러시아의 KGB나 미국의 FBI를 능가하는 비밀 계략 같은 거 말이야. 미리 말해두지만 그걸 내가 털어놓을 테니까 어디 가서 남들한테 얘기하면 큰일나. 알았지?

딸   어머. 걱정 마. 나 입 무거운 거 아빠가 잘 알잖아. 소문 안 낼게. 말해줘봐.

아빠   잘 들어! 李箱이 첫번째 「오감도」, 「삼차각설계도」, 「건축무한육면각체」 같은 난해한 詩를 몇 편 발표하고 어마무시한 비난과 조롱을 받았잖아. 왜 詩를 김소월이나 윤동주나 하다못해 김삿갓처럼 알아먹기 좋은 詩, 평범한 詩, 감동을 주는 詩를 못 쓰냐, 왜 詩 같은 詩를 안 쓰냐, 안 쓰는 거냐, 못 쓰는 거냐 사방에서 닦달을 쳐대니까.

딸   그러니까, 어떻게 됐어?

아빠   어떻게 됐냐고? 그래도 모르겠어?

딸   난 모르겠는데?

아빠   모르긴 왜 몰라. 李箱이 스물네 살 때 『가톨릭 청년』이란 잡지에 드디어 「이런 詩」를 내놓은 거 아냐.

딸   아빠! 그런 걸 내가 어떻게 알 수 있다고 그래? 그러나 저러나 거기에 무슨 극비 계획이 숨어 있다는 거야?

아빠   어이 딸! 그걸 일일이 가르쳐줘야 해?

딸   또 그러시네. 나는 잘 몰라. 일일이 알려줘야 해.

아빠   그 詩의 뒷부분에 나오는 '그래서 이런 詩를 썼다' 하면서 따옴표를 붙이고 또 「이런 詩」 안에 한 편의 詩를 쓴 거 아냐. 바로 그 詩가 동서고금을 막론하고 단연 최고의 연시戀詩라는 거야. 사랑詩. 단언하건대 이렇게 몇 줄 안 되는 글 속에 이토록 광대한 사람의 심중을 표현해낸 사랑詩가 또 어디 있어. 있으면 내놔봐. 없을걸?

사상 최대의 사랑詩

딸 　그걸 어떻게 없다고 단정할 수 있어?

아빠 　이렇게 아름다운 詩는 결단코 없어. 어느 누구도 그렇게 맞갈지게 사랑詩를 쓸 수가 없어. 나는 그렇게 우길 수밖에 없어.

딸 　생각해보니까 글쎄, 그런 것 같기도 하고.

아빠 　내가 왜 李箱을 띄우려고 난리 호들갑을 쳐대는지 이젠 알겠지?

딸 　아직 잘 모르겠는데. 아빠. 다시 한 번 「이런 詩」를 첨부터 설명해줘봐. 그러니까 「이런 詩」의 시작 부분에 일을 하면서 땅을 파다가 돌을 하나 발견했노라고 하잖아. 그 돌이 뭘 뜻해?

아빠 　돌이 주제인 건 틀림없어. 그런데 이 돌은 읽는 사람 맘대로야. 이 詩의 작가는 마음씨가 바다처럼 넓어. 이 돌을 읽는 사람의 필요에 따라 추상적인 어휘, 가령 '성공' 같은 것으로 대치代置해도 무난하고 '꿈', '희망' 같은 것으로 대치해도 상관없어. 어떤 학자는 폐결핵 치료차 황해도 배천 온천 술집에서 만난 금홍이를 노골적으로 지목하는데 그건 굉장히 설득력 있는 분석이야. 나는 그게 최적의 분석이라 생각해.

딸 　아빠가 직접 쓴 책에는 어떻게 분석을 했어?

아빠 　내가 쓴 책 『李箱은 異常 以上이었다』에서는 詩에 등장하는 돌을 무난하게 사랑했던 연인으로 지목을 했어. 꽤 근사한 해석이지. 이런 경우 「이런 詩」가 금홍이를 위한 詩라면 우선 풀이하기가 쉽고 편하고 재밌어.

딸　그런데 그 돌을 버렸다는 건 또 뭐야?

아빠　그 돌을 일꾼들이 어디다 버렸다고 했는데 알고 보니 위험천만의 큰길가였다고 했잖아. 그러니까 남정네와 한바탕 다투고 금홍이가 집을 나가 큰길 거리에 '제비' 다방을 차리고 망하고 '69' 다방을 다시 차렸다는 뭐 그런 걸 거야. 큰길가에서 '쎄빠지게' 고생했다는 뜻이지.

딸　그날 밤 소나기가 내렸다는 건 무슨 뜻이야?

아빠　두 가지로 해석할 수가 있어. 둘이 변강쇠 같은 섹스의 향연을 한바탕 치렀거나 아니면 치고받고 식의 부부싸움 같은 걸 했거나. 돌이 깨끗해질 줄 알았는데 아뿔싸! 가만히 보니 돌이 또 없어진 거야. 뻔하지 뭐. 바람이 나서 말없이 쌍방이 빠이빠이한 거지. 이때 홀로 남게 된 남정네는 처량하고 심각한 마음에 글을 몇 줄 써놓은 거고. 그 글이라는 게 세상 최고로 슬픈 사랑가이며 이별가이며 떠나간 사람에게 잘살아가라고 쿨하게 격려까지 해주는 신사다운 매너맨이 적어놓은 눈물의 처절한 유언장 같은 거지. 그게 바로 「이런 詩」야. 그런데 여기가 또 재밌어. 대반전이야.

딸　뭔데, 어디가 대반전이야?

아빠　「이런 詩」 속에 딱 한 부분만 하필 李箱답지 않게 알아먹기 쉬운 투로 써놓은 거, 그게 대반전이야. 왜 그랬을까?

딸　글쎄, 왜 그랬지?

통렬한 복수

아빠 왜 28년을 살아온 시인의 생애에 딱 한군데에서만 김소월, 윤동주, 서정주, 백석 류의 보통 詩를 써놓 았을까. 바로 그거야. 이 詩는 李箱의 말대로「이런 詩」 가 아니고 사실은 '보통 詩'야. 최초의 보통 詩.

딸 좀 어려워지는데?

아빠 어려울 것 없어. 더 쉽게 말하자면 이 詩는 사실 '이 따위 詩'라고 명 명했어야 더 어울려. 이건 시인이 타고난 젠틀맨이어서 의연하게「이런 詩」 라고 정했던 거야. 사실대로 쓰자면 '이따위 詩', '요따위 詩'가 맞아. 언어의 유희처럼 들리겠지만 어쩌면 '이런 따위의 詩'가 맞는 시어일 거야. 글쎄 그 렇게 보통 詩를 써놓고 보니까 딱 김소월, 윤동주, 김삿갓 등의 유치한 통속詩 인 거야. 그래서 끝머리에 '찍어버리고 싶더라'라는 말을 덧붙인 거고.

딸 무슨 내막이 숨겨져 있는 것처럼 여겨지는데?

아빠 이제야 너하고 말이 통해 돌아가는구나. 李箱 혼자 빙긋이 비웃으며 속마음을 달래는 거지. 이렇게 중얼거리면서 말야. '뭐? 내가 난해한 詩만 쓴 다고?' '뭐? 내가 문학 전문가가 아니라서 詩를 쓸 줄 몰라 일부러 해독불가 능한 詩도 아닌 헛소리 詩만 쓴다고?' 하면서 여기서 확 자세를 바꿔 이런 소 리를 내는 거야. '자! 잘봐. 이것들아.' 물론 李箱이 독자들한테 이런 고약한 표현을 하지는 않았을 것이고 이건 그냥 너의 아빠가 흥분해서 해대는 소리 야. '자! 한 번 보란 말야. 똑똑히 보란 말야. 내가「이런 詩」한구석에 느이들 이 그렇게 원하는 보통 詩, 일반 詩, 알아먹기 쉬운 詩 한자락을 흘려놓을 테 니까 잘 들여다보고 나에 대한 판단을 다시 한 번 살펴보라고 이 시키들아.' 이런 식으로 말야.

딸 이해가 가. 짐작이 가고. 그게 바로 FBI나 KGB 공작 같은 거였네.

아빠 바로 그거야. 다른 사람들은 아직도 그걸 몰라. 눈치도 못 채고 있어.

딸 아빠!

아빠 왜 불러.

딸 나는 李箱 아저씨가 갑자기 찌질이처럼 보이는데?

아빠 왜 그렇게 보여?

딸 그렇게 수년간 일관적으로 난해한 詩를 쓰다가 느닷없는 데서「이런 詩」의 한 부분에 완전 모범적 사랑詩를 쓴다는 게 어찌 보면 좀 찌질한 계획 아냐?

아빠 와! 재밌다. 그런 생각도 드네. 좋아. 그럼 아빠가 보컬그룹을 꾸린 것도 찌질한 짓이고「이런 詩」의 일부분을 뚝 떼내서 작곡한답시고 시끌벅적 소란을 벌인 것도 찌질한 짓이고 모자란 짓이네. 아! 맥 빠져.

딸 그렇지 않아? 무슨 깜짝 쇼도 아니고 무슨 억하심정에서 쓴 보복 詩도 아니고. 어찌 보면 李箱의 詩「이런 詩」그 부분은 그냥 보편적 사랑詩일 수도 있는데 아빠도 싱어송라이터, 다시 말해 노래詩와 작곡을 겸한 가수잖아?

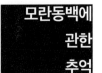

아빠 나도 두 가지를 다 했지. 詩도 쓰고 곡도 붙이고.

딸 알았어. 그럼 아빠 생애를 통틀어「이런 詩」같은 또다른 詩로 노래를 만든 적이 있어?

아빠 음, 음. 그 정도의 노랠 부른 적은 있어.

딸 어떤 거? 지금 알려줘.

조영남, 〈커피 마시는 시인 이제하〉, 1985

아빠   알았어. 알려줄게. 내가 방송국 PD들한테 청탁해놓은 노래가 있어. 李箱의 「이런 詩」 같은 詩에 곡을 얹은 건데 바로 〈모란동백〉이라는 노래야. 세상엔 이 노래가 아빠 조영남이 만든 걸로 알려져 있는데 천만에 그건 아빠가 만든 게 아냐.

딸   그럼 작사 작곡자가 아빠가 아니고 다른 사람이야?

아빠   엉. 전혀 다른 사람이야. 아빠의 선배되시는 경남 마산 출신의 이제하라는 화시, 화수는 화가이자 가수이고 선배님은 화시, 화가이자 시인이라 화시님이시고.

딸   그럼 그 화시 이제하 선생님이 아빠의 노래 〈모란동백〉의 작사 작곡가야?

아빠   맞아. 그런데 그 詩가 사람 죽여. 물론 곡조도 그렇고. 숨막히게 해. 이런 거야.

　　모란은 벌써 지고 없는데

　　먼 산에 뻐꾸기 울면

　　상냥한 얼굴 모란 아가씨

　　꿈속에 찾아오네

　　세상은 바람 불고 고달파라

　　나 어느 변방에 떠돌다 떠돌다

　　어느 나무 그늘에 고요히 고요히 잠든다 해도

　　또 한 번 모란이 필 때까지 나를 잊지 말아요

딸   그렇게 詩가 좋아서 그 노래를 아빠가 돌아가신 다음에 장례식장에서 불러달라고 부탁을 했구나?

아빠　노래가 좋기도 하지만 아빠가 아빠의 장례용으로 불러달라는 이유가 따로 있어. 네가 그 이야길 듣고 싶다면 내가 지금 말해줄 수 있어.

장례곡으로 부탁한 사연

딸　얼른 들려줘, 아빠.

아빠　빨리 얘기할게. 오래전 내가 한국가수협회가 주관하는 장례식에 참석해야 하는 일이 생겼어.

딸　누구 장례식이었는데?

아빠　내 선배가수 황금심 여사님 장례식. 여사님은 나의 직계 고복수 선배님 사모님이시기도 했어. 오래오래 사시다가 돌아가셨는데 나도 아래위 검정 양복 입고 장례식장에 갔어. 가수들 200여 명쯤 모였나 싶었어. 동료 가수 하춘화가 조사를 애절하게 읽고 무사히 장례식을 마칠 무렵이었는데 사회자가 거기 모인 가수들한테 모두 일어서라고 한 다음 마지막 순서로 다함께 고인이 남기고 가신 노래를 추모 기념으로 불러드리자고 제안을 하더라고. 나는 덩달아 황금심 여사의 히트곡 〈알뜰한 당신〉을 정성껏 따라불렀지. 노래를 부르면서도 나는 내 못된 성격 때문에 비실비실 새어나오는 웃음을 참느라고 큰 고생을 했어. 노래 제목 〈알뜰한 당신〉이 장례식 분위기에 썩 어울리지가 않는다는 생각이 들었거든. 나는 불충이지만 웃음을 참아가며 무사히 잘 불렀어.

딸　정말 웃기네.

아빠　말도 마. 소리 내서 크게 웃을 수는 없고. 세상 근엄한 장례식장에서 말야. 난 그날 속으로 우스워 죽는 줄 알았어. 얘기는 거기서 끝난 게 아냐.

그 다음다음날엔가 또 장례식장엘 가게 된 거야.

딸　이번엔 누구 장례식인데?

아빠　유명한 노래 〈선창〉을 노래한 고운봉 선배님의 장례식이었어.

딸　거기서도 노랠 불러드렸어?

아빠　물론 불렀지. 관을 내려다보면서 '우울려고 내가 왔던가'로 시작되는 그 유명한 고인의 〈선창〉을 역시 어색하고 서먹하게 잘 불렀어. 그런데 여기서 결정적인 사건이 터진 거야.

딸　무슨 사건?

아빠　끝내주게 웃기는 사건이야.

딸　빨리 얘기해줘.

아빠　마침 내 옆자리에 계시던, 지금은 돌아가신 코미디언 남보원 선배께서 헌화를 하기 위해 몇 줄 건너 계시던 왕년의 유명한 남성 4중창단 '블루벨즈'의 리더셨던 박일호 선배한테 '야! 일호야'하고 불렀어. 일호 선배가 조용히 '네' 하니까 남보원 선배가 '야! 니네가 죽으면 우리가 니네 노래 잔치잔치 벌렸네 그 노래 불러줄게' 하는 거야. 아! 그 소릴 듣고 난 이후의 내 표정을 봤어야 해. 그 노래가 '블루벨즈'의 대표곡이거든. 그날 나는 생각했어.

딸　웃으면서 생각을 했다는 거야?

아빠　음, 울고 웃고 그런 거지. 생각해봐. 내가 안 죽는다는 보장도 없고, 내가 죽으면 후배녀석들이 가수장을 치러준다고 내 시체가 누워 있는 관 앞에서 내 노랠 장례 기념으로 부르자고 할 거 아냐.

딸　그게 뭐 어때서?

아빠　생각해봐. 내가 죽었을 때 조영남 대한민국 가수장을 치른다고 100명이고 200명이고 모였다 쳐. 거기 모인 친구들이 관례대로 죽은 선배를 기념

한다고 내 노래를 하나 골라 합창을 해야 하는데 무슨 재주로 박자 까다로운 〈제비〉나 영어 가사까지 섞인 〈딜라일라〉를 합창하겠냐고. 보나마나 천상 다 같이 떼창하기 쉬운 '구경 한 번 와보세요!' 하는 〈화개장터〉를 부를 거 아니냔 말야.

딸　　그래서.

아빠　　그래서가 뭐야. 웃기지 않아? 그걸 정리를 해주는 의미에서 미리 말해둔 거야. 내 장례식 때 그런 노래 부르지 말고 차라리 〈모란동백〉을 불러달라고 부탁을 하는 거지. 내가 그래서 즉시 〈모란동백〉을 CD로 구워놨거든. 지금 생각해보니까 한편 또 다른 생각도 드네.

딸　　또 다른 생각이라니?

아빠　　상상해봐. 내 시체가 들어 있는 관을 내려다보면서 깔깔대며 '구경 한 번 와보세요' 하고 〈화개장터〉를 떼창을 하며 유쾌하게 웃는 풍경도 나쁘지는 않을 것 같단 말야.

딸　　아빠, 기대가 되는데?

아빠　　뭐가?

딸　　아빠 장례식에서 동료가수들이 〈화개장터〉 대신 〈모란동백〉 부르는 거.

아빠　　아마도 내 맘이 바뀌어서 내 장례식 때는 〈화개장터〉나 〈모란동백〉 대신 李箱 작시 조영남 작곡의 〈이런 詩〉를 불러달라는 청탁을 할지도 몰라.

딸　　아빠! 정신차려. 우린 지금 '시인 李箱과 5명의 아해들' 창립 공연을 먼저 치러야 해.

10.
공연

딸　아빠.

아빠　왜?

딸　'시인 李箱과 5명의 아해들' 지금 전부 어디 있어?

아빠　통인동 골목 어귀에 있는 李箱의 집에 대기하고 있어.

딸　뭐어어! 李箱 아저씨 돌아가신 지 80년도 더 지났는데 서울에 李箱의 집이 있다고?

아빠　있어. 李箱이 어릴 적 살던 집을 李箱을 좋아하는 사람들이 사들여 복원해서 꾸며놓은 공간을 지금은 '李箱의 집'이라고 불러. 그리고 지금 모든 멤버들이 다 그 집에 모여 있어.

딸　내가 가서 차라도 대접해야 하는 거 아냐?

아빠　걱정 안 해도 돼. 내가 KBS '열린음악회' 팀 PD와 작가들한테 특별히 부탁해놨어. 한때 나하고 인순이 씨가 '열린음악회' 최다 출연자였잖아. 내가 잘 알아. 그팀엔 야외 음악회 촬영 노하우가 엄청나. 무대설치, 오디오, 조명 등 착착 준비되어 있을 거야. 네가 걱정 안 해도 돼.

딸　처음 발표하는 신곡 〈이런 詩〉 악보는 말러 아저씨한테 잘 전달이 됐어?

아빠　어제 저녁에 전달했어. 내가 작곡의 개요도 잘 설명해드리고.

딸　곡에 대한 반응은 어땠어?

아빠　내 작품에 대해서?

딸　응. 그게 많이 궁금해. 아빠 작곡 솜씨에 대해서 어떻게 생각했는지가. 어휴, 그분은 세계적 작곡가이신데.

아빠　썩 잘된 거 같다고 했어. 동양식 멜로디가 특히 맘에 든대. 그리고 내가 대충 설명을 해드렸어. 우리나라 사람들은 선천적으로 음악을 좋아한다. 현재 우리나라 음악은 크게 두 가지 부류로 나뉜다. 클래식계와 대중음악계. 오늘 공연하는 '시인 李箱과 5명의 아해들'은 전적으로 대중음악 쪽에 속한다. 믿기지 않겠지만 우리나라 대중음악이 세계 판도를 바꿔놓고 있다. 세계적으로는 'BTS'가, 국내적으로는 지금 미스 미스터 트롯계가 대세다. 내가 작곡한 〈이런 詩〉는 그 틈새에서 어중간한 스타일로 작곡된 노래다. 이런 식으로 설명하니까 악보를 읽을 줄 아는 말러와 니체 그리고 아인슈타인은 난리도 아녔어.

딸　왜?

아빠　왜긴 왜야? 재밌고 흥미롭대. 그냥 나를 매너 있게 대해주는 거지, 뭐.

딸　음악을 잘 모르는 피카소와 우리 李箱 아저씨의 반응은 어땠어?

아빠　피카소는 악보를 읽을 줄 모르니까 예의 그 큰 눈망울을 굴려가며 호기심 충만하게 들여다봤고 내가 李箱한테 노래를 익히라고 몇 번 불러주니까 李箱도 유치원생처럼 하나하나 잘 따라하더라고. 피카소도 옆에서 둔탁한 목소리로 따라불렀어.

딸　모두 함께 부르는 파트도 있나?

아빠　후렴구는 모두 함께 부르도록 했어. 다 함께 부르니까 꽤나 멋져보이던데.

딸　아빠, 참. 노랫말에 관한 반응은 어땠어?

아빠　내가 노랫말을 읽어주면서 이 가사가 바로 팀 대표 李箱이 직접 쓴 詩라고 했더니 팀 동료들이 원더풀, 마블러스, 분더바wunderbar하면서 열광적으로 좋아했어. 그룹 멤버 모두가 다 시인들이잖아.

딸　다섯 분들 전부가 정말 시인들이야? 니체도?

아빠　물론이지. 니체의 두터운 철학책 『차라투스트라는 이렇게 말했다』는 사실상 장편 詩나 마찬가지야.

딸　철학책을 시집이나 마찬가지라니 그게 맞는 말이야?

아빠　생각을 쬐금만 달리 해봐. 넓혀서 생각해보란 말야. 니체가 시인이라는 얘기는 결코 엉뚱한 얘기가 아니야. 가령 아! 神은 죽었다 또는 아! 神은 작동을 멈췄다 이렇게 니체가 적어놓았잖아.

딸　그렇게 적어놓았으면?

아빠　적어놓은 그 자체가 詩가 아니고 뭐야.

딸　神은 죽었다. 그게 詩라고?

아빠　詩지. 아주 멋진 詩지. 그보다 위대한 詩가 어딨어? '神은 죽었다' 짧지만 멋지잖아. 내용은 또 얼마나 파격적이고. 딸! 너는 지금 아빠가 직접 작사한 〈내 고향 충청도〉를 그냥 노래 가사로만 알고 있지? 그게 다 詩야. '이별의 부산 정거장', '쨍하고 해뜰날 돌아온단다' 그런 가사 내용도 엄밀히 말하자면 다 詩야. '학교 종이 땡땡땡' '산토끼 토끼야 어디로 가느냐' 이런 것도 詩고. 니체의 『인간적인 너무도 인간적인』, 『선악의 저편』, 『우상의 황혼』 와! 제목만 읽어봐도 얼마나 멋진 詩냐.

딸　아빠가 그렇게 설명하니까 이해가 가는데 그럼 아인슈타인도 시인인가?

아빠　시인이고 말고. 아주 엄청난 시인이지. 바이올리니스트 겸 시인 겸 과학자.

딸　너무 과장하는 거 아냐?

아빠　아냐. 그게 무슨 뜻이냐 하면 아인슈타인은 대여섯 살 때부터 바이올린을 켜면서 바이올린에서 울려나오는 소리가 허공으로 없어져가는 현상을 보면서 도대체 허공은 얼마나 크고 드넓은가를 시작으로 끝내는 $E=mc^2$라는 전설적인 물리학 공식을 만들어냈어. 그 공식을 바탕으로 원자폭탄이 만들어지고. 잠깐, 난 지금 폭탄 얘기를 하려는 게 아니야. 내 말은 아인슈타인의 짧은 공식 $E=mc^2$ 자체가 엄청 위대한 詩라는 거지. 우리 李箱 식 詩의 형태라면 그 공식 자체가 탁월한 詩인 거야. 李箱 시집을 보면 1234도 詩고 4321도 詩고 凹凸도 詩고 세모 네모도 詩가 되니까. 李箱의 詩 형태에서는 세상의 모든 기호조차 詩가 될 수 있는 거야.

딸　　알았어. 아빠. 그러면 음악가 구스타프 말러 아저씨는?

아빠　　앞에서도 이야기했는데, 또 묻네? 하지만 아빠는 친절하니까 또 설명을 해줄게. 넌 또 억지라고 생각하겠지만 말러는 감히 李箱에 비견되는 위대한 시인이야. 말러는 엄청난 분량의 책을 읽었고 자신의 詩 감정을 음악으로 표현하기 위해 작곡법을 터득했노라고 늘

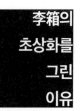

李箱의
초상화를
그린
이유

말했어. 그래서 세상 어느 작곡가보다도 교향곡에 詩가 섞인 노래 즉 가곡을 포함시킨 것으로 유명하잖아. 그래서 말러 아저씨는 노골적으로 사람들이 자기를 음악가보다 보들레르나 랭보 같은 시인으로 불러줬으면 했을 정도야. 어느 음악가보다 詩와 음악을 하나로 묶는 작업에 충실했고, 심지어는 후배 현대작곡가 쇤베르크에게는 이렇게 말한 적이 있어. '여보게. 당신 음악 제자들에게 도스토옙스키의 소설 정도는 읽어둬야 한다고 말해주게. 『죄와 벌』이나 『카라마조프의 형제들』이 음악의 조성이나 대위법보다 훨씬 중요하니

까 말이야.'

딸　　지금 이게 무슨 뜻이야?

아빠　　무슨 뜻이냐 하면 음악가도 반드시 詩 정신에 바탕을 둬야 한다는 뜻이야. 문학이 음악의 필수조건이라는 뜻이야. 그리고 수많은 말러의 가곡들에 나오는 노랫말은 대부분 말러 자신이 썼으니 본인 자체가 시인이었지. 그래서 말러는 李箱의 「이런 詩」가 대단하다는 걸 직감으로 알아차릴 수 있었던 거야. 이건 그룹 멤버들 검증 때 다 나온 내용이라고. 이 공연의 특징은 마치 '비틀스'의 모든 멤버가 시인이었듯 李箱을 비롯한 다섯 멤버 모두가 李箱과 똑같은 시인이 되어 음악을 발표한다는 거야.

공연과 러닝타임

딸　　아빠, 저기 좀 봐. 사람들이 몰려오고 있어.

아빠　　그러게. 홍보도 많이 안 했는데.

딸　　아빠, 걱정이 하나 생겼어.

아빠　　뭔데, 뭐가 걱정이야.

딸　　오늘 공연할 게 〈이런 詩〉 하나뿐이잖아. 그거 노래 한 곡 해봐야 10분도 안 걸릴 텐데 어쩌지?

아빠　　공연의 러닝타임을 걱정하나본데 그 걱정은 안 해도 될 거야.

딸　　글쎄, 아빠! 이런 대공연이면 적어도 한 시간 반쯤은 끌어야 할 것 아냐? 그런데 어떡하지? 달랑 노래 한 곡뿐이니, 무슨 대책이 없을까?

아빠　　딸, 걱정 마. 방법이 다 있어.

딸　　무슨 방법인지 빨리 말해줘. 불안해 죽겠어.

아빠　　글쎄 걱정 말라니까. 사실 지금부터가 매우 중요해.

딸　뭐가 중요한데?

아빠　너 학교 다닐 때 반 전체 앞에 서서 자기 소개를 한 적 있지?

딸　그런 적 있지.

아빠　너 대학 다닐 때 연극 연습한 적도 있지?

딸　나름 열심히 연습했지.

아빠　그럼 됐어. 네가 마이크 들고 무대 위로 올라가서 내가 하라는 대로만 해.

딸　나더러 사회를 보라는 거야?

아빠　그럼 MC를 네가 해야 완전 어울려.

딸　그거 아빠가 하면 안 돼?

아빠　안 돼, 그건 안 돼.

딸　왜 안 되는데?

아빠　관객들이나 오늘의 출연 멤버들부터 내가 너무 설친다고 거부감 느낄 거야. 나는 생태적으로 안티가 많아. 나를 좋아하지 않는 사람이 너무 많단 말야. 딸! 너도 알잖아.

딸　알았어, 알았어. 정 그렇다면 할 수 없지 뭐.

아빠　아, 참! 지금 우리는 오늘밤 쇼의 러닝타임 걱정을 했잖아.

딸　내가 걱정했지.

아빠　그런데 그것도 걱정할 게 없어.

딸　무슨 특별한 방법이 있어?

아빠　잘 들어. 이따가 네가 한 사람씩 다 소개를 할 거 아냐. 내가 대본작가들과 함께 큐시트에 명시해놨어. 사회자 조은지가 보컬그룹 멤버 다섯 명을 소개하면 맨 먼저 다섯 명이 모두 함께 나와 박수를 받으며 관객을 향해 인사를 하고 인사가 끝나면 출연자는 뒤쪽으로 물러서고 그다음엔 사회자가 드디어 한 사람씩 소개한다. 소개를 받으면 한 사람씩 몇 발짝 앞으로 나서서 관객에게 인사를 하고 약 5분씩 자기 소개를 하고 약 15분씩 관객과 자연스럽게 대화를 나눈다. 이런 식으로 큐시트에 밝혀놨어. 다섯 명 다 합하면 100분쯤 되고 그러면 한 시간 반은 넉넉히 넘기게 되어 있어.

딸　아빠, 이쪽도 봐봐. 사람들이 막 밀려들어오고 있어.

아빠　야! 은지야. 잠깐 잠깐 저기 좀 봐! 너 저쪽 골목에 들어선 여자, 연분홍색 치마 입은 키 작달만 한 여자가 누군지 모르지?

딸　모르겠는데. 요즘 이 근처에는 한복을 대여해 빌려 입는 사람들이 너무 많아서 잘 모르겠어.

아빠　모르는 게 당연하지. 저 여자가 바로 李箱이 사귀었던 맨 처음 여자 금홍이야. 나한텐 금홍 형수!

딸　형수라니? 그럼 아빠와 친척이야?

아빠　아냐. 아빠가 늘 李箱을 형처럼 생각하니까 우리 식 촌수로 따지면 나의 형수뻘이 되는 거지. 너한텐 李箱 시인이 그냥 아저씨가 아니라 너의 큰아버지쯤 되는 셈이야. 얼씨구. 그 옆 안경 쓴 여자 보이지?

딸　어, 있어. 얼굴 작고 키 크지 않고 야무지게 생긴 여자.

아빠　그 여자가 바로 변동림 여사야. 우리 李箱의 절친 화가 구본웅 엄마의 동생. 다시 말해 한국 현대미술의 선각자 구본웅의 이모. 구본웅의 엄마는 계모인 변동숙. 그녀의 동생 변동림은 이화여대 불문과 출신이고, 李箱이 살아 생전 단 한 번 정식 결혼했던 여자, 그리고 나중에 대한민국 현대미술사에 최선봉 역을 맡은 화가 김환기의 아내로 살면서 김향안이라는 이름으로 불린 기구한 운명의 여인이야. 와우! 놀라워. 딸! 저쪽 좀 봐. 저쪽 골목길로 손에

손 잡고 유쾌하게 떠들면서 들어오는 여자들이 누군지 알아?

딸   나는 잘 모르겠는데?

아빠   잘봐. 피카소의 여자들이야. 하나둘셋넷 대박! 열 명도 넘는 것 같아.

딸   그뒤에 따라오는 두 명 아주머니들은 누구야?

아빠   아하! 아인슈타인의 첫째 부인과 둘째 부인.

딸   사이좋게 얘기를 나누며 이쪽으로 오고 있어.

아빠   바로 그 옆에 들어오는 튀는 느낌의 키 크고 늘씬한 여자 한 명 있지? 그리고 두 여자아이들 손목을 잡고 들어오는 모습 보이지?

딸   아이들이 너무 예뻐.

아빠   그 여자가 누군 줄 알아?

딸   왜 자꾸 그런 걸 물어봐? 그 여자와 아이들이 누군지 내가 어떻게 알아.

아빠   미안해. 미안해. 아빠가 너무 흥분해서 그래. 저 여자가 바로 알마 쉰들러라는 이름을 가진 그 유명한 말러 부인이야. 아이들은 그녀의 두 딸들이고. 은지야. 저 여자 대단해.

딸   뭘로 대단해?

아빠   이건 순전히 아빠 생각인데 내가 너를 얼만큼 이뻐하고 좋아하는지 넌 알지?

딸   아빠 그만해. 무슨 얘기하려고 하는지나 빨리 말해.

아빠   아빠 꿈이지만 난 네가 알마 부인을 닮았으면 하는 거야. 그렇지 않아도 너는 알마를 많이 닮았어.

딸   그만해. 남이 들으면 큰일나겠어.

아빠   네가 알마를 닮았다는 건 딸바보인 아빠가 그냥 해본 소리야.

딸 괜찮아. 아빠, 사람들이 빈틈없이 꽉 들어찼어. 정말 많이 왔어.

공연 오프닝

아빠 이제 네 차례야. 확성기에서 나오는 소리 들리지?

딸 무슨 소리?

아빠 수석 PD의 목소리 들리잖아. '자, 방송 시작 5분 전입니다. 李箱의 집 건물 안에 계신 출연자 여러분! 그리고 골목길 점포 안에 숨어계신 빈 오케스트라 단원 여러분 스탠바이해주세요. 자! 조은지 씨. 마이크 들고 단상으로 올라오시고 방송 10초 전 5초 전. 파이브, 포, 쓰리, 투, 큐. 은지 씨 등장.'

딸 아! 아! 세계 각국에서 참석해주신 여러분 감사합니다. 여기느은! 대한민국 서울, 코리아입니다. 저는 오늘의 보컬그룹 '시인 李箱과 5명의 아해들'을 창설한 한국 가수 조영남 아빠의 딸 조은지입니다. 그럼 지금부터 창단 기념 공연을 시작하겠습니다.

먼저 오늘의 주인공 그룹 멤버들이 무대 앞으로 등장하실 때 여러분은 따뜻한 박수로 맞아주십시오. 자! 다섯 분이 등장하십니다. 제가 한 분씩 이름을 불러드리겠습니다. 먼저 현대미술의 대표 파블로 피카소, 다음은 세계 철학계의 대표 프리드리히 니체, 그 다음은 오늘의 주인공이시며 리드보컬을 맡은 세계 詩문학계의 대표 시인 李箱, 그 다음은 세상 모든 사람들이 익히 아는 세계 물리학계 대표 알베르트 아인슈타인, 이제 마지막 분이십니다. 세계 클래식 음악계의 대표 구스타프 말러! 여러분. 박수 고맙습니다.

딸　　자! 이젠 개별적으로 다시 한 분씩 소개합니
다. 한국 방문은 처음이시랍니다. 자타가 공인하는 이
시대 세계 최고의 화가, 파블로 피카소 선생님! 오늘은
화가가 아닌 기타 연주자입니다.

아빠　　아! 예! 예! 뭐라고요? 예? 저 키 작은 외국인이요? 이름은 피카소이
구요. 세계에서 그림을 제일 잘 그리는 사람이에요. 저 사람의 그림값이 얼마
나 비싼 줄 모르시죠? 저 사람 그림 한 점에 몇백 몇천억씩 가요. 아이구. 제
가 왜 거짓말을 하겠어요. 은지야. 이 아주머니께서 저기 피카소를 잘 모르
셔. 그래서 내가 설명 드렸어. 세계에서 제일 유명한 화가라고. 내 말이 맞지?

딸　　맞아요. 거짓말 아니에요. 저분 그림이 현재 세계에서 제일 비싸요.
그림 한 점이 웬만한 빌딩 한 채 값도 넘어요. 그런데 아빠. 피카소는 지금 어
느 나라 언어로 무슨 얘기를 하고 있는 거야?

아빠　　가만 있어봐. 대충 짧게 스페인 말로 고맙다는 인사말을 했어. 현대
미술계를 대표하는 인물로 자신이 '시인 李箱과 5명의 아해들'에 뽑혀서 어
깨가 무겁다는 얘기도 하고. 자기가 지금 목에 걸치고 있는 악기는 기타인데
스페인의 대표적 악기래. 세고비아 타레가Francisco Tárrega Eixea 등등 기타를 잘
치는 기타리스트가 스페인에는 참 많아서 자신은 기타를 종종 미술의 소재로
쓰곤 했대. 아, 그런데 지금 막 객석에서 누가 입체주의 그림이 뭐냐고 물어
봤어.

딸　　뭐라고 대답하고 계셔?

아빠　　환하게 웃으면서 눈을 크게 뜨고 이렇게 대답하네. 자긴 그냥 세잔
선배의 그림을 보고 입체회화를 생각해낸 거라고. 그리고 그걸 친하게 지내
던 동료 화가 브라크와 상의해서 입체적 느낌이 나는 작품을 만들어봤는데

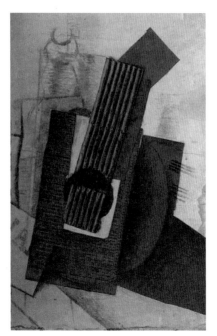

브라크, 〈만돌린〉, 1914, 독일 울름박물관 소장.

피카소, 〈기타〉, 1912, 뉴욕 현대미술관 소장.

조영남, 〈MUSIK AND GUATAR〉, 2005

조영남, 〈사랑과 기타〉, 2020

조영남, 〈브라크와 피카소에게〉, 2016

왼쪽 | 피카소, 〈꿈〉, 1932, 개인 소장. 오른쪽 | 피카소, 〈마리 테레즈 발테르의 초상〉, 1937, 파리 피카소 박물관 소장.
두 작품 모두 마리 테레즈를 그린 것으로, 약 27세의 나이 차에도 불구하고 연인이 된 그녀는 1920년대 후반부터 1930년대 말까지 피카소의 작품에 많은 영감을 주었음.

나중에 평론가들이 그걸 입체주의 미술이라고 말해줘서 얼결에 입체 미술 창시자의 명성을 얻게 됐대. 그 얘길 킥킥거리며 남 얘기하듯 덤덤하면서도 자신에 찬 느낌으로 설명해줬어. 와! 그런데 사람들이 계속 질문해.

딸　무슨 질문을 하는 거지?

아빠　〈아비뇽의 처녀들〉은 보기에 참 흉한데 그게 어째서 진짜 입체주의 그림에 대표되는 그림이냐 뭐 그런 내용의 질문이야.

딸　질문의 내용이 무척 고급지네. 뭐라 대답해서 지금?

아빠　그냥 웃기만 해. 그냥 각자가 보고 싶은 대로 보면 그만이래. 저거봐. 재밌는 질문이 연거푸 나왔어. 저것 좀 봐. 이런 질문도 있어. 당신이 다시 태어나 한 번 더 세상을 산다면 그 많은 여자 중에 누굴 택하겠냐고. 푸하하하. 질문 재밌다.

딸　어머! 정말 재밌는 질문이네. 뭐라고 대답하실까?

아빠　웃겨! 계속 낄낄거리며 웃기만 해. 저거봐. 어떤 땐 또 큰소리로 호탕하게 웃네. 그리고 손 한 번 크게 흔들고 슬그머니 제자리로 물러갔어. 우렁찬 박수를 받으면서 말이야.

딸　평생 살면서 여성을 마구 갈아친 것에 대한 가책 같은 건 없나봐.

아빠　글쎄, 저 뻔뻔스러움을 예술가의 특권이라고 해야 하나? 야, 네가 이러고 있을 때가 아냐. 은지 네가 또 나가야 해.

딸　알겠어. 내가 마이크 들고 다시 나갈게. 자! 여러분! 다음엔 세계적인 철학가 프리드리히 니체 선생님을 앞으로 모시겠습니다. 오늘은 철학자가 아닌 그냥 평범한 피아노와 건반 악기 담당이십니다.

아빠　와! 짝짝짝짝. 세계적으로 이름난 철학자가 저토록 부끄럼을 타다니. 예? 잘 안 들려요. 크게 말하세요. 아, 저 사람이 누구냐고요? 니체라는 사람이에요. 아! 예. 맞아요. 우리나라에서도 아주 유명한 독일 철학자예요.

딸　아빠! 저토록 순박한 신사풍의 남성이 왜 평생 제대로 된 연애 한 번 못해봤을까.

아빠　몇 번 시도는 했어. 성공을 못했을 뿐이지. 워낙 소심하고 수줍음 타는 성격이라서 그랬을 거야. 그러나 저 사람은 보통 사람으로 보면 안 돼.

딸　설마 누가 저런 풍모의 신사를 그냥 보통 사람으로 보겠어.

아빠 저 사람은 자연현상을 거슬러올라간 초인적인 사람이야.

딸 그게 무슨 뜻이야?

아빠 가령 저 옆에 서 있는 아인슈타인은 공대에 들어가서 자연스럽게 같은 학교 여학생을 만나 함께 공부도 하고 연애도 하고 결혼도 했잖아. 그게 누구나 다 순서에 따라 겪는 보통의 자연현상이지. 그걸 니체는 거슬렀잖아.

딸 거스르다니?

아빠 내 말은 니체가 20대 중반에 대학 정교수가 됐으니 얼마나 인기가 많았겠어. 그런데도 연애는 고사하고 데이트 상대를 못 골랐다는 건 자연현상에 대한 가역현상이었던 거야. 자연현상을 정반대로 거스른 거지. 神에 대항하는 이해할 수 없는 저항이랄까. 오죽하면 神이 죽었다고 선언을 했겠어. 네? 아주머니! 저 철학자가 뭐하는 사람이냐고요? 아! 그거 설명하자면 복잡한데요. 제가 대충 설명해드릴게요. 사람들이 세상을 하루하루 살아가잖아요. 그러니까 어떻게 하루하루를 살아가는 게 제일 잘 사는 거냐 그런 거 말해줬던 철학 전문가예요. 예? 뭐라고요? 점집 철학관 아저씨 아니냐고요? 와! 기발하시네요. 맞아요. 공부를 많이 한 점집 아저씨죠. 저 사람이 하는 말 잘 들으면 피가 되고 살이 되고 그래요. 계속 들어보세요.

딸 아빠! 저기 어떤 사람이 또 질문하네. 망치를 든 철학자라는 별명이 맘에 드냐고.

아빠 망치를 든 철학자에 대한 반응은 어때?

딸 그냥 빙긋이 미소만 지으시네.

아빠 그럴 거야. 어? 또 질문이 이어졌잖아.

딸 이번엔 무슨 질문이지?

아빠 지금도 神은 죽었다고 생각하느냐 뭐 그런 질문을 했어.

딸　질문 잘했네. 나도 그게 제일 궁금했는데. 그래서 뭐라서?

아빠　대답이 사람 죽여. 아주 겸허하게 본인은 神이 존재하는지 안 하는지도 모르고 그래서 모른다는 얘길 하려고 했는데 사람들이 하도 지나치게 강요하듯 神은 분명 존재한다고 떠들어대길래 잠시 평정을 찾으려고 그 사람들한테 神은 살아 움직이기도 하고 죽기도 하고 神은 작동을 하기도 하고 그 작동을 가끔은 멈추기도 한다고 말했을 뿐인데 그후로는 자기를 神을 살해한 인물로 떠받든다고 허탈하게 웃으셨어. 이어진 관객 질문으로 그럼 정말 神이 죽었냐고 물으니까 자기는 神의 생사, 살았는지 죽었는지에 관해선 신경을 안 쓴 지가 오래 됐대. 그러면서 그건 예언자 차라투스트라한테 물어보는 게 훨씬 현명할 거래. 神의 존재를 믿고 안 믿고는 100프로 자유래. 그리고 사실 그 神의 유무 문제는 세상 살아가는 데 큰 지장을 안 주는 것 같대. 차라리 미세먼지나 걱정하면서 살면 잘사는 거래. 방금 또 중요한 신청이 들어왔어. 니체를 잘 아는 관객이신가봐. 피아노를 잘 친다고 알려졌는데 피아노 한 곡을 연주해주면 안 되겠느냐고 한때 열렬히 숭배했던 작곡가 바그너의 소품 중 한 곡을 듣고 싶다고.

딸　그래서 연주를 해주셨어?

아빠　아냐. 사양했어. 시간관계상 나중에 따로 시간을 갖자고 하네. 자! 그럼 은지가 이번엔 아인슈타인을 소개해!

아인슈타인 등장　**딸**　알았어. 자! 여러분! '시인 李箱과 5명의 아해들' 창립 공연에 와주신 세계인 여러분! 다음은 과학의 대가 아인슈타인 선생님을 소개하겠습니다. 아인슈타인 선생님은 바이올린 연주자 역할을 맡으셨습니다.

아빠　저 박수 소릴 들어봐. 가장 요란하잖아. 그건 저분이 이 순간 세계에서 제일 유명하단 뜻이야. 당대에도 엄청났는데 지금도 역시!

아! 네. 저 사람요? 저렇게 머리 헝클어지고 우습게 생기셨지만 세계에서 제일 유명한 과학자세요. 아저씨, 원자폭탄 아시죠. 그 원자폭탄을 첨으로 만들게 연구한 사람이에요. 저 사람은 과학자답지 않게 무지 웃겨요.

딸　아빠! 아인슈타인 아저씨가 지금 양말을 신은 거야?

아빠　얼핏 봤는데 역시 양말을 안 신으신 거 같아. 사람들도 인사 받자마자 양말부터 물어보네.

딸　거기에 대해 뭐라 대답을 하셨어?

아빠　귀엽게 혀를 한 번 쑤욱 내밀고 웃으면서 유유하게 대답했지. 간단명료하게! 양말을 신으면 안 신을 때보다 찝찝하시대. 양말을 안 신고 맨발이면 훨씬 자유롭대. 하하하. 자신은 어렸을 때 아버지가 사다준 나침반의 바늘이 저절로 움직이는 걸 보고 그게 재미있어서 왜 그런가 공부를 시작하게 됐는데 나중에 천체물리학은 거의 학교 밖에서 혼자 공부한 거래. 그건 맞는 얘기 같아. 노벨물리학상을 상대성 원리에 관한 논문이 발표된 다음해쯤에 받았어야 하는데 10여 년이 지나서야 받게 되잖아. 왜 그랬는지 알아?

딸　난 모르지. 왜 그랬는데?

아빠　원인은 간단해. 가령 $E=mc^2$ 공식 같은 이론이 맞는 건지 틀리는 건지 그걸 다른 과학자들도 깜깜하게 몰랐던 거야. 너무 어려워서 10년 넘게 노벨상을 줄지 말지 확정을 못하다가 결국 또 다른 광전자 역할에 관한 학설로 뒤늦게 노벨물리학상을 받게 되는 거야. 저기 봐! 기막힌 질문이 또 이어지고 있어.

딸　무슨 질문일까, 이번엔.

아빠　　E=mc² 공식 땜에 원자폭탄이 만들어지고 그걸 일본 히로시마에 터뜨려 수많은 인명피해가 났는데 그 점에 대한 후회 여부를 묻는 거야.

딸　　어유! 심각한 질문인데. 뭐라고 답하실까?

아빠　　첨엔 죄없이 죽은 사람들 때문에 상당한 죄책감이 들었는데 세월이 가니까 그것도 많이 잊혀져 가더래. 그러면서 그때 원자폭탄 때문에 세상을 떠난 사람들한테 지금 이 시간을 빌어 용서를 구한다고. 와! 어쩜 저렇게 해맑은 분이 그런 원자폭탄의 기초 이론 같은 큰 법칙을 발견했을까. 하기야 그래서 나머지 삶을 평화주의자로 사셨잖아. 자! 딸! 다음 멤버를 소개해야 해. 어서!

딸　　알았어! 물 한모금 마시고. 아빠, 저 마이크 나한테 건네줘. 자! 전 세계에서 이 자리까지 와주신 여러분. 다음 소개할 분은 세계적인 작곡가 구스타프 말러이십니다. 큰 박수로 맞이해주십시오. 피아노와 지휘자 역할을 맡으셨습니다.

아빠　　예? 저 사람이요? 세계에서 아주 잘 알려진 클래식 음악 작곡가예요. 클래식 음악이 뭔지는 이 쇼 끝나고 따로 시간 만들어 자세히 설명해드릴게요. 아! 저 어린 소녀는 저 사람의 딸이에요. 아이구 예뻐라. 저기 보세요. 지금 말러 선생의 여섯 살 때 죽은 딸 마리아가 아빠한테 꽃다발을 선사하고 있네요. 세상에! 말러 씨가 감격스럽게 꽃다발을 받고 그토록 보고 싶어 했던 딸을 만나게 돼서 고맙다고 하네요. 또렷한 말씨로 관객을 향해 먼저 해둘 말이 꼭 있다고 하면서 아이구! 어쩌죠 저에 대한 이야기를 하시네요. 자기가 쓴 교향곡 제3번을 듣고 감동을 한 나머지 한국의 가수 조영남 씨가 자기를

292

포함해서 5인조 보컬그룹을 결성하기로 맘을 먹은 것 같다고 그 일에 대해 자기는 아무것도 한 게 없다고 하면서 어쨌든 많은 이름난 음악가들을 놔두고 자기를 뽑아주어 너무나 고맙다는 얘기도 하고 자기는 오늘 창립 공연을 한다는 얘길 전해 듣고 그 옛날 당신이 소속되었던 오스트리아 빈 필하모닉 오케스트라 단원들을 찾아가 한국 원정 출연 부탁을 했더니 흔쾌하게 전원이 오케이를 해서 이 자리에 모이게 됐다는 얘길 하고 조영남 씨와 이 자리에 모인 사람들을 위해 자신의 교향곡 제3번의 마지막 장을 특별 연주해주겠다며 허우적대는 특이한 걸음으로 바이올린 주자들 앞쪽 지휘자석으로 다가가시네요.

딸　아빠! 이제는 내가 무대로 다시 올라가 마지막

李箱
등장

으로 李箱을 소개할게. 어떻게 뭐라고 소개할까?

아빠　네가 알아서 해. 지금까지 아주 잘했으니까.

딸　자! 여러분! 여러분은 지금 저의 아빠가 손수 결성한 보컬그룹 '시인 李箱과 5명의 아해들' 창립 공연을 관람하고 계십니다. 다음 소개할 분은 오늘의 주인공 李箱 선생님이십니다. 지금까지 저의 아버지께선 '시인 李箱과 5명의 아해들'이라는 5인조 보컬그룹을 결성, 서울시 통인동 李箱의 집 앞에서 창립음악회를 발표하기로 하고 각 방송사에 연락해서 전 세계로 위성중계 방송까지 실시하게 만들었습니다. 지금까지 수고하신 저 단상 아래 계신 저의 아버지 조영남 씨께도 박수를 보내주십시오! 고맙습니다, 고맙습니다.

아빠　은지야. 정말 잘했어. 들어봐. 네가 멘트하는 동안 흘러나온 음악이 바로 내가 푹 빠졌던 말러의 교향곡 제3번의 마지막 악장이야. 시간이 없으

니까 앞부분은 커트하고 약 20여 분 정도 연주하는 거야.

딸　아빠. 교향곡은 통상 길이가 굉장하지?

아빠　음. 길어. 특히 말러의 교향곡 제3번이 왕창 길어. 90분 정도나 가는 거야. 성질 급한 사람은 못 들어.

딸　그런데 어떻게 그렇게 그 긴 심포니를 사람들이 들어? 아빠도 성질 급하잖아.

아빠　글쎄 말야. 그게 무슨 조화인지 모르겠어. 귀신한테 홀린다는 말 있지? 바로 그거였어. 나한테는 손톱만큼도 지루하질 않았어. 수없이 반복해 들어도 지루하지 않아. 들어봐. 끝부분에는 커다란 팀파니가 탕탕탕 요란하게 울려. 특히 난 그 부분에 홀딱 반한 거야.

이건 군더더기 같은 얘긴데 마지막 악장 마지막 부분은 탕탕탕 느리게 울리다가 페르마타로 끝이 나. 심장이 무너져 내릴 만큼 황홀해. 그런데 이 부분이 지휘자에 따라 듣는 느낌, 박자와 웅장함이 매번 달라. 지휘계의 그 유명한 솔티Georg Solt나 아바도Claudio Abbado, 하이팅크Bernard Haitink보다 나는 뮤지컬 〈웨스트 사이드 스토리〉를 작곡한, 말러와 똑같은 유대인 혈통의 레너드 번스타인의 지휘를 특히 선호했어. 와! 들어봐. 저 말러 선생! 저 선생이 직접 온몸으로 지휘하잖아. 저 모습이 아주 유명한 말러만의 지휘 스타일이야. 저 특이한 모습의 지휘가! 저 모습을 아빠가 꿈에도 그리워했어. 딸! 아빠는 꿈을 이루었어.

딸　아빠, 잘됐네. 축하해.

아빠　와! 내가 작곡자 말러가 지휘하는 교향곡 제3번을 진짜로 듣다니.

딸　아빠. 李箱 아저씨가 지금 막 무대 앞으로 나와 양쪽, 피카소와 니체가 있는 오른쪽, 아인슈타인과 말러가 있는 왼쪽에 인사를 공손히 드리고 애기를 꺼냈어.

아빠 나이로 보나 뭐로 보나 자기가 제일 어린 데도 불구하고 5인조 보컬 그룹의 영예로운 주장을 맡게 된 것에 대한 미안함, 자신이 죽은 지 100년이 가까워지는데 이렇게까지 기억해주는 데에 대한 고마움. 거기다 자기가 어릴 때 뛰어놀았던 여기 이곳 서울 통인동 옛집을 재개발하지도 않고 보호해준 것에 대한 고마움 같은 거.

딸 아빠, 들어봐. 지금. 아빠에 관한 얘기를 하잖아.

아빠 뭐라시는데?

딸 자기 詩를 연구하느라고 아빠가 뇌경색 증세까지 일으켜 병원에 일주일 입원한 일들이 정말 미안하다고 용서를 빈다는데. 아빠는 정말 용서해드릴 거야?

아빠 이거 왜 그래, 아마추어처럼.

딸 앞줄에서 또 질문을 하네. 지금 무슨 질문을 하는지 알아들었어?

아빠 아주 흥미 있는 질문이야. 저쪽 알마 말러 부인 옆에 서 있는 그 유명한 금홍이라는 여자가 실제 인물이냐, 소설을 위해서 등장시킨 가공의 인물이냐 그걸 묻는 거야.

딸 잠깐만. 그럼 아빠. 금홍이라는 여자가 실제 인물이 아닐 수도 있는 거야? 나는 단 한 번도 의심해본 적이 없는데.

아빠 기다려보자고. 실제 인물이 아닐 수도 있어. 왜냐면 사실 금홍에 대한 직접적인 증거가 불충분한 실정이란 말야.

딸 그래서 거기에 대해 李箱 아저씨는 뭐라고 대답하셨을까?

아빠 좀 싱거워. 책에 나오는 그대로만 믿으면 된대.

딸 참, 금홍 아씨 이름이 어느 소설에 나오지?

조영남, 〈시인 李箱과 5명의 아해들 공연〉, 2019

아빠 그것도 몰랐어? 「봉별기」에도 등장하고 「날개」에도 나오잖아. 또 질문이 이어지는데 이번 것도 재밌어. 책에 나오는 금홍이와 실제로 결혼한 변동림 씨하고는 어떤 차이가 있었느냐 하는 질문이었어. 아! 어쩌나! 대답을 하려는 순간 〈이런 詩〉의 전주가 끝나고 노래로 들어가는데.

딸 아빠! 난 정말 궁금해.

아빠 뭐가?

딸 李箱 아저씨가 '시인 李箱과 5명의 아해들'에 명색이 리드보컬인데 노래를 실제로 잘 부를지가.

아빠 괜찮아. 놀라워. 지금 잘 부르고 있잖아! 너무도 흡사해.

딸 누구와 흡사하다는 거야?

아빠 우리나라 쪽의 요절 가수 유재하의 목소리를 많이 닮았어. 수더분해. 아주 구수해.

피날레　　**아빠** 내가 퀴즈 하나 낼게.

　　　　　　　딸 퀴즈는 무슨 퀴즈? 이 복잡한 상황에.

아빠 자! 우리의 李箱은 '어여쁘소서'라는 대목을 부를 때 과연 누구를 떠올리며 부를까. 저 앞의 첫사랑 금홍 아씨 아니면 전 부인 변동림. 누굴 거 같아?

딸 그거 꿀잼인데? 그건 피카소부터 체크해보는 게 어떨까?

아빠 어! 좋아. 여자 문제에선 피카소가 단연 고수잖아. 정말 궁금해. 더구나 이 자리엔 열 명도 넘는 여자들이 참석해 있으니까. 그리고 과연 피카소는 그 많은 여자 중에 누굴 제일 그리워하며 〈이런 詩〉 노래를 부르고 있을까.

피카소는 내 예상인데 아마 자기와 만난 모든 여자가 다 그립다고 할 거야.

딸 그럴 것 같네. 그럼 니체는 누굴 그리워 했을까?

아빠 글쎄. 그점에서 니체는 초라해. 평생 함께 산 여동생 엘리자벳 아니면 두 번이나 구혼 딱지 맞은 여류 문인 루 살로메?

딸 나는 아인슈타인 아저씨도 무척 궁금해. 결혼을 두 번 했으니까 선택의 경우가 생겼겠지. 물리학자 출신 첫째 부인이냐, 아니면 사촌동생 되는 둘째 부인이냐. 난 이 머리 좋은 아저씨의 경우가 매우 궁금해.

아빠 정말 궁금하지?

딸 말러 아저씨는 또 어땠을까?

아빠 말러는 크게 궁금하지도 않아. 보나마나 당근으로 알마를 그리워하며 노래했을 거야. 뭐 거의 유일하잖아? 알마 전에도 몇몇 여자가 있긴 했지만 말야.

딸 말러가 총지휘하면서 노래, 李箱이 무대 한가운데서 노래, 왼쪽에 피카소가 기타를 치면서 노래, 그 아래 니체가 피아노를 치면서 노래, 아인슈타인이 바이올린을 연주하며 함께 노래를 하네. 너무 멋져!

아빠 거기에다 관객들까지 다함께 오늘의 주제가 〈이런 詩〉의 마지막 후렴 구절을 노래하고 있어. '자! 그럼 내내 어여쁘소서' 부분을 말야. 저기봐. 오케스트라와 멤버들까지 다들 제각각 노래를 해. 각자의 악기를 연주하면서. 동시에 말러의 두 딸, 말러의 부인 알마 말러, 李箱의 부인 변동림과 금홍 아씨, 니체의 여동생 엘리자베스, 루 살로메, 피카소의 여자들, 첫사랑 페르낭드, 사진 두 장만 남긴 에바, 첫부인 올가, 피카소를 따라 자살한 마리 테레즈, 사진작가 도라 마르, 유일하게 피카소 곁을 떠나간 프랑스와 질로, 동거 제의를 거절한 제네비에브, 라포테, 자살한 두 번째 부인도 함께 노래해.

'자! 그러면 내내 어여쁘소서!'

이 부분을 몇 번이나 천천히 반복하고 팀파니가 탕탕탕 울리면서 마지막 코다 마지막 페르마타가 울려퍼져, 지금.

**내내
어여쁘소서**

딸　　아빠! 나 지금 천국에 있는 것 같아.

아빠　여기가 천국이야. 우리 다함께 노래하자. 자자자자자자 아아아아아아 그그그그그그 러러러러러러 면면면면면면 내내내내내내 내내내내내내 어어어어어어 여여여여여여 쁘쁘쁘쁘쁘쁘 으으으으으으 소소소소소소 서서서서서서 어어어어어어 여어어 쁘으으으으 소소서어어어어. 딸!

딸　　왜?

아빠　너 지금 보고 있지? 아빠가 평생 그토록 그리워하던 모습이야.

딸　　어떤 모습인데?

아빠　저기 봐봐. 피카소, 니체가 李箱한테 손을 내밀잖아. 아인슈타인과 말러도 우리 李箱의 어깨를 두드리며 서로를 격려해주잖아.

딸　　굉장해요. 짱이에요.

아빠　그런데 딸. 지금 부르는 〈이런 詩〉 노래 말야.

딸　　노래가 어때서?

아빠　엄밀히 따지고 보면 실패의 노래가 아닐까? 떠나간 여인더러 내내 어여쁘라고 부탁하는 사랑 실패의 노래, 실패한 자의 부탁 같은 노래가 아니냐고. 실패한 사랑을 우리는 지금 진실한 사랑이었다고 박박 우기고 있는 게

'시인 李箱과 5명의 아해들'이 함께 부르는 노래 〈이런 詩〉 악보

아닌가 몰라.

더불어 말하지만 가장 고귀한 사랑에 관해 진짜 정답을 제시할 사람은 결단코 없는 거 같아. 이건 우리네 각자가 알아서 해결해야 할 일일 거야.

여기서 한 가지. 누구나 '내내 어여쁘소서'라고 노랠 불러줄 만한 상대가 있다는 건, 그런 상대를 품고 있는 건 위대하고 굉장한 축복이겠지.

딸   그럴 것도 같네.

아빠   딸, 너 있어?

딸   뭐가?

아빠   '내내 어여쁘소서'를 불러줄 만한 대상이 있냐고.

딸   나는 잠시 보류할래. 그러는 아빤 있어? 있잖아!

아빠   …….

조영남, ⟨가족 항해⟩, 2019

"왜 이렇게까지 李箱에
몰두沒頭하는 거냐고?
왜 이런 일을 시작始作하게 됐느냐고?
고등학교高等學校 시절時節부터
李箱에 빠져 산 게 원인原因이야.
그 뒤로 나머지 평생平生을
李箱에 빠져 산 셈이야.
그런데 참 이상異常하지?
나는 내가 왜 李箱에게
빠졌는지에 대해 설명說明할 수
없어. 李箱과 나는 왠지 딴
세상世上에 사는 것만 같거든.
완전完全히 다른 세상世上.
나는 기본적基本的으로
그에 대해 아는 게 많지 않아.
그런데 그 모르는 것에 대한
나의 반응反應이 아주 달라,
아주 색色달라. 나는 피카소의
입체주의立體主義가
정확正確히 뭔지 몰라.
神이 죽었다는 니체의 말이
무슨 의미意味인지도
정확正確히 모르지. 말러의
교향곡交響曲 제3번第三番은
자연自然의 위대偉大함을
표현表現한 것이라는데

그것도 무슨 뜻인지도 제대로 안다고 할 수 없어. 그런데 그런 것들에 대한 무지無知는 그다지 불편不便하지 않아. 그러나 李箱에 대한 무지無知는 달라, 매우 달라. 李箱에 관한 무지無知는 언제나 나를 매우 불편不便하고 화火나게 해. 그것 땜에 나는 늘 억울抑鬱하고 분憤하고 원통冤痛해. 어떻게든 그에 대해 더 알고 싶고, 그가 남긴 글과 그에 관한 모든 것을 이해理解하고 싶어. 그렇게 해서 나는 나의 무지無知를 해결解決하고 싶어. 그런데 또 이상異常한 점이 있어. 李箱에 관해 모른다는, 나의 무지無知로 인해 생기는 그 억울抑鬱함이 거꾸로 나에게 항상 온화溫和함을 주고 그 분憤함이 평화平和를 느끼게 하거든. 그 원통冤痛함이 나로 하여금 쾌적快適한 기분氣分까지 느끼게 해. 내가 李箱을 자꾸 들여다 보는 건 그런 이유理由야." - 조영남趙英男

이 책을 둘러싼 날들의 풍경

한 권의 책이 어디에서 비롯되고, 어떻게 만들어지며,
이후 어떻게 독자와 이야기를 만들어가는가에 대한 편집자의 기록

2017년 봄날 2016년 5월 이후 이른바 '미술품 대작 사건'으로 법정 공방의 와중에 있던 가수 조영남 선생으로부터 만나자는 연락을 받다. 조영남 선생과의 인연은 2005년 가을에 만나 2007년 6월 현대미술에 관한 책 『현대인도 못 알아먹는 현대미술』, 같은 해 9월 사랑을 주제로 한 책 『어느날 사랑이』를 만들고, 2010년 출간한 시인 李箱에 관한 책 『李箱은 異常 以上이었다』의 원고 집필의 과정을 함께 한 이후로 약 13년 넘게 이어져 오다. 조영남 선생은 책에 관한 계획이 있을 때마다 연락을 했고, 편집자는 그때마다 청담동 자택을 기꺼이 찾아가는 일을 반복하다. 2017년 봄날, 오랜만에 만난 편집자에게 조영남 선생은 '현대미술에 관한 책을 다시 한 번 출간할 계획을 가지고 원고를 쓰기 시작했음'을 밝히다. 2007년 현대미술에 관해 매우 쉬운 책을 쓰겠다는 포부로 오랫동안 공들여 쓴 책이 독자들의 큰 관심을 받긴 했으나 일반 독자로부터 이 책도 어렵다는 독후감을 자주 접했고, 선생은 진담과 농담을 섞어 "10년 후에도 피차 살아 있으면 이것보다 더 쉬운 현대미술에 관한 책을 만들어보자"는 말을 건네다. 편집자는 2017년 선생으로부터 현대미술에 관한 책을 다시 내고 싶다는 말을 듣고 그때 그 말을 떠올리다.
2017년 5월 조영남 선생으로부터 현대미술에 관한 1차 원고를 건네 받다.

2017년 10월 18일 서울중앙지방법원은 '조영남의 대작 사건'에 관한 1심 선고 기일을 열고 징역 10개월, 집행유예 2년의 실형을 선고하다. 19일. 조영남 측은 항소장을 제출하다. 24일. 검찰 쪽에서도 항소장을 제출하다. 이 선고는 물론 재판 그 자체가 현대미술의 개념을 둘러싼 미술계 안팎의 공방으로 이어지다.

2018년 1월 두 번째 대작 사건 관련하여 서울지방경찰청에서 무혐의 처분을 내렸으나 원고 측의 항고로 서울고등검찰청의 재수사가 이루어져 재판에 넘겨지다.

2018년 2월 현대미술에 관한 책의 1차 원고를 마무리하다.

2018년 7월 책의 디자인 및 교정, 교열, 이미지 선정 등의 작업이 이어지다.

2018년 8월 17일 서울중앙지법 항소심 재판부는 원심을 파기하고 조영남에게 무죄를 선고하다. 검찰 쪽은 상고의 뜻을 밝히다. 한 권의 책이 언제 출간될 지 알 수 없는 상황에 조영남 선생은 시인 이상에 관한 또 한 권의 책을 쓰고 싶다는, 뜻밖의 이야기를 꺼내다. 이미 초고의 집필을 시작한 육필 원고를 보여주다. 이후로부터 책 두 권을 넘나드는 편집의 여정을 시작하다.

2018년 11월 수차례의 교정을 거치다. '이 망할 놈의 현대미술'로 책의 제목을, '현대미술에 관한 조영남의 자포자기 100문 100답'으로 부제를 정하다. 한 권의 책을 마무리하는 동시에 새로운 책의 원고 정리 작업을 시작하다.

2019년 1월 『이 망할 놈의 현대미술』 표지 그림을 완성하는 한편 새로운 책의 초고를 완성하다.

2019년 2월 20일 두 번째 대작 사건 관련하여 서울중앙지법에서 무죄를 선고하다. 『이 망할 놈의 현대미술』 표지 및 후반 작업과 시인 이상에 관한 새 책의 원고 작업을 병행하다.

2020년 5월 대법원은 28일 오후 2시에 조영남 미술품 대작 사건에 대해 공개 변론을 열었으며, 전 과정을 온라인으로 생중계하다. 『이 망할 놈의 현대미술』 출간을 위한 모든 준비를 마치다. 시인 이상에 관한 새 책의 본문 디자인 및 교정을 시작하다. 그 사이 저자가 그리거나 만들어둔 수십 점의 그림 중 표지에 쓸 것은 일찌감치 정해졌으며, 본문에 들어갈 그림은 최종 오케이 단계 직전까지 계속 늘어나다.

2020년 6월 25일 대법원은 무죄를 선고하다. 이로써 미술품 대작 사건을 둘러싼 법정 공방의 막이 내리다.

2020년 7월 5일 약 4년여에 걸쳐 집필한 『이 망할 놈의 현대미술』을 출간하다. 그러나 조영남 선생의 관심은 이 책보다는 출간을 앞둔 새 책에 쏠려 있음을 편집자는 눈치를 채다. 초고부터 최종본의 원고에 이르기까지 생성된 텍스트 파일은

37개에 달하다. 이는 빨간색 잉크펜으로 한 글자 한 글자 써내려간 조영남 선생의 원고이자, 편집자가 한 글자 한 글자 입력한 결과물이기도 하다. 29일. 사진작가 황우섭이 책에 실릴 조영남 선생의 작품 촬영을 위해 청담동 자택을 방문하다. 하루종일 거의 모든 작품의 촬영을 마치다.

2020년 8월 조영남 선생은 몇 차례에 걸쳐 저자 교정을 보고 또 보다. 본문에 들어갈 이미지 선정 및 배치까지 어느 것 하나 그냥 넘어가지 않고 모든 걸 직접 챙기다. 대법원 무죄 판결 이후 이루어진 거의 모든 인터뷰에서 새 책의 출간 소식을 빼놓지 않고 언급하다.

2020년 9월 10일 표지 및 본문을 최종적으로 점검하다. 11일 인쇄 및 제작에 들어가다. 표지 및 본문 디자인 및 관련 작업은 김명선이, 제작 관리는 제이오에서 (인쇄:민언프린텍, 제본:정문바인텍, 용지:표지-스노우250그램, 순백색, 본문-뉴플러스100그램 미색, 면지-화인컬러110그램), 기획 및 편집은 이현화가 맡다.

2020년 9월 23일 혜화1117의 11번째 책, 『보컬그룹 시인 李箱과 5명의 아해들』 초판 1쇄본이 출간되다. 책의 초판 출간일은 시인 李箱이 태어난 지 꼭 110년이 되는 날이기도 하다. 출간 이후 기록은 2쇄 이후 추가하기로 하다.

'미술품 대작 사건'으로 칩거하는 중 쓴 두 권 의 책 중 하나인 『이 망할 놈의 현대미술』표지 그림.

'미술품 대작 사건'으로 칩거하는 중 쓴 또 한 권의 책 『보컬그룹 시인 李箱과 5명의 아해들』 표지 그림.

보컬그룹 시인 李箱과 5명의 아해들

2020년 9월 23일 초판 1쇄 발행　　**지은이** 조영남

　　　　　　　　　　　　　　펴낸이 이현화

　　　　　　　　　　　　　　펴낸곳 혜화1117　**출판등록** 2018년 4월 5일 제2018-000042호

　　　　　　　　　　　　　　주소 (03068)서울시 종로구 혜화로111가길 17(명륜1가)

　　　　　　　　　　　　　　전화 02 733 9276　**팩스** 02 6280 9276　**전자우편** ehyehwa1117@gmail.com

　　　　　　　　　　　　　　블로그 blog.naver.com/hyehwa11-17　**페이스북** /ehyehwa1117

　　　　　　　　　　　　　　인스타그램 /hyehwa1117

　　　　　　　　　　　　　　ⓒ 조영남

　　　　　　　　　　　　　　ISBN 979-11-91133-00-4 03800

이 도서의 국립중앙도서관 출판예정도서목록(CIP)은 서지정보유통지원시스템 홈페이지(http://seoji.nl.go.kr)와
국가자료종합목록 구축시스템(http://kolis-net.nl.go.kr)에서 이용하실 수 있습니다. (CIP제어번호 : CIP2020038816)